O Dia do Gafanhoto
e outros textos

Nathanael West

Seleção de textos, tradução e notas
Alcebíades Diniz

CARAMBAIA

4

O Dia do Gafanhoto

246

Queimem as cidades

256

Três esquimós

260

Acordo comercial

268

O impostor

292
Garoto da Western Union

300
Algumas notas sobre a violência

304
Eurípides – Um dramaturgo

312
[ensaio] Um apocalipse cinematográfico

332
[notas e comentários]

O Dia
do
Gafanhoto

Para Laura

1.

Ao fim do expediente, Tod Hackett ouviu um grande ruído na rua do lado de fora de seu escritório. Era o gemido do couro misturado ao farfalhar do metal, quase soterrados pelo tamborilar de cascos, aos milhares. Correu para a janela.

Um batalhão de cavalaria e de infantaria estava de passagem. O aspecto geral era o de uma turba, as fileiras desfeitas e em desordem, como se retornassem de uma derrota terrível. Os dólmenes dos hussardos, as pesadas e luxuosas barretinas dos guardas, os leves cavalos hanoverianos, com suas achatadas proteções para a cabeça e fluidos penachos vermelhos, tudo estava densamente embaralhado nessa desordem trepidante. Atrás da cavalaria, vinha a infantaria, mar selvagem de *sabretaches* ondulantes, mosquetes inclinados, bandoleiras e caixas de cartuchos em movimento constante. Tod reconhecia a infantaria escarlate da Inglaterra com suas ombreiras brancas, a infantaria em trajes negros do duque de Brunswick, os granadeiros franceses com imensas perneiras, os escoceses de joelhos nus expostos abaixo das saias xadrez.

Enquanto observava, um pequeno sujeito gordo, trajando um chapéu de cortiça, camisa polo e bermudas largas, disparou pela esquina da construção, encetando a perseguição ao exército.

"No estúdio 9 – bastardos – estúdio 9!", gritou através de um pequeno megafone.

A cavalaria empregou as esporas em seus cavalos e a infantaria adotou um ritmo de marcha mais breve. O homenzinho com chapéu de cortiça corria atrás da formação militar agitando os braços e praguejando.

Tod assistiu à cena até o desaparecimento de todos, atrás da metade de um barco a vapor do Mississippi, para logo depois colocar de lado o lápis e a prancheta de desenho e deixar o escritório. Na calçada do lado de fora do estúdio, permaneceu por algum tempo decidindo se deveria ir para casa a pé ou se pegaria um bonde. Estava em Hollywood havia menos de três meses e ainda percebia a eletricidade à flor da pele no local, mas sempre fora preguiçoso e detestava caminhar. Decidiu pegar o bonde até a Vine Street e seguir o resto do caminho a pé.

Um caçador de talentos do National Films trouxera Tod para a Costa Oeste após ver alguns de seus desenhos expostos em uma mostra de trabalhos estudantis da Escola de Belas Artes, em Yale. Contratou-o por telegrama. Se o caçador de talentos encontrasse Tod pessoalmente, o mais provável é que ele jamais fosse enviado para Hollywood para desenvolver suas habilidades na criação de cenários e figurinos. O corpo amplo e espalhado, olhos azuis lerdos e sorriso desmazelado faziam de Tod o arquétipo dos sem talento, algo próximo da pura e simples imbecilidade.

Sim, a despeito de sua aparência, tratava-se de um jovem bastante complicado, dotado de todo um agrupamento de personalidades, cada uma delas dentro da outra, como um conjunto de caixas chinesas. Mas seria *O incêndio de Los Angeles*, a pintura que planejava realizar em breve, aquilo que provaria de fato seu talento.

Deixou o bonde na Vine Street. Ao caminhar pela via, pôde examinar a multidão que se aglomerava com a noite. Grande número de pessoas vestia-se de forma esportiva. Os suéteres, bermudas, paletós de flanela azul com botões de latão eram os trajes extravagantes do momento. Uma mulher balofa com boné de marinheiro fazia compras em vez de integrar a tripulação de um barco. O sujeito com um paletó estilo Norfolk e chapéu tirolês retornava de um escritório de seguros, não das montanhas. Uma garota vestida com calças curtas e uma bandana ao redor da cabeça acabava de sair de uma central telefônica, e não da quadra de tênis.

Dispersas em meio a tal mascarada, havia pessoas de um tipo diferente. As roupas que trajavam eram mais sóbrias e de corte horrível, provavelmente encomendadas dessas empresas de reembolso postal. Enquanto os outros se moviam com rapidez em direção a lojas e bares, esses tipos diferentes andavam à deriva por esquinas ou paravam, dando as costas às vitrines, para observar os passantes. Quando esse olhar era devolvido, os olhos deles se enchiam de ódio. Naquela época, Tod não conhecia muita coisa a respeito desses tipos em especial, a não ser que se dirigiam para a Califórnia com o objetivo explícito de morrer.

Mas Tod estava determinado: queria conhecer muito mais. Pressentia que eram essas as pessoas que deveriam estar em suas pinturas. Não queria mais saber de inflados celeiros vermelhos, velhas paredes de pedra ou robustos marinheiros de Nantucket. Desde a primeira vez que viu os tipos diferentes em meio à multidão, teve a certeza de que, a despeito de sua estirpe, educação ou herança, não seriam Winslow Homer ou Thomas Ryder seus mestres. Voltou-se, então, para Goya e Daumier.

Percebera isso no tempo certo. Começou a pensar, no último ano da escola de arte, que deveria desistir da pintura de uma vez por todas. Os prazeres provocados pelos problemas de composição e cor diminuíram conforme a habilidade de Tod aumentava, ao mesmo tempo que percebia estar seguindo o mesmo caminho de seus colegas estudantes, que conduzia à ilustração ou mesmo ao belo mais simplório. Quando surgiu a oportunidade de trabalho em Hollywood, ele se agarrou a ela como podia, apesar dos argumentos de seus amigos, centrados no fato de que tal oportunidade significava prostituir-se e que ele jamais pintaria novamente.

Alcançou o fim da Vine Street e foi subindo em direção a Pinyon Canyon. A noite começava a cair.

As arestas das árvores queimavam com a luz pálida e violeta, as áreas centrais passavam gradualmente de um púrpura intenso para o negro. O mesmo púrpura bruxuleava, como uma lâmpada de neon, delineando a crista dos horríveis morros corcundas que, dessa forma, estavam quase bonitos.

Mas nem mesmo a suave ressaca de luz do anoitecer conseguia salvar as casas. Apenas a dinamite, talvez, seria útil no caso das casas em estilo de ranchos mexicanos, vilas mediterrâneas, cabanas de Samoa, templos egípcios e japoneses, chalés suíços, casas de campo à moda Tudor e toda a combinação possível desses estilos que revestiam as encostas do desfiladeiro.

Ao perceber que tudo aquilo era feito de gesso, sarrafos e papel, foi mais generoso e passou a culpar a forma que esses materiais adquiriam ao serem usados. Aço, pedra e tijolos limitam a fantasia do construtor em certa medida, pois exigem a distribuição de tensões e pesos e a necessidade de manter algum equilíbrio nos cantos, mas gesso e papel não conhecem lei alguma, nem mesmo aquela que rege a gravidade.

Havia, na esquina da La Huerta Road, uma miniatura do castelo do Reno com torres de papel de piche e seteiras perfuradas para facilitar o trabalho dos arqueiros. Ali perto havia uma choupana bastante colorida com cúpulas e minaretes que parecia algo saído das *Mil e uma noites*. Mais uma vez, foi generoso. As duas construções eram cômicas, mas não provocaram riso. O desejo de surpreender cultivado em ambas parecia tão ávido e inocente.

Era difícil rir da necessidade de beleza e de romance, mesmo quando os resultados eram de mau gosto ou horríveis. Mas era fácil suspirar. A tristeza dos verdadeiros monstros é difícil de ser superada.

2.

A casa em que vivia era um local de difícil descrição chamado San Bernardino Arms. Era uma massa oblonga de três andares, com os lados e a parte traseira de estuque liso, não pintado, quebrado apenas por linhas niveladas de janelas sem adornos. A fachada era de uma cor mostarda diluída e as janelas, todas elas duplas, surgiam emolduradas por colunas mouriscas rosadas que suportavam lintéis em forma de nabo.

Já o quarto estava no terceiro andar, embora dessa vez tivesse parado no corredor do segundo para descansar. Era nesse andar intermediário que vivia Faye Greener, no 208. Quando alguém começou a gargalhar em um dos apartamentos, foi tomado por um sobressalto culpado e voltou a subir as escadas.

Ao abrir a porta, um cartão flutuou pelo chão. Em letras capitulares, podia-se ler na frente do cartão: "Abe Kusich, o honesto". Logo abaixo, caracteres em itálico ofereciam o aval de numerosas fontes, em impressão que lembrava notícias de jornal:

"... o Lloyd's de Hollywood" – Stanley Rose.

"A palavra de Abe é melhor que os títulos do Morgan's" – Gail Brenshaw.

Do outro lado, uma mensagem escrita a lápis:

"Kingpin no quarto páreo, Solitair no sexto. Você pode conseguir uma bolada com esses pangarés."

Após abrir a janela, tirou o paletó e deitou na cama. Através da abertura, era possível ver um quadrante de céu laqueado e eucaliptos pulverizados. Uma brisa suave agitava as longas e estreitas folhas das árvores, fazendo com que elas mostrassem primeiro um lado verde, depois outro prateado.

Começou a pensar em "Abe Kusich, o honesto" para não ter de pensar em Faye Greener. Sentia-se confortável assim: melhor continuar dessa forma.

Abe tinha um lugar de destaque na série de litografias de nome *Os dançarinos* na qual Tod trabalhava. Ele era um dos dançarinos. Faye Greener também era uma dançarina, enquanto o pai dela, Harry, um terceiro. Eles mudavam a cada chapa composta, mas o grupo de pessoas apreensivas que formavam a audiência permanecia o mesmo. Esses espectadores contemplavam o espetáculo da mesma forma que fariam com mascaradas na Vine Street. Era esse olhar que fazia Abe e os outros rodopiarem loucamente e saltarem no ar com a espinha retorcida como uma truta fisgada.

Apesar do sincero desprezo que sentia diante da grotesca depravação de Abe, apreciava sua companhia. O homenzinho conseguia animá-lo de uma forma que aumentava a determinação de sua necessidade de pintar.

Encontrou Abe pela primeira vez quando vivia na Ivar Street, em um hotel chamado Château Mirabella. Um outro nome para a Ivar Street era "Beco

Lysol"[1], e o tal *château* era habitado essencialmente por prostitutas, além de seus agenciadores, suas equipes de treinamento e mesmo os agentes executivos dessas garotas.

Durante as manhãs, os cômodos do hotel recendiam ao mais repulsivo dos antissépticos. Tod detestava esse odor. Além disso, o aluguel era caro, pois incluía proteção policial, um serviço para ele desnecessário. Desejava se mudar, mas a inércia e o fato de não saber para onde ir predominavam, ao menos até encontrar Abe. Esse encontro foi casual.

Estava se dirigindo para seu quarto uma noite quando viu o que imaginou ser uma pilha de roupas sujas diante do quarto vizinho. Assim que a ultrapassou, ela se moveu e fez um ruído peculiar. Tod acendeu um fósforo, imaginando que algum cão estivesse preso no meio das peças imundas. Quando a luz se espalhou, percebeu que ali havia um homenzinho.

O fósforo se apagou e ele acendeu outro o mais rápido que pôde. Era um anão enrolado em um roupão de flanela feminino. A coisa arredondada em posição mais alta era uma cabeça levemente hidrocefálica. Um ronco lento, sonoro e estrangulado emanava da criatura.

O corredor estava gelado com tantas correntes de ar. Tod, então, decidiu acordar o homem empurrando-o com o pé. Ele gemeu e abriu os olhos.

---

1   [N.T.] Marca de produtos de limpeza.

"Você não pode dormir aqui."

"O cacete que não posso", disse o anão, fechando os olhos novamente.

"Vai pegar um resfriado."

Essa observação amigável irritou o pequeno homem ainda mais.

"Quero as minhas roupas!", berrou.

A parte inferior da porta diante da qual se encontravam estava iluminada. Tod decidiu arriscar e bateu. Alguns segundos depois, uma mulher abriu parcialmente a porta.

"Que diabos você quer?", ela perguntou.

"O seu amigo aqui fora..."

Não permitiu que terminasse a frase.

"Qual é!", rosnou a mulher, batendo a porta.

"Me dá as minhas roupas, sua puta!", berrou o anão.

Ela abriu a porta novamente e começou a lançar coisas no corredor. Um paletó, calças, uma camisa, meias e cuecas, uma gravata e um chapéu, todos seguindo certa ordem linear ao atravessar os ares, em rápida sucessão. Cada artigo era acompanhado de um xingamento todo especial. Tod assobiou impressionado.

"Essas garotas!"

"Pode apostar", disse o anão. "É o fim da picada – todas umas putas arrombadas."

Riu do próprio gracejo emitindo uma gargalhada bastante estridente, a marca registrada de nanismo mais clara vinda do sujeito até então. Logo lutou para ficar em pé, arranjando o volumoso roupão de modo que pudesse andar sem correr o risco de um tropeção e eventual queda. Tod o ajudou a recolher as roupas espalhadas.

"Diga lá, cidadão", perguntou, "posso me vestir no seu quarto?"

Tod o conduziu ao banheiro do quarto que alugava. Enquanto esperava o anão trocar de roupa, não deixava de imaginar o que teria acontecido no apartamento da mulher. Começou a se arrepender da interferência onde não era chamado. Mas, quando o anão reapareceu trajando seu chapéu, Tod sentiu certo alívio.

O pequeno homem havia se recuperado quase que completamente. Naquele ano, o chapéu tirolês era a grande sensação no Hollywood Boulevard e o anão dispunha de um espécime particularmente garboso da tal vestimenta. Tinha uma cor verde mágica e elevada copa em formato cônico. Possuía uma fivela de latão frontal, mas, com exceção desse detalhe, era quase perfeito.

O resto da vestimenta não era tão excepcional quanto o chapéu. Em vez de sapatos com biqueiras pronunciadas e acabamento em couro, vestia um terno azul trespassado, camisa preta e gravata amarela. Em vez de uma bengala rústica, uma cópia enrolada do *Daily Running Horse*.

"É isso o que você consegue quando sai por aí com uma dessas fulanas que não valem nada", disse à guisa de cumprimento. Tod assentiu e tentou se concentrar no chapéu verde. O breve gesto de anuência, aparentemente, irritou o homenzinho.

"Nenhuma vadia consegue fazer Abe Kusich de otário e sair bem no final", disse amargamente. "Não enquanto eu puder quebrar as pernas dela por apenas vinte *conto*. E acontece que eu tenho esses vinte."

Pegou a grossa carteira e exibiu para Tod.

"Então ela pensa que pode me passar pra trás, né? Bom, isso é o que vamos ver..."

Tod cortou essas considerações apressadamente.

"Tá certo, sr. Kusich."

O anão se dirigiu para onde Tod estava sentado e, por um breve instante, Tod acreditou que ele iria subir em seu colo. Contudo, o homenzinho apenas perguntou-lhe o nome e ofereceu um aperto de mão bastante poderoso.

"Deixa eu te dizer um negócio, Hackett, se você ainda não está ciente. Aquela fulana acha que me passou pra trás, mas ela vai descobrir novas ideias daqui a pouco. Agradeço sua ajuda, de qualquer forma."

"Ah, esqueça isso."

"Eu não esqueço nada. Eu lembro. Eu lembro dos que me sacaneiam e dos que ajudam de alguma forma."

Franziu a testa e ficou em silêncio por um instante.

"Ouça", disse finalmente, "eu vi o jeito como você me ajudou e tenho a obrigação de te dar uma mão. Não gosto que as pessoas saiam por aí dizendo que Abe Kusich deve alguma coisa. Assim, escuta só o que eu vou te dizer. Vou te dar uma dica muito boa para o quinto páreo em Caliente. Pode colocar seus cinco *conto* nesse cavalo. Você vai conseguir uma boa grana, uns vinte *conto*. Vai por mim."

Tod não sabia como reagir e tal hesitação ofendeu o homenzinho.

"Acha que a dica que *tou* te oferecendo é de um pangaré de merda?", exigiu saber com desprezo. "É isso?"

Tod caminhou até a porta, pois pretendia se livrar do sujeito.

"Não", disse.

"Então por que não aposta, hein?"

"Qual é mesmo o nome do cavalo?", Tod perguntou, alimentando a esperança de acalmar a visita.

O anão caminhara até a porta, arrastando o roupão de banho por uma das mangas. Com o chapéu e demais apetrechos, ficava uns 30 centímetros abaixo do cinto de Tod.

"Tragopan. Ele é garantido, um campeão com certeza. Conheço o proprietário dele, que me deu a indicação."

"Ele é grego?", Tod perguntou.

A ideia era ser o mais amável possível e assim ocultar a evidente tentativa de conduzir o anão até a porta.

"Isso mesmo, ele é grego. Você o conhece?"

"Não."

"Não?"

"Não", disse Tod categórico.

"É bom ficar esperto", respondeu o anão com seriedade. "Tudo o que eu quero saber é como você sabe que ele é grego sem conhecê-lo."

Os olhos do homenzinho se estreitaram, cheios de suspeita, e ele cerrou os punhos.

Tod sorriu para acalmá-lo.

"Apenas adivinhei."

"Adivinhou?"

O anão inclinou os ombros como se fosse puxar uma arma ou preparar um soco. Tod recuou e tentou explicar.

"Imaginei que fosse grego porque Tragopan é uma palavra grega que significa faisão."

O anão estava longe de estar satisfeito.

"Como pode saber o que significa se nem grego você é?"

"Não sou, mas conheço algumas palavras em grego."

"Então você é um cara esperto, hein, um sabichão."

O homúnculo deu um passo adiante, na ponta dos pés. Tod estava preparado para bloquear um eventual soco.

"Um garoto de faculdade, não é mesmo? Bom, vou te dizer uma coisa..."

Seus pés se enroscaram em um papel de embrulho e ele caiu para a frente, em cima das mãos. Esqueceu Tod para praguejar mais intensamente contra o roupão, o que o conduziu de novo ao problema com a mulher.

"Ela pensa mesmo que vai me passar pra trás."

Começou a cutucar o peito com os dedos.

"Quem deu quarenta mangos pra ela fazer o aborto? Quem? Depois mais dez para ela ir pro interior por um tempo. Mandei a fulana *prum* rancho. E quem salvou a barra dela em Santa Monica? Quem?"

"Está certo", disse Tod, preparando-se para dar uma rápida rasteira porta afora no sujeito.

Mas não foi necessário dar uma rasteira no convidado. O homenzinho repentinamente disparou para fora do quarto e atravessou a toda pressa o corredor, arrastando o roupão de banho atrás de si.

Alguns dias depois, Tod entrou em uma papelaria para comprar uma revista. Enquanto procurava na prateleira, sentiu um puxão na parte inferior do paletó. Era Abe Kusich, o anão, de novo.

"Como vão as coisas?", o pequeno homem quis saber.

Tod ficou surpreso ao constatar que o sujeito estava tão truculento quanto na noite em que se encontraram pela primeira vez. Mais tarde, ao conhecer melhor o anão, descobriria que a belicosidade de Abe, em geral, não passava de piada. Quando ele exibia essa truculência com os amigos, eles apenas entravam no jogo, mais ou menos como quando se brinca com um cachorrinho bravo que rosna, neutralizando ataques e depois provocando novas investidas e correrias.

"Tudo bem", disse Tod, "mas estou pensando em me mudar."

Gastara a maior parte do domingo procurando um novo local para viver e estava saturado desse assunto. No momento mesmo em que mencionou esse problema, contudo, sentiu que cometera um erro. Tentou encerrar o assunto dando meia-volta de fininho, mas o anão bloqueava a via de fuga. O sujeito, evidentemente, se considerava um tipo de especialista em questões de casas e mudanças. Após apresentar e descartar uma dúzia de possibilidades sem que Tod dissesse uma única palavra, mencionou finalmente o San Bernardino Arms.

"Acho que é o melhor lugar pra você, o San Berdoo. Morei por lá e conheço bem o local. O dono é um morto de fome. Vamos lá, você vai ter mais espaço."

"Não sei, eu...", Tod começou.

O anão interrompeu instantaneamente um possível senão dirigido à proposta, como se estivesse mortalmente ofendido.

"Suponho que não seja bom o suficiente para o seu calibre. Vou te dizer, seu..."

Tod se permitiu ouvir as provocações do anão e concordou em ser acompanhado por ele até Pinyon Canyon. Os quartos de San Berdoo eram pequenos e bem pouco limpos. Mas acabou por alugar um deles, sem hesitação, assim que avistou Faye Greener nos corredores.

3.

Tod rendeu-se ao sono. Ao acordar novamente, passava das oito horas. Tomou um banho, barbeou-se e vestiu suas roupas diante do espelho de mesa. Tentava prestar atenção aos dedos enquanto arrumava o colarinho e a gravata, mas seus olhos insistiam em fixar-se na fotografia que estava encaixada no canto superior da moldura do espelho.

Era um retrato de Faye Greener, um fotograma de uma farsa cinematográfica barata na qual ela trabalhara como figurante. A moça havia dado a fotografia de bom grado, autografando a imagem com uma letra ampla, feroz – "Com carinho, Faye Greener" –, embora recusasse a amizade dele ou, para ser mais exato, insistisse em manter na relação entre ambos certa distância impessoal. Na verdade, ela havia explicado o motivo disso. Ele nada tinha a oferecer, pois não dispunha de dinheiro ou de boa aparência e ela só amaria alguém que fosse belo e permitiria apenas o amor dos ricos. Tod era um "sujeito de bom coração", ela gostava de "sujeitos de bom coração", mas apenas dentro do campo da amizade. Ela não era insensível. Apenas colocava o amor em um plano especial, no qual homens feios ou pobres não tinham lugar.

Tod rosnou, aborrecido, ao voltar-se para a fotografia. Nela, via-se uma mulher vestida com trajes de harém, calças turcas, uma peça cobrindo os seios, jaqueta curta que jazia estendida em um divã de seda. Em uma mão, uma garrafa de cerveja; na outra, uma caneca de estanho. Ele se dirigiu diretamente para Glendale com a finalidade de vê-la nesse filme. A história era sobre um baterista americano que se perde no serralho de um mercador em Damasco e se diverte à beça com as mulheres encerradas. Faye fazia uma das dançarinas. Tinha uma fala que se reduzia a uma frase – "Oh, sr. Smith!" –, que recitava pessimamente.

Ela era uma moça de ombros fortes e pernas alongadas como uma espécie de gládio. O pescoço também era longo, sólido como a coluna de um edifício. Já o rosto era bem mais cheio do que poderia se imaginar, tendo em vista o resto do corpo, e bastante largo. Era um rosto de lua cheia, maior na altura das maçãs do rosto, mas que se estreitava no queixo e na testa. O cabelo platinado era longo e chegava a cobrir os ombros, embora fosse mantido longe do rosto e das orelhas graças a uma faixa azul fina, fixada no topo da cabeça com um pequeno arco.

Esperava-se que ela parecesse bêbada e nisso obteve êxito, embora a bebedeira não se assemelhasse à usual, decorrente do uso de álcool. Estendida no divã, braços e pernas abertos, parecia dar as boas-vindas a um amante enquanto seus lábios se abriam em um sorriso pesado e melancólico. A ideia que ela devia passar era de disponibilidade, mas o resultado era convidativo, embora destituído de prazer.

Tod acendeu o cigarro e tragou com um arquejo nervoso. Recomeçou a luta com a gravata, mas teve de interrompê-la para observar a fotografia novamente.

O ar convidativo era destituído de prazer, mas estava saturado de algo como um conflito, duro e impiedoso, mais próximo do assassinato que do amor. Lançar-se sobre ela seria o mesmo que se lançar do parapeito de um arranha-céu. Algo para ser feito aos gritos. Sem esperança de escapar. Os dentes penetrariam em seu crânio como pregos em tábua de madeira e sua espinha estaria em pedaços. Não haveria tempo sequer para começar a suar ou fechar os olhos.

Começou a rir desse falatório mental, mas não era um riso de verdade e nada foi destruído com ele.

Se ela permitisse, ele seria o mais feliz dos homens a se atirar desse parapeito, sem se importar com os resultados. Mas ela não permitia. Ela não o amava, e ele não poderia alavancar-lhe a carreira. Ela não era sentimental nem possuía nenhuma necessidade de ternura, mesmo se ele pudesse ao menos fornecer isso.

Quando terminou de se vestir, saiu às pressas do quarto. Prometera ir à festa de Claude Estee.

4.

Claude era um roteirista bem-sucedido e vivia em uma casa enorme, reprodução exata da velha mansão Dupuy, que ficava perto de Biloxi, no Mississippi. Quando viu Tod atravessar o passeio entre as cercas de madeira, cumprimentou-o da enorme varanda no segundo andar, assumindo um papel adequado àquela arquitetura colonial sulista. Balançava, para a frente e para trás, sobre os calcanhares, como um coronel durante a Guerra de Secessão, fazendo de conta que tinha uma volumosa barriga.

Mas a verdade é que não tinha barriga alguma. Era um sujeito mirrado, de traços desgastados e ombros curvados como os de um funcionário dos correios. O brilhante casaco de angorá e calças inclassificáveis do oficial imaginário que encarnava poderiam ser as roupas que usava. Contudo, não deixava de se vestir com elegância: na lapela de seu paletó marrom, uma flor de limão. As calças eram de tweed Harris avermelhado com estampa abstrata e, nos pés, usava um par de magníficos *blüchers* cor de ferrugem. A camisa de flanela era de tom marfim e a gravata, bem ajustada, de um vermelho que chegava quase a ser negro.

Enquanto Tod subia os degraus para apertar aquela mão estendida, Claude gritou para o mordomo:

"Ei, preto safado! Quero um *mint julep*[2]."

---

2 [N.T.] Tipo de coquetel cujos ingredientes principais são bourbon (uísque) e menta.

Um empregado chinês apareceu às pressas com uísque e soda.

Após conversar algum tempo com Tod, Claude conduziu o convidado na direção de Alice, sua esposa, que estava do outro lado da varanda.

"Não fuja", murmurou. "Vamos passar depois em um prostíbulo."

Alice estava sentada em um balanço de vime com uma mulher chamada Joan Schwartzen. No momento em que ela perguntou a Tod se ele jogava tênis, foi interrompida por Schwartzen.

"É bem estúpido bater uma bola inofensiva em cima de um objeto que poderia ser usado para pegar peixes, beneficiando milhões que morreriam por um pedaço de arenque."

"Joan é campeã de tênis feminino", explicou Alice.

Joan Schwartzen era uma garota robusta, de mãos e pés grandes e ombros quadrados, ossudos. O rosto era bonito e jovial, de uma menina de 18 anos em cima de um pescoço de 35, sulcado por veias e músculos. Era bem bronzeada, atingindo uma tonalidade rubi com leves toques azulados, o que tornava o contraste entre o rosto e o pescoço ainda mais impressionante.

"Bem, eu adoraria ir para o bordel agora mesmo", ela disse. "Eu amo esses lugares."

Voltou-se para Tod e tremelicou as pálpebras.

"E você, caro Hackett?"

"Já chega, Joan querida", foi a resposta que Alice deu, antecipando-se. "Nada como umas saunas para fazer um rapaz tomar a iniciativa. A dose extraforte que você bebeu para curar a ressaca de ontem está surtindo efeitos imprevistos."

"Como ousa me insultar?"

Ficou de pé e tomou o braço de Tod.

"Conduza-me para fora deste lugar."

Ela apontou para um grupo de homens que estava com Claude.

"Pelo amor de Deus, leve-a", interveio Alice. "Ela acredita que eles estejam contando histórias sujas."

Joan Schwartzen foi direto na direção dos homens reunidos, arrastando Tod atrás dela.

"Estão falando indecências?", ela perguntou. "Eu adoro indecências."

Todos riram polidamente.

"Não, de negócios", alguém respondeu.

"Eu não acredito nisso. Posso sentir algo de bestial na voz de vocês. Vamos, adiante, digam alguma indecência."

Dessa vez, ninguém riu.

Tod tentava livrar-se do torniquete que era a mão da garota, sem sucesso. Houve, então, um momento de silêncio constrangedor e logo o homem que ela interrompera tentou retomar a conversação.

"Os negócios no ramo do cinema andam em baixa", ele disse. "Vamos sentir falta de sujeitos como o Coombes."

"É isso mesmo", disse outro. "Caras como ele chegam aqui, fazem um monte de dinheiro, reclamam o tempo todo, não cumprem contratos e depois voltam para o Leste, contando histórias pitorescas sobre produtores que nunca conheceram."

"Meu Deus", Joan Schwartzen disse para Tod em um murmúrio de tom alto e exagerado, "eles *estão* mesmo falando de negócios."

"Vamos procurar algo para beber", disse Tod.

"Não. Leve-me ao jardim. Você viu o que colocaram na piscina?"

Ela o arrastou em outra direção.

O ar no jardim estava pesado graças às fragrâncias de mimosas e madressilvas. Através de uma fenda na sarja azul, o céu impulsionava uma lua granulada que parecia um enorme botão de osso. Um breve caminho de lajotas, muito estreito em virtude das bordas preenchidas de oleandros, conduzia a uma piscina de mergulho. No fundo dela, perto da área de maior profundidade, era possível distinguir uma espécie de massa escura.

"O que é aquilo?", ele perguntou.

Ela acionou com o pé um interruptor escondido na base de um arbusto, e logo uma fileira de holofotes submersos iluminava a água verde. A coisa era um cavalo morto ou, melhor dizendo, uma reprodução realista, em tamanho real. As pernas da coisa estavam estendidas e rígidas, o ventre inchado. A cabeça em forma de martelo jazia virada para um lado e, da boca, moldada para imitar um esgar de agonia, pendia uma língua pesada e negra.

"Não é uma maravilha?!", exclamou Joan Schwartzen, batendo palmas e saltando de entusiasmo como se fosse uma garotinha.

"Do que ele é feito?"

"Você não caiu nessa? Isso foi muito grosseiro de sua parte! É de borracha, claro. Custou um dinheirão."

"Mas por quê?"

"Para divertir. Estávamos olhando para a piscina um dia e alguém, talvez Jerry Appis, disse que seria interessante um cavalo morto no fundo dela. Assim, Alice mandou fazer um. Não é simpático?"

"Muito."

"Você não passa de um velho ranzinza. Pense em quão felizes estão os Estees, que agora podem se divertir à beça mostrando para todo mundo esse bicho e conseguindo uns 'ohs' e 'ahs' de ilimitado prazer."

Ela permanecia perto da borda da piscina, simulando espanto com breves interjeições repetidas rapidamente, em sucessão.

"Ainda está aí?", alguém perguntou.

Tod voltou-se para a voz e viu duas mulheres e um homem andando pelo caminho em direção à piscina.

"Achei que a barriga fosse explodir", gritou Joan Schwartzen alegremente.

"Legal", respondeu o homem que acompanhava as mulheres, aumentando a velocidade da caminhada para ver o fundo da piscina.

"Mas está só cheia de ar", disse uma das mulheres.

Joan Schwartzen fingiu que estava à beira das lágrimas.

"Vocês são como o malvado sr. Hackett. Não deixam que eu alimente minhas ilusões."

Tod estava na metade do caminho de volta para a casa quando ela o chamou. Ele acenou, mas continuou andando.

Os homens que estavam com Claude continuavam discutindo sobre negócios.

"Como você vai fazer para se livrar dessa judeuzada analfabeta que está por aí? Eles se fincaram na nossa indústria. No geral, são até meio retardados, mas são danados de bons nos negócios. Pelo menos sabem como fazer coisas realmente baratas e vão pra cima dos outros com um relógio de ouro inteiro nos dentes."

"Eles deveriam colocar alguns dos milhões que fazem de novo no negócio. Como o Rockefeller fez com aquela fundação dele. Todos adoram odiar os Rockefellers, mas agora, em vez de gritarem a respeito dos ganhos ilícitos que ele obteve com o petróleo, só se fala sobre as conquistas da tal fundação. Seria bom se, na nossa área, conseguíssemos algo parecido. Uma fundação cinematográfica que fizesse contribuições para a Ciência e para a Arte. Sabe como é, dar a cara a tapa."

Tod chamou Claude à parte para se despedir, mas este não o deixou partir. Foram à biblioteca para se servirem de uísques duplos. Sentaram-se em um sofá que ficava diante da lareira.

"Nunca esteve na casa de Audrey Jenning?", perguntou Claude.

"Não, mas ouvi falar dela."

"Então você precisa vir conosco."

"Não sou muito chegado a esse tipo de atividade esportiva."

"Não precisa participar. Nós vamos assistir a um filme."

"Acho que vou ficar deprimido."

"Não com a Jenning. Ela consegue tornar um vício atraente pela habilidade de trabalhar o pacote. A capacidade dessa mulher é um triunfo do design industrial."

Tod gostava de ouvir as conversas de Claude. Ele era um mestre da retórica humorística, um recurso que permitia expressar indignação moral mantendo a reputação certa de sofisticação mundana e esperteza.

Tod resolveu lançar mais uma isca. "Não me importa quanto celofane ela empregue para embalar a coisa", começou, "essas casas de tolerância são muito deprimentes, como qualquer outro local que sirva para transações de depósito, como bancos, caixas postais, tumbas e máquinas automáticas de vendas."

"Então o amor seria como uma máquina de vendas? Nada mau. Insira a moeda, pressione a alavanca e pronto. O mecanismo inicia algum tipo de procedimento interno automatizado. Logo está na sua mão um doce e você já pode se arrumar diante de um espelhinho sujo, colocar o chapéu de volta, recolher o guarda-chuva e sair de fininho, fazendo de conta que nada aconteceu. Algo assim seria ótimo, mas com certeza não daria para aproveitar no cinema."

Tod resolveu continuar em seu papel, duro e direto.

"Não é isso. Estive atrás de uma garota e a sensação é estranha, como se você carregasse algo grande demais para esconder nos bolsos, como uma pasta ou uma valise. Um desconforto, um incômodo."

"Sim, eu sei. É sempre desconfortável. A primeira coisa que cansa é a mão direita, logo a esquerda. Daí você coloca a valise no chão, senta em cima dela, mas aí as pessoas notam e param apenas para olhar a sua cara, obrigando-o a continuar caminhando. Você esconde a coisa atrás de uma árvore e corre para longe, mas alguém assiste a tudo isso e corre em seu encalço para devolver o pacote. Era uma valise pequena até, quando saiu de casa, pela manhã, daquelas bem baratas e com uma alça em péssimo estado, mas no fim do dia virou um baú com cantoneiras de latão e até alguns adesivos de lugares estrangeiros. Sei de tudo isso. De novo, trata-se de um bom material, mas não para o cinema. Você precisa estar atento à audiência. E quanto ao barbeiro em Purdue? Ele passou o dia todo cortando cabelos e está cansado. Imagine se teria alguma disposição para assistir a um otário carregando uma valise ou montado em cima de uma máquina de vendas. O que o nosso barbeiro gostaria de ver é o doce *amour* e, claro, glamour."

A última parte fora dirigida para ele mesmo, que suspirou pesadamente. Estava a ponto de retomar o discurso quando o criado chinês entrou no cômodo para informar que todos estavam prontos para ir à casa de madame Jenning.

5.

Partiram em diversos carros. Tod estava no assento dianteiro do veículo dirigido por Claude, que, enquanto desciam o Sunset Boulevard, descrevia como era essa madame Jenning. Ela fora uma atriz de alguma importância durante o cinema mudo, mas o advento do sonoro custou-lhe a carreira. Assim, em vez de lutar para conseguir papéis como figurante ou como ponta, o destino de muitas das antigas estrelas, optou por um caminho mais bem-sucedido ao abrir uma casa de facilidades. Mas ela não era uma pessoa particularmente maldosa ou depravada. Longe disso. Conduzia o negócio como qualquer outra mulher faria com uma biblioteca, de maneira astuta e saborosa.

Nenhuma das garotas morava no local. Bastava telefonar: uma garota era, então, despachada imediatamente. O custo era de 30 dólares para uma noite inteira, valor do qual madame Jenning deduzia a metade. Muitos pensavam que 50% era um valor um tanto elevado a ser pago pela intermediação, mas a verdade é que o serviço valia cada centavo. As despesas de manutenção eram vultosas. Madame Jenning mantinha uma bela casa para concentrar suas garotas, e um carro com chofer as entregava para a clientela.

Além disso, ela precisava se movimentar pela sociedade para fazer os contatos certos. Pois, afinal, nem todo homem se sentia confortável em investir 30 dólares nesse tipo de serviço. Às garotas, só era permitido atender homens ricos e de boa posição social – possuidores, além disso, de senso de discrição e bom gosto. Os padrões exigidos para a clientela eram tão elevados que madame Jenning insistia em encontrar-se com um possível freguês antes de um eventual atendimento. Ela costumava dizer, com muita propriedade, que não permitia a nenhuma de suas garotas atender um homem que ela mesma não tivesse vontade de satisfazer.

Por outro lado, era uma mulher inegavelmente culta. A maior parte dos distintos convivas da casa consideravam um evento particularmente prazeroso encontrá-la. Acabavam desapontados, contudo, quando descobriam o grau de refinamento da madame. Gostariam de conversar a respeito de certas questões prementes e de interesse universal, mas ela insistia em discutir Gertrude Stein e Juan Gris. Não importava o quão decidido fosse o interlocutor distinto, levando-se em conta que muitos também eram refinados *connaisseurs*, era praticamente impossível encontrar uma única falha no refinamento ou perceber alguma brecha vexatória na cultura da madame.

Claude ainda destilava a peculiar retórica na qual era especialista ao dissertar a respeito de madame Jenning quando ela surgiu na porta da casa para saudá-los.

"É tão bom vê-los novamente", disse. "Estava conversando com a excelente sra. Prince durante o chá, ainda ontem, quando comentei que os Estees são o meu casal predileto."

Madame era uma bela mulher, suave e untuosa, de cabelos claros e compleição avermelhada.

Ela os conduziu para uma pequena sala de visitas cujo esquema de cores tendia para o violeta, cinza e rosa. As persianas eram rosadas, no mesmo tom do teto, enquanto as paredes surgiam cobertas de papel de parede cinza cujo padrão de estampa era uma pequenina flor que lembrava uma violeta, em repetições distribuídas com bom espaçamento intermediário. De uma das paredes, pendia uma tela prateada cujo modelo permitia ser enrolada e guardada posteriormente. Contra a parede oposta, nos dois lados de uma mesa de cerejeira, estava uma fileira de cadeiras cobertas de uma chita brilhante nas cores rosa e cinza sobre uma armação tubular violeta. A diminuta máquina de projeção estava em cima da mesa e um jovem, em traje formal, tentava ajeitar o aparato.

Madame convidou todos a tomar seus assentos. Um garçom surgiu, anotando os pedidos de bebidas. Assim que esses pedidos foram anotados e atendidos, ela desligou o interruptor de luz e o jovem colocou o projetor em funcionamento. A máquina zumbiu tranquilamente, mas era nítido que o rapaz enfrentava problemas no que dizia respeito ao foco.

"O que vamos ver primeiro?", perguntou Joan Schwartzen.

"*Le prédicament de Marie.*"

"Soa bonitinho."

"Trata-se de um trabalho fascinante. De fato, fascinante é a palavra."

"Sim", disse o homem do projetor, que continuava enfrentando problemas. "Eu particularmente adoro *Le prédicament de Marie*. O filme possui qualidades únicas que me deixam sempre muito entusiasmado."

A projeção sofreu um enorme atraso, durante o qual o responsável lutou desesperadamente com sua máquina. Joan Schwartzen começou, então, a bater os pés e assobiar, sendo logo acompanhada pelos demais presentes. Assumiam o papel de uma turbulenta plateia nos dias do *nickelodeon*[3].

"Vamos com isso, seu palerma."

"'Tá com pressa? Olha aqui o seu chapéu."

"Cai fora!"

"Vá se ferrar bem longe daqui!"

O jovem e seu raio de luz finalmente atingiram a tela com precisão e o filme começou.

LE PRÉDICAMENT DE MARIE
ou
LA BONNE DISTRAITE[4]

Marie, a "empregada" do título, uma jovem e farta mulher, trajava um apertado uniforme preto de seda com

---

3　[N.T.] Nome dado, nos Estados Unidos, às primitivas salas de cinema surgidas no início do século XX. A palavra resultou da junção dos termos *nickel* (moeda de 5 centavos) e *odeon* (teatro coberto).

4　[N.T.] O título do filme, traduzido do francês, seria *O predicamento de Maria* ou *A empregada distraída*.

saias muito curtas. Trazia na cabeça uma pequena touca de renda. Na primeira cena, é possível ver essa personagem servindo a refeição para uma família de classe média em uma sala de jantar toda em painéis de carvalho e com mobiliário pesado, trabalhado. A família era bastante respeitável, consistindo em: um pai barbudo e de sobrecasaca, uma mãe com espartilho de barbatana de baleia e camafeu, um filho alto e magro, de longo bigode e reduzido queixo, uma garotinha que levava um grande laço no cabelo e um crucifixo com corrente de ouro ao redor do pescoço.

Após alguma comédia simplória, focada nas possibilidades de interação da barba do pai e da sopa, os atores se dedicaram com seriedade ao tema central. Tornava-se evidente que, embora a família inteira desejasse Marie, a jovem desejava apenas a menina. Lançando mão de guardanapos para ocultar suas atividades, o pai beliscava Marie, o filho tentava olhar pelo decote do vestido e a mãe dedicava-se a afagar os joelhos da serviçal. Marie, de sua parte, acariciava sorrateiramente a menina da família.

A cena, então, mudou: estávamos no quarto de Marie. Ela se despira e agora estava com um *négligé* de musselina, mantendo da vestimenta anterior apenas as meias pretas de seda e os sapatos de salto altíssimo. Sua elaborada toalete noturna é interrompida quando a menina entra em cena. Marie pega-a no colo e começa a beijá-la. Ouvem-se batidas à porta do quarto. Consternação. A criada tenta esconder a criança no armário antes de abrir a porta para a entrada do pai barbado.

Ele suspeita de algo e, diante disso, Marie permite seus avanços. O pai já está com ela nos braços quando se ouve mais alguém batendo à porta. Nova consternação, certo exagero encenado. Dessa vez, quem aparece é o filho bigodudo. A moça alvo do assédio esconde o pai debaixo da cama. Não demora muito e o clima começa a esquentar no quarto, mas logo se ouvem novas batidas. Marie esconde o filho num enorme baú. À porta, dessa vez, estava a senhora da casa. O trabalho com a patroa estava quase iniciando quando se ouvem mais batidas.

Quem poderia ser? Alguém trazendo um telegrama? Um policial? Freneticamente, Marie confere os diferentes esconderijos disponíveis no cômodo. A família inteira estava por ali. Ela vai na ponta dos pés até a porta para tentar adivinhar quem estava do outro lado.

"Quem poderia ser a misteriosa pessoa que desejava entrar justamente agora?", foi a frase que surgiu no intertítulo.

Nesse momento, a máquina de projeção travou. O jovem em traje noturno de gala transformou-se em uma Marie tão ou mais frenética. Quando o aparato voltou a funcionar, houve um clarão luminoso e o filme zuniu chegando ao seu ponto final.

"Peço imensas desculpas", ele disse. "Terei de rebobinar."

"Isso é enrolação!", alguém berrou.

"Embuste!"

"Piada!"

"Sempre a mesma encheção de saco!"

A audiência bateu os pés e assobiou.

Utilizando como cobertura essa paródia de tumulto, Tod esgueirou-se para fora do local. Desejava um pouco de ar fresco. Encontrou o garçom desfrutando de um momento ocioso no corredor, o qual lhe mostrou o pátio que ficava nos fundos da casa.

Ao voltar para a casa, explorou alguns cômodos diferentes. Em um deles, encontrou uma enorme coleção de cães em miniatura, acondicionados em um armário destinado a objetos curiosos e decorativos. Havia perdigueiros esculpidos em vidro, *beagles* de prata, *schnauzers* de porcelana, *dachshunds* feitos de pedra, buldogues de alumínio, galgos de ônix, *bassets* de cerâmica, *spaniels* de madeira. Cada raça conhecida estava representada em praticamente todo tipo de material que pudesse ser esculpido, moldado ou entalhado.

Enquanto admirava as pequenas figuras, ouviu uma garota cantando. Aparentemente, a voz não era estranha e resolveu espiar o corredor. Era Mary Dove, uma das melhores amigas de Faye Greener.

Talvez Faye também trabalhasse para madame Jenning. Ou seja, por 30 dólares...

Voltou para ver o resto do filme.

6.

A esperança alimentada por Tod de que poderia resolver seu problema ao custo de uma pequena taxa não durou muito tempo. Pediu a Claude que perguntasse sobre Faye para madame Jenning e a resposta obtida indicava que aquela senhora jamais ouvira falar de tal garota. Claude pediu, então, que obtivesse alguma informação com a ajuda de Mary Dove. Alguns dias depois, Claude recebeu uma ligação de madame Jenning informando que nada obtivera e que a garota, de fato, não estava disponível.

A verdade é que Tod não estava realmente desapontado. Não desejava conquistar Faye por meio de um artifício desse feitio, pelo menos enquanto houvesse alguma chance de obter o que almejava de outra forma. Começara a pensar, recentemente, que era um bom sujeito. Harry, o pai de Faye, estava doente e isso foi uma boa desculpa para Tod estar sempre por perto. Ele atendia a todas as necessidades do velho e servia de companhia. Para retribuir tal bondade, ela concedia a Tod as intimidades de um amigo da família. Essa gratidão alimentava nele a esperança de que algo mais sério ainda pudesse surgir.

Além desse propósito, estava realmente interessado em Harry e apreciava visitá-lo. O velhote fora um palhaço e Tod nutria o usual amor dos pintores por palhaços. Contudo, ainda mais importante, a experiência que o velho tinha no ofício de *clown* revelava-se uma pista para aqueles que seriam seus espectadores (uma pista que apenas o artista percebia, ou seja, na forma de um símbolo), assim como os sonhos de Faye.

Sentava-se ao lado da cama de Harry e ouvia suas histórias durante horas. Quarenta anos de trabalho no mundo do *vaudeville* e do burlesco forneciam arsenal para infinitas tramas. A vida do velho fora, ao menos de acordo com o que saía de seus lábios, uma sucessão de "camas de gato", "saltos mortais", "carpados" e "grupados", utilizados para escapar de uma barragem de "panelas de pressão estourando". Uma "panela de pressão estourando" era qualquer catástrofe, natural ou humana, de uma inundação em Medicine Hat, Wyoming, até um policial raivoso em Moose Factory, Ontário.

Quando Harry iniciou sua carreira artística, provavelmente restringia as atividades de *clown* aos palcos. Atualmente, contudo, sua percepção do mundo como palhaço parecia contínua. Era seu único método de defesa. A maioria das pessoas, descobrira, não abandonava o caminho usual da existência para tentar punir ou cobrar um palhaço.

Ele empregava um conjunto de gestos elegantes para acentuar a comicidade de sua figura curvada e sem esperança. As roupas que costumava usar pareciam uma indumentária especial de palco, uma caracterização de banqueiro, uma versão pobre, barata e pouco convincente de um banqueiro de verdade. Esse traje consistia em um chapéu-coco sebento e de coroa anormalmente alta, colarinho de ponta virada, gravata de bolinhas apertada com um nó simples, um paletó brilhante trespassado e calças com listras cinzentas. Eram trajes que não enganavam ninguém, mas de fato ele não pretendia enganar ninguém. A dissimulação, aqui, era de outra natureza.

Nos palcos, fora um completo fracasso e sabia bem disso. É verdade que declarava ter chegado muito perto do sucesso. Para prová-lo, fez Tod ler um velho recorte da seção de teatro do *Sunday Times*.

"Arlequim em farrapos", era o que dizia o título.

"A *commedia dell'arte* não está morta, mas vive no Brooklyn – ou ao menos esteve de passagem por lá na última semana, nos palcos do Teatro Oglethorpe, encarnada na figura de um tal de Harry Greener. Greener pertence a uma trupe intitulada Os Lings Voadores que, quando estas linhas forem publicadas, já deverá estar em Mystic, Connecticut, ou qualquer outro local mais adequado que um pequeno bairro para famílias de numerosos membros. Se tiver tempo disponível e gostar bastante de teatro, tente de todas as formas encontrar os Lings, não importa onde estejam.

"Greener, o arlequim em farrapos de nosso título, não está assim tão andrajoso, mas limpo, elegante e suave quando surge pela primeira vez no palco. Mas quando os Lings, quatro orientais corpulentos, acabam de trabalhar com nosso arlequim, contudo, ele se encontra, de fato, aos pedaços. Rasgado e talvez sangrento, mas ainda suave.

"A entrada de Greener faz com que as trombetas do espetáculo, de maneira bastante apropriada, sejam silenciadas. Mamãe Ling equilibra na boca um prato ao final de um longo bastão, Papai Ling dá umas cambalhotas, Irmã Ling faz malabarismos com leques e o Caçula Ling se pendura com sua trança em um arco no palco. Ao inspecionar seus vigorosos colegas, Greener tenta esconder sua confusão embaixo de certo mundanismo óbvio. Ele se aventura a fazer cócegas na Irmã, recebendo em troca um poderoso chute na barriga por esse avanço inocente. Após ser chutado, nosso arlequim está aclimatado ao ambiente do palco e começa a contar uma piada enfadonha. Papai Ling, então, se aproxima por trás dele e o empurra na direção do Caçula, que está olhando para o outro lado. Greener aterrissa duramente no solo, batendo a nuca. Demonstra, nesse momento, sua têmpera ao terminar a história aborrecida que começara nessa posição inclinada. Quando o arlequim finalmente se levanta, a plateia, que não viu graça alguma na piada, dá boas gargalhadas de seu andar vacilante após as pancadas, de modo que ele permanece nesse passo incerto até o fim do ato.

"Greener começa a contar outra história, ainda mais longa e besta que a primeira. Pouco antes de alcançar o clímax da piada, o som da orquestra estoura em um ruído retumbante e afoga as palavras do arlequim. Ele assume uma postura paciente, corajosa até. Começa novamente, mas a orquestra não permite que a história chegue ao fim. A angústia que se apossa de Greener é tamanha que parece liquidar sua rígida e crispada figura, embora felizmente saibamos que tudo não passa de atuação. De qualquer forma, trata-se de um número gloriosamente engraçado.

"O fechamento do quadro é soberbo. Enquanto a família Ling voa pelos ares, Greener, que permanece no solo graças ao seu senso de realidade e entendimento das leis de gravitação, luta ferozmente para fazer o público pensar que ele não está surpreso ou incomodado com as velozes evoluções aéreas dos orientais. Trata-se de um material bem conhecido, as mãos acenam uma coisa, mas o rosto indica outra. Os acrobatas o ignoram, e ele ignora os acrobatas. A vitória final, contudo, é do arlequim: é ele quem ganha os aplausos.

"Penso, em primeiro lugar, que algum produtor deveria colocar Greener em uma revista de nível, tendo como pano de fundo algumas belas garotas e cortinas cintilantes. Mas logo raciocino que isso seria um grande erro. Temo que Greener, como a vegetação humilde que morre assim que é transferida para solos mais ricos, siga um caminho melhor no *vaudeville*, tendo como cenário ventriloquistas e mulheres malabaristas em cima de bicicletas."

Harry tinha mais de uma dúzia de cópias desse artigo, algumas em papel bem castigado. Após uma tentativa de arranjar emprego usando um anúncio na *Variety* ("... 'algum produtor deveria colocar Greener em uma revista de nível...', *The Times*"), ele se aventurou em Hollywood, imaginando que fosse possível sobreviver com pequenos papéis cômicos em filmes. Mas o novo universo, todavia, provou estar bem acima dos limitados talentos de Harry. Como ele mesmo afirmava, chegou a um ponto em que "fedia de fome". Para complementar os minguados rendimentos obtidos nos estúdios, vendia quinquilharias aparentemente folheadas em prata produzidas no banheiro de seu apartamento com giz, sabão e graxa amarela. Quando Faye não estava na Central Casting atrás de algum papel, levava o pai para todo lado em viagens para vendas ambulantes em seu Ford T. Harry ficara doente na última expedição que fizeram juntos.

Foi nessa última viagem de negócios que surgira, por outro lado, um novo pretendente para Faye, de nome Homer Simpson. Após uma semana de convalescença de Harry na cama, Tod encontrou Homer pela primeira vez. Estava entretendo, com sua companhia, o velho doente, quando a conversação teve de ser interrompida por causa de uma fraca batida na porta. Tod, que atendeu, encontrou no corredor um homem parado, segurando flores para Faye e uma garrafa de vinho do Porto para Harry.

Tod o examinou de cima a baixo, ansioso. Não pretendia ser rude, mas à primeira vista tratava-se do típico sujeito que vai para a Califórnia morrer, um modelo nesse sentido perfeito em cada detalhe, dos olhos febris aos gestos incontroláveis das mãos.

Com voz engasgada, o sujeito disse: "Meu nome é Homer Simpson", depois se virou inquieto e afagou a testa absolutamente seca com um lenço dobrado.

"Não quer entrar?", Tod perguntou.

Homer balançou a cabeça pesadamente e empurrou as flores e o vinho para Tod. Antes que pudesse dizer uma palavra que fosse, o recém-chegado arrastou-se rapidamente para o outro lado e desapareceu de vista.

Tod percebeu que sua avaliação fora equivocada. Homer Simpson pertencia à categoria que imaginara apenas no aspecto físico. O tipo humano que tinha em mente não contava com a timidez como uma de suas características.

Entregou os presentes para Harry, que não estava nem um pouco surpreso. O velho disse que Homer era um de seus melhores clientes.

"Esses milagres polidos que produzo lhe agradam sobremaneira."

Mais tarde foi Faye, que voltara para casa, quem ouviu a história, divertindo-se imensamente. Ambos contaram para Tod como foi que encontraram Homer, embora a narração fosse interrompida a todo instante pelas gargalhadas ora de um, ora de outro.

Tod veria Homer uma segunda vez, parado e contemplando o apartamento, oculto pela sombra de uma tamareira do outro lado da rua. Observou o sujeito por alguns minutos antes de chamá-lo com um cumprimento amistoso. Sem dar resposta, Homer fugiu furtivamente. Nos dois dias seguintes, Tod veria aquela figura espreitando perto da tamareira. Conseguiu surpreender o sujeito após uma aproximação furtiva, pelo outro lado da árvore.

"Olá, sr. Simpson", disse Tod suavemente. "Os Greeners estão agradecidos e apreciaram muito os seus presentes."

Dessa vez, Simpson não se moveu – talvez pelo fato de Tod conseguir encurralá-lo contra a árvore.

"Que ótimo", foi a resposta abrupta. "Eu estava de passagem... Minha casa não fica muito longe daqui, subindo a rua."

Tod conseguiu manter a conversação por vários minutos antes que Homer escapasse de novo.

No encontro seguinte, Tod pôde se aproximar do sujeito sem apelar para a abordagem furtiva. A partir daí, o contato passou a ser mais fácil. Certa simpatia, ainda que do tipo mais óbvio, fazia de Homer um sujeito razoavelmente articulado, até mesmo loquaz.

7.

Tod estava certo de uma coisa pelo menos. Como a maioria das pessoas que despertavam seu interesse, Homer vinha do Meio-Oeste. Nascera em uma pequena cidade próxima de Des Moines, em Iowa, chamada Wayneville, onde trabalhara por vinte anos em um hotel.

Um dia estava sentado em um parque durante uma chuva intensa e, por causa disso, pegou uma gripe que acabou evoluindo para uma pneumonia. Quando finalmente saiu do hospital, descobriu que o hotel contratara outro contador. Os proprietários até ofereceram o cargo a Homer novamente, mas o médico o havia aconselhado a partir para a Califórnia a fim de descansar um pouco. O médico era dono de certa aura de autoridade inquestionável, de forma que Homer deixou Wayneville e se mudou para a Costa Oeste.

Após viver por uma semana em um hotel de beira de estrada em Los Angeles, alugou um pequeno chalé em Pinyon Canyon. Era a segunda casa que o corretor de imóveis lhe mostrara, mas ele fechou o contrato com essa mesmo porque estava cansado e também pelo fato de o corretor ser um indivíduo agressivo e intimidador.

De qualquer forma, apreciava a localização do chalé. Era a última casa do pequeno desfiladeiro, a parte elevada da encosta ascendia atrás de onde estava a garagem do imóvel. O local era coberto por tremoceiros, flores-de-sino, papoulas e diversas variedades de margaridas amarelas. Havia também alguns pinheiros, árvores-de-josué, eucaliptos. O corretor dissera que seria possível ver pombos e codornas californianas, mas só vira de fato umas poucas aranhas enormes, negras e aveludadas, além de um lagarto. Desenvolveu um afeto especial pelo lagarto.

O aluguel da casa era barato porque tratava-se de um desses imóveis difíceis de alugar. A maioria das pessoas que pretendia ficar com um chalé nas vizinhanças tinha uma preferência definida: o estilo "espanhol". Aquele chalé em especial, nas palavras do corretor, apresentava um estilo "irlandês". Homer achava o lugar esquisito, mas o corretor insistiu que era, na verdade, adorável.

O chalé era estranho. Tinha uma chaminé de pedra enorme e sinuosa, janelas pequenas em forma de lucernas com grandes beirais e um telhado de palha bastante baixo dos dois lados da porta de entrada. Essa porta era de eucalipto, pintada como carvalho queimado e pendia de dobradiças enormes. Apesar de serem nitidamente frutos de máquinas, essas dobradiças foram cuidadosamente estampadas, de modo a simular os efeitos da produção artesanal. O mesmo tipo de cuidado e gentileza foi empregado na construção do telhado, que obviamente não era feito de palha, mas de um papel pesado, à prova de fogo, que fora pintado e canelado para ficar o mais parecido possível com a palha de verdade.

O gosto curioso dos construtores predominou, igualmente, na sala de estar, que seguia o estilo "espanhol". As paredes eram alaranjadas e pálidas, salpicadas de cor-de-rosa. Delas, pendiam estandartes de seda com signos heráldicos em vermelho e dourado. Um enorme galeão ficava em cima da lareira. Seu casco era de gesso, as velas, de papel, e os cabos, de arame. Perto da lareira, encontrava-se uma boa variedade de cactos em vasos mexicanos de cores berrantes. Algumas dessas – por assim dizer – plantas eram feitas de borracha e cortiça, mas havia algumas naturais.

Esse cômodo era iluminado por arandelas que tinham formato de galeões, todos eles com lâmpadas âmbar brotando dos pequenos conveses. A mesa de centro também estava equipada com uma luminária encimada por uma cúpula de papel oleado para imitar um pergaminho que, por sua vez, estava coberta de outros tantos galeões desenhados. Cortinados de veludo vermelho cercavam as janelas, sustentados por varões negros de ponta dupla.

A mobília consistia em um pesado sofá com volumosas almofadas para os pés, coberto com tecido vermelho e desbotado, além de três poltronas de aspecto pouco confortável, igualmente vermelhas. No centro do cômodo havia uma mesa de mogno bastante alongada. Acomodava-se sobre o que pareciam ser cavaletes cravejados com pregos de bronze cujas cabeças eram bem aparentes. Pequenas mesas de canto se posicionavam ao lado de cada uma das cadeiras, apresentando a mesma cor e forma da mesa maior, com a diferença de trazerem um pequeno padrão colorido no topo.

Nos dois pequenos quartos de dormir, um outro estilo foi empregado. O corretor disse que se tratava do "estilo da Nova Inglaterra". Havia uma cama com a cabeceira decorada por um rococó circular, feita de ferro granulado para obter certa aparência de madeira, uma cadeira Windsor do tipo mais comum em cafés e uma cômoda ao estilo governador Winthrop[5] pintada de modo a parecer um sólido exemplar feito da mais pura madeira de pinho. No piso, um pequeno tapete de tela. Pendendo da parede, diante da cômoda, uma ilustração colorida retratando uma paisagem rural nevada que incluía uma fazenda típica de Connecticut e também um lobo. Os quartos eram idênticos em todos os detalhes. Mesmo as ilustrações eram réplicas.

A casa dispunha, ainda, de cozinha e banheiro.

---

5   [N.T.] Nome dado, em homenagem ao governador da província de Massachusetts, a um tipo de móvel com tampa retrátil muito comum nos Estados Unidos a partir dos anos 1920.

8.

Homer levou apenas uns poucos minutos para se estabelecer em sua nova casa. Retirou tudo o que trouxera em seu baú, colocou seus dois ternos em cabides – ambos tinham um tom cinza-escuro – dentro do armário de um dos quartos, depois as camisas e as roupas de baixo nas gavetas da cômoda. Não fez nenhuma tentativa de rearranjar a mobília.

Após algumas andanças sem rumo pela casa e pelo quintal, sentou-se no sofá que ficava na sala de estar. Posicionou-se como alguém que espera no saguão de um hotel. Permaneceu no mesmo lugar, sentado na mesma posição e sem mexer nenhuma parte do corpo além das mãos por cerca de meia hora, depois foi ao quarto, onde se sentou na beirada da cama.

Embora ainda fosse relativamente cedo, o início da tarde, sentia-se bastante sonolento. Temia deitar na cama e simplesmente dormir. Não costumava ter pesadelos, mas sentia enorme dificuldade em acordar novamente. Sempre que pegava no sono, era tomado por um temor permanente de não conseguir voltar nunca mais.

Contudo, o medo acabou sobrepujado pela necessidade. Programou o despertador para as sete horas, colocou-o bem perto do ouvido e deitou-se. Duas horas depois, que sentiu como a passagem de segundos, o alarme começou a tocar. O ruído persistiu por mais de um minuto antes que ele começasse a recuperar, com esforço, a consciência. Tratava-se de uma luta duríssima. Gemia e suspirava, com a cabeça trêmula e os pés dormentes. Finalmente, abriu levemente os olhos, bem antes de conseguir deixá-los completamente arregalados. Triunfara uma vez mais.

Permaneceu estirado na cama, recuperando a percepção e testando as diferentes partes do corpo. Cada uma delas parecia ter despertado, com exceção das mãos, que continuavam dormentes. Mas isso não era nenhuma surpresa. As mãos sempre exigiram atenção especial. Durante a infância, costumava espetá-las com agulhas e uma vez recorreu ao fogo. Agora, recorria apenas à água gelada.

Levantou-se da cama em etapas, como um autômato malfeito, arrastando as mãos até o banheiro. Abriu a torneira de água fria. Quando o lavatório ficou cheio, enfiou as mãos na água até a altura dos pulsos. Elas permaneceram quietas, como um par de estranhos animais aquáticos. Quando percebeu que estavam geladas e um arrepio começava a se espalhar por elas, retirou-as da água para logo escondê-las em uma toalha.

Sentia frio. Abriu o registro de água quente da banheira e começou a se despir, lutando com os botões da própria roupa como se fossem as vestes de um estranho. Mas conseguiu se despir antes que a banheira estivesse cheia, de modo que se sentou em um banco para aguardar. Mantinha as manzorras sossegadas em cima da barriga. Mesmo absolutamente imóveis, elas pareciam antes reprimidas, distantes do que poderia se chamar posição de repouso.

Com exceção das mãos, que deveriam pertencer a uma escultura de proporções monumentais, e da cabeça excessivamente pequena, o restante do corpo era bem proporcionado. Seus músculos eram largos e arredondados, o peito amplo e pesado. Mesmo assim, parecia que algo saíra errado. Com todo esse tamanho e forma avantajados, o resultado final não transmitia força nem fertilidade. Era como um desses grandes atletas estéreis de Picasso, que meditam pesada e desesperadamente na areia cor-de-rosa, fitando, pasmos, ondas de mármore estriado.

Quando a banheira finalmente estava cheia, entrou mergulhando na calidez da água. Rosnou algo indistinto, expressando seu contentamento. Mas nem bem se passara um breve momento e já começava a se lembrar, não tivera dessa vez nem mesmo um instante. Era fato que sempre buscava lograr a própria memória, esmagando-a com soluços e lágrimas inquietos e sempre à espreita em seu peito. Seu choro era suave inicialmente, para depois se tornar temível. O ruído que produzia parecia com o de um cachorro lambendo uma tigela de papa viscosa. Concentrava-se no quão solitária e miserável era a existência que levava, mas esse estratagema não estava funcionando. A coisa que tentava desesperadamente suprimir continuava povoando sua mente.

Um dia, quando ainda trabalhava no hotel, uma hóspede chamada Romola Martin se dirigira a ele no elevador.

"Sr. Simpson, você é o sr. Simpson, o contador?"

"Sim."

"Estou no 611."

Ela era pequena como uma criança, dona de gestos rápidos e nervosos. Nos braços, carregava um pacote que continha, pela forma óbvia, uma garrafa de gim quadrangular.

"Sim", repetiu Homer, lutando contra um instinto natural, todo seu, de ser o mais amigável possível. Sabia que a srta. Martin devia muitas semanas pelo quarto e além disso ouvira dos outros funcionários que ela não passava de uma alcoólatra.

"Oh!...", a garota assumiu uma postura decididamente coquete, trabalhando as óbvias diferenças de tamanho entre ambos. "Sinto muito pelos problemas com a conta, eu..."

A intimidade do tom adotado pela moça era mortificante para Homer.

"A senhora precisa conversar com o gerente", lançou as palavras como uma oportunidade de fuga e deu as costas para a mulher.

Ele tremia convulsivamente ao chegar ao escritório.

Como aquela criatura era atrevida! Era uma bêbada, com certeza, mas não estava tão alcoolizada assim para não perceber o que fazia. Apressadamente, conseguiu rotular sua emoção como desgosto.

Pouco tempo depois, o gerente o chamou para levar o cartão de crédito da tal srta. Martin. Dirigiu-se para o escritório da gerência, mas este já estava ocupado com a srta. Carlisle, a recepcionista. Homer, então, ouviu o que o gerente dizia para a moça da recepção.

"Você liberou o quarto 611?"

"Liberei sim, senhor."

"Por quê? Ela sempre causa problemas, não é mesmo?"

"Não quando está sóbria."

"Bem, deixemos isso de lado. Não queremos pessoas dessa laia neste hotel."

"Peço desculpas."

O gerente se voltou para Homer, pegando o cartão de crédito que ele segurava.

"Ela deve 31 dólares", disse Homer.

"Ela deverá pagar o que deve e depois cair fora. Não quero esse tipo de gente circulando por aqui." Sorriu. "Especialmente quando não consegue nem pagar as contas. Chame-a ao telefone para mim."

Homer pediu à telefonista que chamasse o 611. Após uma breve pausa, recebeu a notícia de que ninguém atendia o telefone.

"Ela está no quarto", disse. "Eu a encontrei no elevador."

"Vou pedir que a zeladora verifique."

Homer já trabalhava em seus livros por algum tempo quando o telefone tocou. Era o gerente de novo. Disse que o 611 fora notificado pela zeladora e pediu a Homer que levasse a conta.

"Diga para a mulher que ou ela paga ou cai fora neste exato momento", disse o gerente.

A primeira ideia que veio à mente de Homer foi pedir que a srta. Carlisle fizesse essa entrega, pois estava muito ocupado. Mas não ousou fazer tal pedido. Enquanto preparava o fechamento da conta, percebia o grau de excitação de seu corpo. Era aterrorizante. Pequenas ondas de sensações moviam-se através de seus nervos enquanto a língua formigava.

Ao sair do escritório e se dirigir para o sexto andar, sentia algo próximo da felicidade. Flanava pelos corredores e esquecera completamente as incômodas manzorras. Parou diante do 611 e se preparou para bater na porta quando, repentinamente, foi dominado pelo pavor. Baixou o punho sem tocar na porta.

Não poderia continuar com aquilo. Deveria ter mandando a srta. Carlisle.

A zeladora, que assistira a tudo do corredor, surgiu antes que pudesse fugir.

"Ela não está", Homer disse apressadamente.

"Bateu com força na porta? Certeza que essa fulaninha tá por aí."

Antes que Homer pudesse responder, ela esmurrou a porta.

"Abra!", ela gritou.

Homer ouviu algum tipo de movimento no interior do quarto. Logo depois, um pequeno vão da porta se abriu.

"Por favor, quem é?", uma voz suave perguntava.

"Sr. Simpson, o contador", ele disse, esbaforido.

"Entre, por favor."

A porta se abriu um pouco mais e Homer entrou evitando olhar para a zeladora. Entrou aos tropeções, mas conseguiu chegar ao centro do quarto, onde permaneceu parado. Sentiu, num primeiro momento, apenas o forte odor de álcool e de tabaco rançoso, mas havia também um perfume metálico. Movia os olhos em círculos cada vez menores. No chão, algumas roupas, jornais, revistas e garrafas. A srta. Martin estava encolhida no canto da cama. Vestia um roupão masculino escuro de seda com punhos e lapela de tonalidade azul-clara. O cabelo, bem curto, tinha a cor e a textura de palha, de modo que ela parecia mais um garoto. A juventude que aquele corpo feminino possuía era ressaltada pelos olhos, grandes e azulados, pelo pequeno nariz de botão rosado, pela boca carnuda e vermelha.

Homer estava ocupado demais com o crescimento de sua agitação para falar ou pensar qualquer coisa. Fechou os olhos para tentar readquirir o controle, preservando cuidadosamente o que sentia. Devia ser mais cuidadoso, pois, se fosse muito depressa com aquilo, a sensação poderia murchar, restando para ele apenas a frieza habitual. Mas percebia que aquele sentimento não cessava de crescer.

"Vá embora, eu peço. Estou bêbada", disse a srta. Martin.

Homer não disse nada em resposta nem se moveu.

Subitamente, ela começou a soluçar. O ruído áspero e irregular produzido por ela parecia proveniente do estômago. Enterrou o rosto entre as mãos enquanto golpeava o piso com os pés.

As sensações de Homer eram tão intensas que sua cabeça balançava rigidamente sobre o eixo do pescoço, como um daqueles dragões chineses de brinquedo.

"Estou quebrada. Não tenho dinheiro, nem um centavo. Falida mesmo."

Homer puxou sua carteira e se dirigiu em direção à moça como se fosse acertá-la com o objeto.

Ela tentou se esgueirar para longe dele, os soluços ainda mais intensos.

Ele jogou a carteira no colo dela e ficou parado, bem próximo, sem saber o que fazer a seguir. Ao ver a carteira, a moça sorriu, mas os soluços prosseguiram.

"Sente-se", ela disse.

Sentou-se na cama, ao lado dela.

"Você é uma pessoa estranha", ela disse timidamente. "Eu poderia beijá-lo por ter sido tão bacana."

Ele a agarrou e a abraçou com força. A ação extremamente repentina apavorou a moça, que tentou se libertar, mas ele manteve o abraço firme e começou a acariciá-la de modo desajeitado. Estava completamente inconsciente do que fazia. Tinha apenas a consciência de que sentia algo de puro, inebriante, e que devia fazer tudo o que estivesse ao seu alcance para transmitir essa doçura à pobre mulher que chorava e soluçava em seus braços.

Os soluços da srta. Martin eram agora menos frequentes e logo cessaram completamente. Ele conseguia sentir como o corpo dela se tornava mais e mais inquieto.

O telefone tocou.

"Não atenda", ela disse. Os soluços chorosos recomeçaram.

Ele a empurrou suavemente para o lado e cambaleou até o telefone. Era a srta. Carlisle.

"Está tudo bem?", foi a pergunta dela. "Ou devo chamar a polícia?"

"Está tudo bem", ele respondeu, desligando o aparelho.

Estava tudo acabado. Já não podia voltar para a cama, para onde estava antes.

A srta. Martin gargalhou diante da angústia terrível que marcava o rosto dele.

"Traga o gim, gigantão", ela bradou alegremente. "Está debaixo da mesa."

Ela se estirou na cama de uma maneira inconfundível. Nesse momento, ele fugiu às pressas do quarto.

Agora, na Califórnia, chorava porque nunca mais vira a srta. Martin. No dia seguinte, o gerente dissera que ele havia realizado um excelente trabalho: a moça pagou o que devia e deixou o hotel.

Homer tentou encontrá-la. Havia outros dois hotéis em Wayneville, casas pequenas e decadentes, que logo foram por ele investigados. Também procurou em casas que alugavam quartos, mas nos dois casos não obteve sucesso. Ela deixara a cidade.

Ele voltou ao modelo estabelecido de sua rotina regular – trabalhar dez horas, comer em duas, dormir durante o tempo que sobrara do dia. Então pegou a gripe forte e recebeu o conselho de se mudar para a Califórnia. Dispunha de recursos que lhe permitiam não pensar em arranjar trabalho no momento. Seu pai deixara algo em torno de 6 mil dólares e, durante os vinte anos em que trabalhara no hotel, conseguira economizar ao menos outros 10 mil.

9.

Saiu da banheira, secou-se rapidamente com uma toalha áspera, dirigindo-se logo depois para o quarto a fim de vestir sua roupa. Sentia-se mais imbecil e exaurido que o usual. Era sempre assim. As emoções emergiam em uma onda avassaladora, levando tudo pela frente e produzindo efeitos inadvertidos, cada vez mais ampla e alta, até chegar ao ponto em que a vaga, aparentemente, deveria se chocar com a superfície movida por uma força tão grande que o levaria junto. Mas o impacto nunca chegava. Algo sempre acontecia na crista da onda para que ela logo perdesse a força e recuasse como a água puxada por um dreno, deixando quando muito apenas uma recusa em sentir, simplesmente.

Levou bastante tempo até conseguir vestir todas as roupas. Parava para descansar após colocar cada peça com um desespero apenas proporcional ao esforço que aquilo tudo exigia.

Não havia nada para comer em casa e ele teve de sair pelo Hollywood Boulevard em busca de comida. Pensava em esperar a manhã do dia seguinte, mas optou, mesmo não estando com fome, por não esperar. Ainda eram oito da noite e o passeio mataria algum tempo. Se ele apenas se sentasse em qualquer lugar, a tentação de voltar para a cama e dormir novamente seria irresistível.

A noite estava quente e bastante calma. Começou a descer a colina, andando na extremidade contrária da calçada. Caminhava apressado entre os postes de iluminação, onde as sombras eram mais densas, e parava por um breve instante embaixo de cada círculo de luz. Quando alcançou o bulevar, lutava com o ardente desejo de correr em fuga. Deteve-se por alguns minutos em uma esquina para retomar o controle de si. Enquanto permanecia parado nesse local, pronto para escapar com toda a pressa, o medo tornava seus modos quase graciosos.

Quando algumas pessoas passaram por ali, inadvertidas de sua presença, aquietou-se. Antes que desse dois passos, contudo, alguém o chamou.

"Ei, senhor!"

Era um mendigo que o chamara das sombras de um portal. Com o infalível instinto de sua gente, ele percebeu que Homer seria uma presa bem fácil.

"Pode me dar umas moedas?"

"Não", Homer respondeu sem convicção.

O mendigo gargalhou e repetiu a pergunta acentuando o tom ameaçador.

"Moedas, senhor!"

Estendeu violentamente as mãos na direção do rosto daquele pedestre inseguro.

Homer tateou em sua bolsa de moedas e jogou algumas delas pela calçada. Enquanto o mendigo procurava por elas, ele conseguiu escapar pela rua.

O mercado SunGold, no qual acabara de entrar, era amplo e iluminado. Todas as lâmpadas por ali eram cromadas, o piso e as paredes, revestidos de azulejos brancos. Faróis coloridos criavam efeitos de luz e sombra em vitrines e balcões, acentuando as tonalidades naturais dos diversos alimentos. As laranjas estavam banhadas em vermelho; os limões, em amarelo; os peixes, em verde pálido; os bifes, em tons rosados e os ovos, em cores marmorizadas. Homer dirigiu-se diretamente para a seção de enlatados e comprou uma lata de sopa de cogumelos e outra de sardinhas. Isso e algumas bolachas de água e sal seriam mais que o suficiente para o jantar.

Logo estava na rua novamente, com a sacola de compras na mão, tomando o caminho de volta para casa. Quando chegou à esquina que levava a Pinyon Canyon, viu o quão íngreme e escura parecia a colina naquele momento. Voltou-se, então, para o bulevar iluminado. Pensava em esperar até que alguém surgisse seguindo o mesmo caminho que ele, mas acabou tomando um táxi.

10.

Embora Homer não tivesse nada mais para fazer além de preparar suas escassas refeições, não estava entediado. Com exceção do incidente envolvendo Romola Martin e talvez um ou outro evento em um intervalo de tempo bastante vasto, os quarenta anos de vida que levava até então foram inteiramente destituídos de variedade e agitação. Como contador, trabalhou mecanicamente na totalização das contas e na realização de entradas, sempre com o mesmo distanciamento impessoal que demonstrava naquele momento ao abrir a lata de sopa e arrumar a cama para dormir.

Uma pessoa que o observasse à distância em seu pequeno chalé poderia pensar que se tratava de alguém sob efeito do sonambulismo, talvez parcialmente cego. As mãos dele pareciam possuídas de vida e vontade próprias. Eram elas que esticavam o lençol e arrumavam os travesseiros.

Um dia, quando abria uma lata de salmão para o almoço, fez um corte muito profundo no dedão. Embora a ferida provavelmente fosse dolorida ao extremo, a expressão calma, suavemente queixosa, manteve-se inalterada. A mão ferida se contorceu um pouco na mesa da cozinha até que sua parceira a arrastou para a pia, onde foi lavada carinhosamente com água quente.

Quando não estava arrumando a casa, sentava-se no quintal, que o corretor chamara de "pátio", em uma velha espreguiçadeira quebrada. Saía do chalé para tomar sol imediatamente após o café da manhã. Em um dos cômodos, encontrara um livro bastante castigado que mantinha no colo, embora nem sequer dirigisse o olhar para ele. A vista era bem melhor de qualquer ponto que não fosse exatamente aquele em que se encontrava. Mover a cadeira em um quarto de um círculo imaginário permitiria que visse uma porção maior do vale que serpenteava na cidade logo abaixo. Nunca passou pela sua cabeça mudar a posição da cadeira. De onde estava, podia ver a porta fechada da garagem e um pedaço do telhado gasto. Em primeiro plano, os tijolos sujos do incinerador de lixo e uma pilha de latas enferrujadas. Um pouco à direita das latas, os restos de um jardim de cactos no qual algumas plantas remanescentes, miseráveis e torturadas, conseguiram sobreviver.

Uma delas, uma touceira de folhas grossas e com formato de remo, cobertas de espinhos medonhos, estava em plena floração. Da ponta das lâminas de folhas, sobressaíam flores amarelas e brilhantes, parecidas com a flor do cardo, embora mais rudes. Não importava o quão forte o vento soprasse, as pétalas daquelas flores nem sequer estremeciam.

Um lagarto estabeleceu como lar um buraco próximo da extremidade inferior de tal planta. Tinha uns 12 centímetros de comprimento, a cabeça em forma de cunha, da qual às vezes projetava uma bela e veloz língua bifurcada. Levava uma vida difícil caçando as moscas que passavam sobre o cacto seguindo na direção da pilha de latas.

O lagarto era bem consciente de si e fácil de se irritar, mas, na opinião de Homer, assistir ao cotidiano do bicho era algo bastante divertido. Sempre que um de seus elaborados planos de caça era frustrado, mudava de posição empregando suas pernas curtas e projetava a língua. As cores do animal eram idênticas às do cacto, mas quando ele se movia sobre as latas, que era justamente onde havia uma quantidade bem grande de moscas, destacava-se claramente. Ele podia ficar sobre as folhas da planta por uma hora sem se mover, mas logo ficava impaciente e escalava as latas. Ao fazer isso, as moscas percebiam imediatamente a movimentação do lagarto e evitavam facilmente seus ataques. Assim, ele acabava se esgueirando, timidamente, de volta para o local onde estava a princípio.

Homer estava do lado das moscas. Quando alguma delas, em um voo oscilante muito aberto, passava por cima do cacto, fazia uma oração silenciosa para que ela seguisse adiante ou conseguisse voltar rapidamente para as latas. Se ela estivesse aparente, observava como o lagarto começava a caçar e prendia a respiração até que o réptil tivesse matado sua vítima, lamentando o tempo todo não ter alertado a mosca sobre a proximidade de seu predador. Mas não importava o quanto ele desejasse que a mosca não fosse capturada pelo lagarto, jamais interferia e cuidava para não se mover ou produzir o mais leve ruído. Algumas vezes o lagarto errava seus cálculos. Quando isso acontecia, Homer sorria alegremente.

Entre o sol, o lagarto e a casa, até que estava razoavelmente ocupado. Mas era difícil afirmar se era feliz ou infeliz. Provavelmente não era nem uma coisa nem outra, da mesma forma que a planta não pode ser feliz ou triste. Ele tinha memórias perturbadoras, coisa que uma planta não possuía, mas depois da péssima primeira noite as memórias se aquietaram.

11.

Viveu dessa maneira por quase um mês, quando um dia a campainha tocou no momento em que começava a preparar o almoço. Ao abrir a porta, encontrou um homem parado com uma maleta de amostras em uma mão e um chapéu-coco na outra. Homer fechou a porta o mais rápido que pôde diante do estranho.

A campainha continuou a tocar. Colocou a cabeça do lado de fora da janela mais próxima da porta para ordenar ao sujeito que fosse embora, mas o homem curvou-se em uma saudação muito educada e pediu gentilmente um copo de água. Homer percebeu que seu visitante era um idoso de aspecto extenuado e pensou que provavelmente deveria ser alguém inofensivo. Pegou uma garrafa de água na geladeira, depois abriu a porta de entrada e convidou o homem a entrar.

"Harry Greener é meu nome, caro senhor", o homem anunciou como se cantasse uma canção, sublinhando cada sílaba.

Homer passou o copo de água para o visitante. Ele engoliu o líquido rapidamente e logo encheu mais um copo.

"Muito agradecido", enquanto agradecia fez um gesto elaborado. "A água estava extremamente refrescante."

Homer ficou impressionado quando o sujeito fez mais uma vênia, dessa vez um requebrado com passos curtos, e depois o lançamento do chapéu, em movimento rotatório, pela extensão do braço. O chapéu acabou caindo no chão.

O homem se curvou para pegá-lo, endireitando-se com um balanço curioso, como se tivesse sido chutado no traseiro. Logo, alisou o fundilho das calças dolorosamente.

Homer compreendeu que tudo aquilo fora feito com o objetivo de divertir. Soltou, assim, uma gargalhada.

Harry agradeceu o reconhecimento de seu número curvando-se em novo cumprimento, mas dessa vez algo parecia estar errado. O esforço fora excessivo. O rosto do sujeito estava pálido e ele lutou para afrouxar o colarinho.

"Uma indisposição momentânea", murmurou, perguntando-se se ainda estava no número ou se realmente não passava bem.

"Sente-se", disse Homer.

Mas Harry ainda não desistira de sua performance. Adotou um sorriso corajoso, deu alguns passos incertos na direção do sofá e então tropeçou em si mesmo. Examinou o tapete com expressão indignada, como se fosse responsabilidade de tal objeto o fato de ter tropeçado e caído, antes de chutá-lo para longe. Depois mancou até o sofá e sentou-se com um sonoro suspiro parecido ao som do ar escapando de um balão.

Homer ofereceu mais água. Harry tentou ficar de pé, mas Homer o impediu fisicamente, obrigando-o a permanecer sentado. Pediu mais dois copos de água, que bebeu, como os anteriores, em goles rápidos. Depois os enxugou com um lenço de mão, imitando um homem com um bigode enorme que tivesse acabado de beber uma caneca de cerveja com muita espuma.

"O senhor é bastante prestativo", disse Harry. "Não se preocupe, que um dia devolverei sua excelente ajuda de forma incalculável."

Homer fez um som estranho com a boca, um estalar como o de uma ave.

De seu bolso, Harry apanhou uma pequena lata, que entregou para o anfitrião.

"Cortesia da casa", anunciou. "Esta diminuta caixa contém o Solvente Milagroso, polidor contemporâneo em essência que não encontra paralelo ou assemelhado e é muito comum nas casas das estrelas de cinema..."

Interrompeu aquele palavrório com uma gargalhada aguda.

Homer pegou a lata.

"Muito obrigado", disse, tentando parecer grato por aquilo. "Qual é o preço?"

"O preço ordinário, para o varejo, é de 50 centavos, mas farei para você nosso preço extraordinário de 25 centavos, que é o preço de atacado, o valor que eu pago ao fabricante."

"Vinte e cinco centavos?", questionou Homer, o hábito levando a melhor temporariamente diante da timidez. "Posso comprar na loja uma lata com o dobro do tamanho pelo mesmo preço."

Harry conhecia esse tipo de tolo.

"Então fique com ele, fique mesmo, de graça", disse com desprezo.

Homer mordeu a isca e retomou a conversa.

"Aposto que é uma graxa de melhor qualidade que as do mercado."

"Não", disse Harry, como se alguém oferecesse a ele um suborno exíguo por sua consciência. "Fique com o seu dinheiro. Não precisa comprar nada."

Gargalhou novamente, dessa vez com uma nota dominante de amargura.

Homer pegou algum dinheiro e ofereceu ao sujeito.

"Fique com o dinheiro, por favor. Com certeza, o senhor precisa muito dele. Eu ainda tenho duas latas."

Harry colocou o sujeito onde desejava. Começou a exercitar um amplo arsenal de risadas, todas elas teatrais, como um músico que afina seu instrumento para o concerto. Finalmente, encontrou o tom que procurava para suas risadas, que empregou com zelo implacável. Era a risada da vítima.

"Pare, por favor", disse Homer.

Mas Harry não podia parar. Estava realmente passando mal. O último quarteirão antes da pura autopiedade ficara para trás e ele agora deslizava rapidamente pelo declive, ganhando cada vez mais velocidade. Ficou em pé num salto e começou a interpretar Harry Greener, o pobre e honesto Harry, bem-intencionado, desajeitado, trabalhador, um bom marido, pai exemplar, cristão piedoso, amigo leal.

Homer não apreciou nem um pouco essa nova performance. Estava aterrorizado e se perguntava se devia ou não chamar a polícia. Mas não fez nada. Apenas levantou a mão solicitando que Harry parasse com aquilo.

Ao final de sua pantomima, Harry jogou a cabeça para trás, apertando a garganta como se estivesse esperando a queda das cortinas em um palco. Homer encheu para ele mais um copo de água. Mas Harry ainda não terminara. Fez outra vênia, arrastando o chapéu até o peito, bem acima do coração, e então começou de novo. Não foi muito longe dessa vez e logo arfava dolorosamente, tentando respirar. Repentinamente, como um brinquedo mecânico ao qual se deu corda demais, alguma coisa se quebrou dentro dele de modo que passou a girar em falso ao redor de todo o repertório de que dispunha. Aquele esforço era de natureza puramente muscular, como a dança de um paralítico. Gingava, fazia malabarismos com o chapéu, simulava ser chutado no traseiro, tropeçava, trocava apertos de mão consigo mesmo. Ele passou por tudo isso em um único e desnorteado espasmo, depois cambaleou até o sofá e desabou.

Permaneceu deitado no sofá, o peito pesado e os olhos fechados. Estava até mais surpreso que Homer. Repetira o mesmo número quatro ou cinco vezes apenas naquele dia e nada parecido tinha acontecido. Devia estar doente de verdade.

"Você teve um ataque", disse Homer quando Harry abriu novamente os olhos. Com o passar de alguns minutos, Harry começou a se sentir melhor e sua confiança retornou. Colocou de lado todo o pensamento que pudesse estar relacionado a doenças e se vangloriou pelo excelente número, o melhor de sua carreira. Poderia ter tirado uns 5 dólares do otário que estava bem em cima dele.

"Há alguma garrafa de bebida em sua casa?", perguntou fracamente.

O dono da venda mais próxima enviara para Homer um garrafa de vinho do Porto como gesto de boas-vindas. Preencheu metade de um copo com o vinho e passou para Harry, que bebeu o conteúdo em pequenos tragos, fazendo caretas que se esperaria de alguém que estivesse bebendo um remédio.

Falando lentamente, como se sentisse uma dor intensa, pediu a Homer que trouxesse sua maleta com amostras.

"Está na soleira porta. Alguém pode roubá-la. Boa parte de meu pequeno capital está investida nessas latas de material para polimento."

Quando Homer saiu para buscar o objeto solicitado, viu uma garota na ponta da calçada. Era Faye Greener, que observava o chalé.

"Meu pai está aí dentro?", perguntou.

"Sr. Greener?"

A moça batia o pé no chão.

"Diga a ele para se apressar, que droga. Não pretendo ficar aqui o dia todo."

"Ele está doente."

Ela virou as costas para Homer, sem dar nenhuma indicação de ter ouvido a resposta ou de se importar com o que ouvira.

Homer pegou a maleta de amostras e levou para dentro da casa. Encontrou Harry saboreando outro copo de vinho que ele mesmo enchera.

"Excelente buquê", disse, estalando os lábios. "Excelente mesmo, de fato, sim. Seria muito perguntar, por obséquio, quanto pagou por..."

Homer o interrompeu secamente. Não aprovava pessoas que bebiam e logo usavam a bebedeira como desculpa para tirar vantagem dele.

"Sua filha está lá fora", disse com o máximo de firmeza que conseguiu reunir. "Ela está esperando por você."

Harry desabou no sofá e começou a respirar pesadamente. Estava atuando de novo.

"Não diga nada para ela", murmurou sufocado. "Não diga o quão doente seu velho papai está. Ela não deve saber nunca."

Homer estava chocado com tanta hipocrisia.

"Você está melhor", disse, ajustando o nível de frieza no ponto mais alto que conhecia. "Por que não volta para casa?"

Harry sorriu como uma forma de demonstrar o quão ofendido e magoado estava com a atitude sem coração do dono da casa. Diante da falta de uma reação de Homer, seu sorriso se transformou, passando a expressar audácia ilimitada. Levantou-se com cuidado, permaneceu ereto por um minuto inteiro e depois começou a oscilar suavemente, pendendo na direção do sofá.

"Estou perdendo a consciência", grunhiu.

Mais uma vez, estava surpreso e assustado. Perdia de fato a consciência.

"Chame a minha filha", a voz saiu com dificuldade da garganta.

Homer a encontrou sentada na calçada, encostada ao chalé. Ao ser chamada, rodopiou e correu na direção do anfitrião local. Ele a observou por um segundo, depois entrou, deixando a porta de entrada aberta.

Faye irrompeu no cômodo. Ignorou Homer e caminhou diretamente para o sofá.

"Qual é o problema afinal?", explodiu a moça.

"Filha adorada", Harry disse. "Estou me sentindo muito mal. Mas esse cavalheiro foi gentil em permitir que eu descansasse brevemente em seu sofá."

"Ele teve um ataque, um derrame talvez", disse Homer.

Ela girou ao redor dele tão rapidamente que o espantou.

"Como vai?", disse a moça, mantendo a mão adiante em um plano algo elevado.

Ele apertou a mão oferecida cautelosamente.

"Encantada", prosseguiu a nova visitante enquanto seu interlocutor murmurava algo ininteligível.

Ela prosseguiu girando de um lado para outro.

"É o meu coração", disse Harry. "Não consigo ficar de pé."

Estava familiarizada com o pequeno número que seu pai empregava para vender graxa e sabia que nada daquilo fazia parte da performance usual. Quando se voltou para Homer, os traços da jovem revelavam algo quase trágico. A cabeça dela, que antes se projetava, agora pendia para a frente.

"Por favor, permita que ele descanse mais um pouco."

"Sim, claro."

Homer conduziu a moça até uma cadeira, depois saiu em busca de fósforos para acender o cigarro dela.

Tentava não encarar Faye, mas suas boas maneiras eram um desperdício nesse caso. Além do mais, Faye adorava ser contemplada.

Evidentemente, enxergava a extrema beleza da garota, mas o que mais o perturbava era a vitalidade que a movia. Seu corpo era tenso, vibrante. Ela brilhava como prataria nova.

Embora contasse apenas 17 anos, Faye estava vestida como uma mocinha de mais ou menos 12, em seu vestido branco de algodão com um colarinho azul de marinheiro. As pernas alongadas estavam nuas e, nos pés, ela calçava sandálias azuis.

"Por favor, me desculpe", ela disse a Homer, olhando novamente para o pai.

O anfitrião fez um movimento qualquer com a mão para indicar que aquilo não era nada.

"O coração dele é fraco, pobre coitado", ela prosseguiu. "Eu sempre peço a ele que consulte um especialista, mas vocês, homens, são todos iguais."

"Sim, ele precisa ir a um médico", Homer disse.

Os estranhos maneirismos dela, em conjunto com a voz artificial, o intrigaram.

"Que horas são?", perguntou Faye.

"Mais ou menos uma da tarde."

Ela se levantou subitamente e enterrou as duas mãos nos cabelos dos dois lados da cabeça, arrumando os cachos no feitio de uma bola brilhante.

"Oh", exclamou de modo gracioso, "eu tinha um encontro marcado para o almoço."

Ainda segurando o cabelo, ela se virou, girando a cintura sem mover as pernas, de modo que seu vestido folgado se torceu, ficando mais apertado em torno do corpo e permitindo que Homer visse as arqueadas e deliciosas costelas, a pequena e enxuta barriga. Esse gesto elaborado, como todos os outros que estavam no repertório dela, era completamente sem sentido, quase formal, como se se tratasse de uma dançarina, e não de uma atriz afetada.

"Gosta de salada de salmão?", Homer se aventurou a perguntar.

"Saa-laa-da de salmão?"

Ela parecia repetir a pergunta para o próprio estômago. A resposta foi afirmativa.

"Com bastante maionese, não é? Eu adoro."

"Estava arrumando meu almoço. Vou terminar de prepará-lo."

"Deixe-me ajudar."

Ambos olharam na direção de Harry, que parecia estar adormecido, depois foram para a cozinha. Enquanto ele abria a lata de salmão, ela sentou-se, os braços cruzados nas costas da cadeira para acomodar-lhe o queixo. Sempre que olhava para ela, via que estava sorrindo intimamente e ajustando o pálido e brilhante cabelo, primeiro para a frente, depois para trás.

Homer sentia intensa excitação, de modo que suas mãos trabalhavam rapidamente. Logo, uma grande tigela de salada já estava pronta. Colocou a melhor toalha de mesa disponível, a melhor prataria e a melhor porcelana.

"Estou com fome só de olhar", ela disse.

O modo como tal frase foi dita parecia indicar que era Homer o culpado por essa fome, e ele sorriu para ela. Mas, antes que ele tivesse tempo de se sentar, a hóspede já começara a comer. Ela besuntou de manteiga uma fatia de pão, cobriu a manteiga com açúcar e mordiscou um pedaço considerável. Depois, rapidamente, untou de maionese o salmão e continuou o trabalho de deglutição. Quando Homer acabara de se sentar, ela pediu algo para beber. Homer encheu um copo de leite para ela e permaneceu parado, à espera, como um garçom. Ele nem sequer percebera a grosseria dela.

Assim que ela devorou a salada, ele trouxe uma grande maçã vermelha. Ela comeu a fruta mais lentamente, mordiscando a casca e a polpa, seu dedo mindinho curvado em relação ao restante da mão. Quando terminou de comer, voltou para a sala e Homer a seguiu.

Harry permanecia onde eles o haviam deixado, estirado no sofá. O sol forte da tarde atingia diretamente o rosto adormecido com o peso de um bastão de aço. Contudo, ele parecia não sentir o impacto. Estava bastante ocupado com a dor, tão semelhante a punhaladas, que sentia no peito. Ocupava-se de tal forma com esse problema de foro íntimo que deixou até mesmo de elaborar planos para tentar arrancar dinheiro daquele otário enorme.

Homer fechou a cortina para proteger o rosto de Harry, que nem sequer percebeu. Sua mente estava ocupada com a morte. Faye curvou-se sobre o pai. Ele viu, por debaixo das pálpebras parcialmente fechadas, que ela esperava por algum gesto tranquilizador. Ele recuou. Examinou a trágica expressão assumida pela jovem e não gostou nem um pouco. Em um momento sério como aquele, a tristeza barata da filha era insultante.

"Fale comigo, papaizinho", implorava.

Ela estava como que armando um esquema para cima dele sem sequer perceber.

"Que diabo é isso", o pai rosnou, "por acaso acha que estamos num musical?"

Essa explosão repentina de fúria a assustou e ela endireitou-se rispidamente. Ele não pretendia soltar suas risadas, mas emitiu um breve som similar a um latido antes que pudesse evitar. Esperava ansiosamente para ver o que aconteceria a seguir. Quando a dor amainou novamente, pôde soltar mais uma risada. Continuou com isso, timidamente a princípio, mas logo com crescente confiança. Gargalhava com os olhos fechados enquanto gotas de suor corriam pela testa. Faye conhecia apenas uma maneira de fazer com que ele parasse com aquilo: fazer alguma coisa que ele odiasse tanto quanto ela odiava aquelas risadas. Então ela começou a cantar.

"Jeepers Creepers!
Where'd ya get those peepers?..."[6]

---

6 [N.T.] "Jesus Cristo! / De onde vieram esses olhos?..." Trata-se de uma canção de jazz popular nos anos 1930, *Jeepers Creepers* (Harry Warren e Johnny Mercer). O título é uma corruptela de *Jesus Christ*.

Tartamudeou esses versos balançando as ancas e agitando a cabeça de um lado para o outro.

Homer estava profundamente impressionado. Sentia que a cena que testemunhava era ensaiada. E ele estava certo. As mais amargas discussões de ambos caminhavam nesse ritmo: ele gargalhava, ela respondia cantando.

> *"Jeepers Creepers!*
> *Where'd ya get those eyes?*
> *Gosh, all git up!*
> *How'd they get so lit up?*
> *Gosh all git..."*[7]

Assim que Harry interrompeu seu fluxo de risadas, ela parou de cantar e flanou até uma cadeira próxima. Mas o fato é que Harry apenas ganhava tempo com o intuito de reunir toda a força que lhe restara para uma investida final. Começou a gargalhar de novo. Não se tratava mais de uma casquinada em tom de crítica – era simplesmente algo medonho. Durante a infância de Faye, o pai costumava puni-la dessa forma, com esse instrumento. Era sua obra-prima. Havia um diretor de cinema que sempre o chamava para executar essa gargalhada quando precisava filmar cenas ambientadas em hospícios ou castelos mal-assombrados.

---

7   [N.T.] "Jesus Cristo! / De onde vieram esses olhos? / Putz, todo mundo de pé! / Está tudo bem agitado, não? / Putz, todo mundo..."

Começava com um estalar agudo e metálico, como aquele produzido por madeira queimando, progredia gradualmente em volume até tornar-se uma espécie de latido breve que logo tomava uma curva descendente para adquirir o tom de um cacarejar obsceno. Após uma pequena pausa, o ruído elevava-se de novo, agora um relincho de cavalo que ficava mais alto, transformando-se em uma zoada exasperante que parecia descrita por uma máquina.

Faye ouviu a performance indefesa, a cabeça inclinada para um lado. Subitamente, ela começou a gargalhar também, não com prazer, mas para combater aquilo que saía da garganta do pai.

"Seu bastardo!", ela gritou.

Ela saltou para o sofá, agarrou o velho pelos ombros e tentou sacudi-lo para que ficasse em silêncio.

Mas ele continuava gargalhando.

Homer pensou em intervir para tirá-la dali, mas perdeu a coragem e temia tocar naquele corpo feminino. Ela estava tão nua debaixo daquele vestido exíguo.

"Srta. Greener", ele pedia, as mãos enormes dançando na extremidade dos braços. "Por favor, por favor..."

Harry não conseguia mais parar de rir. Pressionava o estômago, mas o som continuava saindo de seu corpo. O peito começou a doer novamente.

Balançando a mão como se segurasse um martelo, Faye atingiu com toda a força disponível a boca do pai. Só foi necessário um golpe. Logo ele relaxou e ficou quieto.

"Tive de fazer isso", ela disse para Homer quando ele agarrou seu braço, afastando-a dali.

Ele a conduziu até uma cadeira na cozinha e fechou a porta. Ela continuava a chorar, os soluços a agitaram por algum tempo. Homer permaneceu atrás da cadeira em que Faye estava sentada, impotente, assistindo à elevação rítmica dos ombros dela. Por diversas vezes, as grandes mãos se moveram na direção da moça, para confortá-la, mas ele obteve sucesso em detê-las.

Quando o choro parecia mais suave, ele lhe ofereceu um lenço para limpar o rosto. O pequeno pedaço de pano ficou bastante manchado de ruge e rímel.

"Estraguei o lenço", ela disse, desviando o rosto. "Sinto muito."

"Já estava sujo", respondeu Homer.

Ela pegou o pó compacto do bolso e olhou para si mesma no espelho.

"Estou horrível."

Pediu para usar o banheiro, e Homer disse onde ficava. Depois ele foi na ponta dos pés até a sala para ver como Harry estava. A respiração do velho soava alta mas regular, e ele parecia dormir tranquilamente. Homer acomodou suavemente um travesseiro debaixo da cabeça adormecida e voltou para a cozinha. Acendeu o fogo e colocou a cafeteira sobre a chama, depois se sentou, aguardando o retorno da garota. Ouviu a passagem dela pela sala de estar. Alguns segundos depois, Faye entrou na cozinha.

Hesitava, desculpando-se, ainda na porta.

"Quer um pouco de café?"

Sem esperar pela resposta, encheu uma xícara e colocou o açúcar e o creme de modo que estivessem disponíveis para ela.

"Tive de fazer aquilo", ela disse. "Foi necessário, tive de fazer."

"Está tudo bem."

Para demonstrar a ela que era desnecessário pedir desculpas, manteve-se ocupado na pia.

"Não, eu preciso", ela insistiu. "Ele gargalha daquele jeito só para me enlouquecer. Não entendo isso. Não consigo mesmo."

"Sim."

"Ele é louco. Nós, os Greeners, somos todos loucos de pedra."

Ela fez essa última declaração querendo dizer que havia algum tipo de mérito em ser louco.

"Ele está muito doente", disse Homer, desculpando-se por ela. "Talvez tenha tido uma insolação."

"Não, é loucura mesmo."

Colocou um prato com biscoitos de gengibre na mesa, que ela devorou com o segundo copo de café como acompanhamento. O delicado som de esmagamento que ela produzia ao mastigar fascinava Homer.

Como a moça guardava um prologado silêncio de minutos, ele interrompeu suas atividades na pia para ver se havia algo errado. Ela estava fumando um cigarro e parecia perdida em seus pensamentos.

Tentou parecer descontraído.

"Em que está pensando?", perguntou sem jeito, sentindo-se logo depois um imbecil.

Ela suspirou para demonstrar o quão sombrios e carregados eram os pensamentos que nutria, mas não respondeu.

"Aposto que você adoraria um doce", disse Homer. "Não tenho nenhum aqui em casa, mas posso pedir na mercearia e eles entregam em poucos minutos. Ou talvez seja melhor sorvete?"

"Não, muito obrigada."

"Para mim, não é incômodo."

"Meu pai não é um ambulante, na verdade", ela disse abruptamente. "É um ator. Eu também sou atriz, assim como minha mãe era, atriz e dançarina. O teatro está no nosso sangue."

"Não vejo muitos espetáculos, eu..."

Ele parou de falar ao perceber que ela não estava interessada.

"Vou ser uma estrela um dia", anunciou como se existisse alguém ali que ousaria contradizê-la.

"Tenho certeza que sim."

"É o meu destino. A única coisa no mundo que eu realmente desejo."

"É muito bom saber o que se deseja. Eu fui contador em um hotel, mas..."

"Se não me tornar uma estrela, vou me matar."

Ela ficou de pé e colocou as mãos nos cabelos, arregalou os olhos e franziu o cenho.

"Não vejo muitos espetáculos", desculpou-se Homer, empurrando os biscoitos de gengibre na direção dela. "As luzes ferem meus olhos."

Ela riu e pegou um dos biscoitos.

"Assim vou ficar gorda."

"Oh, não."

"Estão dizendo por aí que mulheres gordas vão ser um sucesso ano que vem. O que você acha? Eu não acredito nisso. É só publicidade para Mae West."

Ele concordou.

Ela falou e falou, infinitamente, sobre si mesma e sobre o mercado cinematográfico. Seus olhos estavam fixos nela, mas nada ouvia, de modo que, mesmo quando a garota repetia uma pergunta, a resposta era apenas um menear de cabeça mudo.

Contudo, as mãos começaram a aborrecê-lo. Ele as esfregava contra a borda da mesa para obter algum alívio, mas tal atitude parecia estimular ainda mais o incômodo que causavam. Quando as apertou fortemente contra as costas, a tensão tornou-se insuportável. Elas estavam quentes e inchadas. Tendo a louça suja como desculpa, manteve as mãos debaixo da torneira, na água gelada que jorrava até a pia.

Faye ainda falava sem cessar quando Harry apareceu na porta. Inclinava-se, débil, contra o batente. O nariz do velho estava bem vermelho, embora o restante do rosto adquirisse uma coloração branca exaurida, o corpo parecendo bem menor que o tamanho requerido pelas roupas que vestia. Levava um sorriso no rosto, contudo.

Para espanto de Homer, pai e filha se cumprimentaram como se nada tivesse acontecido.

"Tudo bem, papai?"

"Suave e tranquilo, meu bem. Direto como a chuva, afinado como um violino e vivaz como a pulga, como diz o outro."

A pronúncia anasalada que Harry simulou, uma imitação do sotaque caipira, arrancou um sorriso de Homer.

"Quer algo para comer?", perguntou. "Um copo de leite, talvez?"

"Eu comeria, se fosse possível, uma refeição leve."

Faye o ajudou na mesa. Ele tentava disfarçar o quão fraco estava com um exagerado gingado ao estilo dos negros.

Homer abriu uma lata de sardinhas e fatiou o pão. Harry estalou os lábios diante da comida, mas comeu lentamente e com esforço.

"Estava excelente, sem dúvida", disse ao terminar de comer.

Recostou-se e pegou um cigarro amassado de algum ponto das amplas roupas. Faye apareceu com o fogo e logo ele estava, por brincadeira, soltando nuvens de fumaça no rosto dela.

"Melhor irmos embora, pai", disse a garota.

"Num segundo, minha criança."

Ele se voltou para Homer.

"Casa muito bonita a sua, meu caro. É casado?"

Faye tentou interferir.

"Pai!"

O velho a ignorou.

"Solteiro, não?"

"Sim."

"Bem, bem, um rapaz jovem como você."

"Estou aqui para recuperar minha saúde", Homer acreditava que isso era algo que precisava acrescentar.

"Não responda às perguntas dele", Faye tentou interferir.

"Ora essa, minha filha, estou apenas tentando ser amigável. Não quero prejudicar ninguém."

Continuava usando um sotaque caipira afetado. Cuspiu a seco em uma escarradeira imaginária e fez de conta que estava limpando da boca uma bela quantidade de tabaco.

Homer considerou a imitação engraçada.

"Deve ser solitário, acho mesmo assustador viver sozinho em uma casa enorme igual a esta", Harry prosseguiu. "Não se sente solitário?"

Homer olhou para Faye buscando uma resposta. Aborrecida, seu rosto estava fechado.

"Não", disse para evitar que Harry repetisse a desconfortável pergunta.

"Não? Bom, então está tudo bem."

Soltou vários anéis de fumaça em direção ao teto e observou o comportamento de cada um deles criteriosamente.

"Já pensou em alugar cômodos para pensionistas?", perguntou. "Uns tipos de boa índole e sociáveis, claro. Seria algo que traria grana extra e deixaria esta casa menos vazia."

Homer ficou indignado, mas, por trás da indignação, espreitava uma outra ideia, de natureza bastante excitante, aliás. Não sabia o que dizer.

Faye compreendeu erroneamente a agitação do anfitrião.

"Corta essa, pai!", exclamou antes que Homer pudesse responder. "Você já causou incômodo demais para um dia só."

"Só estamos batendo um papinho", protestou o velho com ares de inocência. "Apenas cozinhando o galo."

"Bem, mas já chegou a hora de irmos", ela retrucou.

"Não se preocupem, tenho tempo de sobra", disse Homer.

Desejava acrescentar algo mais sólido, mas não teve coragem. É claro que suas mãos eram bem mais corajosas. Quando Faye foi se despedir, as mãos de Homer agarraram as da moça e se recusaram a deixá-la ir embora.

Faye considerou hilária essa insistência morna.

"Um milhão de obrigados, sr. Simpson", ela disse. "Foi muita gentileza e consideração, tanto o almoço quanto a ajuda com papai."

"Estamos muito agradecidos", Harry assentiu. "Fez seu dever cristão de hoje. Deus vai recompensá-lo."

O velho tornou-se repentinamente um sujeito bastante religioso.

"Venha nos visitar", Faye disse. "Moramos nos apartamentos San Berdoo, não fica muito longe daqui, umas cinco quadras descendo o desfiladeiro. É uma casa grande e amarela."

Ao se levantar, Harry teve de se apoiar na mesa para conseguir ficar de pé. Faye e Homer agarraram-no pelos braços para ajudá-lo a chegar até a rua. Homer o manteve de pé, enquanto Faye foi até o Ford que estava estacionado do outro lado da rua.

"Estamos nos esquecendo do chamado para essa Obra de Salvamento Miraculosa", Harry disse, "o polidor sem par ou paralelo."

Homer encontrou 1 dólar e colocou na mão do hóspede, que escondeu o dinheiro rapidamente enquanto tentava manter uma aparência de negociante respeitável.

"Trarei a mercadoria amanhã."

"Sim, sem problemas", Homer disse. "Eu preciso mesmo polir uma parte da prataria."

Harry estava furioso porque ser amparado por um otário o magoava. Fez uma tentativa de restabelecer o que considerava ser o relacionamento adequado com o cliente por meio de uma mesura irônica, mas não foi muito longe com o gesto e logo começou a ter problemas com seu pomo de adão. Homer o ajudou a entrar no carro e ele desabou no assento ao lado de Faye.

Foram embora. Ela se virou para acenar, mas Harry não se deu ao trabalho de olhar para trás.

12.

Homer passou o resto da tarde sentado na espreguiçadeira quebrada. O lagarto permanecia sobre o cacto, mas dessa vez não estava interessado nas manobras de caça do animal. Suas mãos mantinham os pensamentos ocupados. Elas tremiam violentamente, como se estivessem em um sonho bastante agitado. Para mantê-las quietas, ele as apertava o máximo que podia. Os dedos estavam retorcidos como um emaranhado de pernas em miniatura. Afastou as mãos violentamente e se sentou em cima delas.

Com o passar dos dias, percebeu que não conseguia esquecer Faye, o que era assustador. Sabia de alguma forma que sua única defesa era assumir a condição de celibatário, que isso era tão útil, ao mesmo tempo parte essencial do corpo e armadura como a carapaça da tartaruga. Não podia se desvencilhar disso mesmo em pensamento. Se o fizesse, seria aniquilado.

Estava certo. Havia homens que podiam mergulhar apenas partes do corpo na lascívia. Tão somente o cérebro ou o coração entrava em combustão, mesmo assim em pequena escala. Outros, talvez mais afortunados, eram como os filamentos de uma lâmpada incandescente. Queimavam ferozmente, porém tudo terminava inteiro como antes. Mas, para Homer, era como o estalar de uma fagulha em um celeiro repleto de feno. Conseguira escapar no incidente de Romola, mas não seria capaz de escapar novamente. Naquele caso, ainda dispunha de seu emprego no hotel, um cotidiano de tarefas bem delimitadas que o protegiam pelo esgotamento. Agora, não tinha nada.

Os pensamentos que nutria eram pavorosos, de modo que se trancou no chalé, ansiando que eles pudessem ser deixados para trás como um chapéu inútil. Correu para o quarto e se jogou na cama. Parecia bastante evidente que as pessoas não deviam pensar durante o sono.

Nesse estado de intensa perturbação, até a paz ilusória lhe foi negada, pois não conseguia dormir. Fechava os olhos e tentava fingir profunda letargia. A sonolência, que deveria ter algo de automático, convertia-se de alguma forma em um longo e brilhante túnel. O sono estava no final dele, um pedaço minúsculo de sombra perdido em meio ao brilho atroz. Não podia correr, apenas se arrastar na direção da mancha negra. Quando estava para alcançá-la, o hábito veio em seu socorro – graças a ele, o túnel desabou, arremessando-o diretamente na sombra.

Acordou sem os usuais conflitos. Quando tentou pegar no sono novamente, não conseguiu sequer encontrar o túnel. Estava completamente desperto. Tentou pensar em quão cansado estava, mas a verdade é que não sentia cansaço algum. Sentia-se extremamente vivo, algo que não experimentava desde Romola Martin.

Do lado de fora, alguns poucos pássaros cantavam de maneira intermitente, começando uma ladainha e parando em seguida, como se pedissem desculpas por reconhecer que mais um dia terminava. Pensou ter ouvido o roçar de seda contra seda, mas era apenas o vento pregando peças com as árvores. O chalé estava intoleravelmente vazio! Tentou preencher os espaços com sua voz, cantando.

"Oh, say can you see,
By the dawn's early light..."[8]

Era a única canção que conhecia. Pensou em comprar uma vitrola ou um rádio. Sabia de antemão, contudo, que não compraria nenhum dos dois. Tal constatação o entristeceu. Era uma tristeza prazerosa, doce e suave.

Não suportava mais estar sozinho. Estava impaciente e logo começou a atiçar a própria tristeza, na esperança de que isso a tornasse mais aguda e, por consequência, agradável. Recebera alguns panfletos pelo correio de uma agência de turismo e começou a pensar nas viagens que nunca faria. O México ficava a poucos milhares de quilômetros de onde estava. Barcos partiam diariamente para o Havaí.

A tristeza se transformou em angústia antes que percebesse e logo adquiriu um sabor amargo. Naufragou em miséria humana novamente e começou a chorar.

Apenas aqueles que ainda persistem na esperança podem obter algum benefício de suas lágrimas. Quando

---

8 [N.T.] "Oh, diga que pode ver / Na primeira luz da aurora..."
Trecho inicial do hino nacional dos Estados Unidos.

elas se exaurem, essas pessoas se sentem melhor. Para os que abandonaram a esperança, como Homer, cuja angústia parecia essencial e permanente, não havia nada de bom nas lágrimas – elas vinham e iam embora, mas nada mudava. O mais comum é que um indivíduo sem esperança tenha plena consciência de tudo isso, porém, mesmo assim, não conseguiria deixar de chorar.

Homer estava com sorte. Choramingava para conseguir dormir.

Acordou novamente no outro dia com Faye ocupando uma posição predominante em sua mente. Tomou banho, tomou seu café da manhã e se sentou em sua espreguiçadeira. Foi durante a tarde que decidiu sair para dar uma volta. Havia apenas um caminho a seguir e ele passava pelos apartamentos San Bernardino.

Em algum momento durante a longa noite de sono, desistira de lutar. Quando chegou aos apartamentos, espiou através do corredor com iluminação âmbar em busca do nome Greener na caixa de correio e depois voltou para casa. Na noite seguinte, repetiu a jornada, dessa vez carregando flores e vinho.

13.

A condição de saúde de Harry Greener não apresentou nenhuma melhora. Permanecia na cama, olhando para o teto, com as mãos sobre o peito.

Tod o visitava praticamente todas as noites. Mas havia outros visitantes que apareciam com certa frequência. Algumas vezes era Abe Kusich. Outras, Anna e Annabelle Lee, irmãs que realizavam números em conjunto e estavam na casa dos 19 anos. Os mais frequentes eram os quatro Gingos, uma família esquimó de artistas de Point Barrow, no Alasca.

Quando Harry estava dormindo ou se havia outros visitantes, Faye ficava com Tod, em seu quarto, conversando. Ele se interessava por seu crescimento, apesar das coisas que ela dizia. Além do mais, continuava achando-a interessante. Qualquer outra moça tão afetada quanto Faye seria, para o gosto de Tod, insuportável. A afetação de Faye, contudo, era tão completamente artificial que se tornava uma espécie de charme.

Estar com ela era como perambular pelos bastidores de uma peça amadora, ridícula. De fato, com o que acontecia no palco, o texto estúpido e as situações grotescas, ele teria se contorcido de tédio, mas era interessante conhecer o árduo trabalho dos bastidores, a fiação que sustinha a espalhafatosa casa de verão com suas flores de papel amarfanhadas. Aceitava tudo aquilo e chegava a ficar ansioso para descobrir como seria o desfecho.

Havia, porém, ainda outras formas de perdoar os excessos de Faye. Tod acreditava que, embora ela reconhecesse a artificialidade de suas atitudes, persistia ainda assim por não saber agir de modo mais simples, direto, honesto. Era uma atriz que aprendera o que sabia dos piores professores nas piores escolas.

Apesar disso, Faye dispunha de certa percepção crítica, o suficiente para reconhecer o ridículo. Algumas vezes Tod chegou a flagrá-la rindo de si mesma. Mas o mais espantoso foi vê-la rir dos sonhos por ela própria acalentados.

Uma noite, conversavam a respeito do que ela costumava fazer quando não estava trabalhando como figurante. Contou que algumas vezes ocupava o dia inteiro inventando histórias. Dava boas risadas ao contar isso. Quando Tod pediu informações detalhadas, ela descreveu seu método com prazer.

Primeiro, procurava alguma música no rádio, depois se estirava na cama, os olhos fechados. Tinha um amplo estoque de histórias para escolher. Após alcançar o estado de espírito adequado, percorria as opções disponíveis em sua mente, como se espalhasse um jogo de cartas, descartando uma a uma até encontrar aquela que lhe parecia adequada. Certos dias, percorria todo o amplo baralho de histórias sem escolher nenhuma. Quando isso acontecia, costumava ir à Vine Street para tomar um sorvete com refrigerante ou, se estivesse sem um tostão, errava novamente pelas histórias disponíveis para se obrigar a escolher uma delas.

Embora admitisse que tal método era bastante mecânico, o que dificultava alcançar os melhores resultados possíveis, e que seria melhor deslizar para o mundo dos sonhos naturalmente, ela costumava dizer que qualquer sonho era preferível a nenhum e que, para o faminto, não há pão duro. É verdade que essas não foram exatamente as palavras dela, mas era possível entender que esse era o significado do que dizia no fim das contas. Tod pensava que era importante o fato de Faye sorrir ao contar esse tipo de coisa, um sorriso que não fosse de embaraço, e sim de ironia. Contudo, o alcance dos poderes críticos da moça era limitado. Ela sorria movida por um estímulo mecânico.

A primeira vez que ouviu um dos sonhos de Faye foi tarde da noite, no quarto dela. Cerca de meia hora antes a moça batera na porta de Tod, pedindo que a ajudasse com Harry, pois pensou que ele estivesse morrendo. A ruidosa respiração do pai, que ela tomou como o fôlego estrangulado pela morte, a despertou e a fez buscar ajuda em estado de extremo pavor. Tod colocou seu roupão de banho e desceu as escadas. Quando chegaram ao apartamento, Harry já havia limpado a garganta e a respiração voltara ao normal.

Faye, então, convidou Tod a fumar em seu quarto. Ela sentou-se na cama e ele, ao seu lado. A moça vestia um velho roupão de praia, branco e atoalhado, por sobre seu pijama, um conjunto bastante apropriado.

Tod desejava ao menos tentar beijá-la, mas temia essa aproximação. Não era medo de ser rejeitado, mas de que ela insistisse em ver tudo aquilo como algo sem sentido. Para suavizar as coisas, tentou fazer algum comentário sobre sua aparência. Mas fez um péssimo trabalho. Era incapaz de fazer esse tipo direto de adulação e se perdeu em uma observação cheia de rodeios. Ela não estava ouvindo, então ele interrompeu abruptamente sua tentativa de elogio, se sentindo um idiota.

"Tenho uma ótima ideia", ela disse de repente. "Uma ideia sobre como podemos ganhar muito dinheiro."

Fez mais uma tentativa de se aproximar dela por meio de elogios e lisonjas. Dessa vez, assumindo um ar de sério interesse.

"Você é um sujeito estudado", ela disse. "Bom, eu tenho umas ideias que dariam filmes muito bons. Tudo o que você precisa fazer é colocar no papel o que eu tenho aqui na cabeça e depois procuramos uns estúdios para vender nosso material."

Ele assentiu e ela descreveu seu plano. Era muito vago, ao menos até chegar ao que ela acreditava que poderiam ser os resultados, aí os detalhes eram bem concretos. Assim que tivessem vendido uma história, ela daria outra para ele. Fariam rios de dinheiro. Claro que não desistiria de sua carreira como atriz, mesmo que o sucesso obtido como escritora fosse imenso. Atuar era o mesmo que viver para ela.

Percebeu que ela estava fabricando outro sonho para incluir no já numeroso pacote à disposição. Quando finalmente se esgotaram as possibilidades de gastar o dinheiro que acumulariam, pediu que ela dissesse qual seria a ideia que ele deveria "colocar no papel", tentando manter a voz livre de todo e qualquer traço de ironia.

Na parede do quarto, para além da cabeceira da cama, havia uma enorme fotografia que algum dia esteve na entrada de um cinema para anunciar um filme do Tarzan. Mostrava um exemplar belo e jovem de homem, dono de músculos magníficos, trajando apenas uma estreita faixa de tecido na virilha, apertando com ardor uma garota esguia em um vestido para equitação esgarçado. O casal estava na clareira de uma floresta, tudo ao redor deles se resumia a contorcidas trepadeiras gigantes carregadas de orquídeas corpulentas. Ao ouvir a tal ideia, Tod percebeu que aquele pôster fotográfico teve um papel importante como inspiração.

Uma jovem navega, pelos mares do sul, no iate do pai. Ela está noiva e deverá se casar com um conde russo, que é alto, magro e velho, entretanto dotado de uma postura belíssima. Ele também está no iate, pressionando a jovem para que decida a data do casamento. Mas ela é mimada e não faz nada disso. Talvez tenha ficado noiva apenas para causar ciúmes em outro pretendente. Acaba interessada em um jovem marinheiro, muito abaixo dela em termos de nível social, mas muito bonito. Ela flerta com ele porque está entediada. O marinheiro rejeita o papel de brinquedo da madame, sem se importar com a quantidade de dinheiro que ela pode oferecer. Ele diz à jovem que recebia ordens apenas do capitão e que ela deveria voltar para o seu estrangeiro. Extremamente magoada, ela ameaça demitir o marinheiro, mas ele só dá risada. Como poderia ser demitido no meio do oceano? Ela se apaixona por ele, embora talvez nem perceba, uma vez que, além de muito bonito, foi o primeiro homem a dizer não aos seus desejos. Depois disso, surge uma grande tempestade e o iate naufraga perto de uma ilha. Todos se afogam, mas ela consegue nadar até a praia. Constrói uma cabana com galhos de árvores e sobrevive alimentando-se de peixes e frutas. Era uma ilha tropical. Numa manhã, quando se banhava nua em um riacho, uma cobra gigante surge e consegue agarrá-la. Ela tenta escapar, porém a cobra é muito forte. O marinheiro, que a observava escondido atrás de arbustos, surge para socorrê-la. Ele luta e derrota a serpente.

Tod resolveu começar algo desse ponto. Perguntou como ela pensava que um filme com essa história deveria terminar, mas ela parecia ter perdido o interesse. Ele insistiu, contudo.

"Bem, acho que eles se casam, claro, e são resgatados. Primeiro são resgatados, depois se casam, entenda bem. Talvez ele, na verdade, seja um rapaz rico que resolveu se tornar marinheiro pela aventura, alguma coisa assim. Você pode trabalhar e desenvolver essa minha ideia inicial."

"Mas é claro", Tod disse honestamente, contemplando os lábios úmidos e a ponta diminuta da língua que ela mantinha em movimento entre eles.

"Tenho muitas e muitas outras ideias."

Ele nada disse, mas era nítida certa alteração no comportamento dela. Enquanto contava a história, estava cheia de animação superficial, as mãos e o rosto vivos com pequenos trejeitos e gestos. Toda essa agitação tornara-se, então, menos evidente, aprofundava-se em meandros internos. Tod imaginava que, possivelmente, Faye buscava algo novo no pacote de sonhos, escolhendo outra carta para mostrar a ele.

Vira, em outras ocasiões, ela se comportar dessa forma, mas sem compreender claramente o que se passava. Todas essas pequenas histórias, esses breves devaneios, era isso o que dotava de extraordinária cor e mistério a existência dela. Por isso, parecia que Faye estava sempre lutando contra esse suave abraço, como se tentasse escapar de um pântano movediço. Tod a observava atentamente e sentia que seus lábios deviam ter gosto de sal e sangue, e como deveria ser delicioso o conteúdo que ela tinha entre as pernas. Seu impulso inicial não era ajudá-la a se libertar, mas jogá-la mais profundamente naquele lodaçal suave, quente e úmido, mantê-la sempre nele.

Ele expressou alguns de seus desejos através de grunhidos. Se ao menos tivesse a coragem de se jogar em cima de Faye. O resultado seria algo não menos violento que um estupro. A sensação que tinha era que segurava um ovo nas mãos. Não que ela fosse ou mesmo parecesse frágil. Nada disso. O que sentia estava relacionado à impressão de plenitude que ela parecia sentir, a autossuficiência que lembrava um ovo e alimentava nele certo desejo destrutivo, uma vontade de quebrá-lo.

Mas ele nada fez e ela começou a falar novamente.

"Tenho outra ideia muito boa que gostaria de contar. Talvez seja melhor para escrever do que a primeira. É uma história ambientada nos bastidores, coisa que está muito popular este ano."

Contou, então, a respeito de uma jovem corista que consegue sua grande chance quando a estrela de certo espetáculo fica doente. Era uma versão usual do tema da Cinderela, mas a técnica de construção dessa história era bem diferente daquela utilizada por Faye na trama ambientada nos mares do sul. Embora os eventos que constituíssem a nova trama fossem fantásticos, a descrição deles era realista. O efeito obtido se aproximava daquele de artistas da Idade Média que, ao retratarem um tema como a ressurreição de Lázaro do reino dos mortos ou Cristo andando sobre as águas, eram cuidadosos em manter todos os detalhes de modo intensamente realista. Ela, como aqueles artistas, aparentemente acreditava que a fantasia poderia ser mais plausível graças a uma técnica que enfatizasse o enfadonho.

"Gosto dessa também", disse quando ela terminou.

"Pense bem sobre as duas histórias e trabalhe com a melhor opção."

Ela o estava dispensando. Se não agisse depressa, a oportunidade disponível seria desperdiçada.

Começou a se inclinar na direção dela, que percebeu as intenções desse gesto e se levantou. Faye pegou o braço de Tod com suavidade brusca – afinal, agora eram parceiros de negócios – e o conduziu até a porta.

No corredor, no momento em que ela agradecia por ter descido e se desculpava pelo incômodo, ele tentou de novo. Ela aparentava estar mais disponível, o que possibilitou um abraço. Beijou-o de bom grado, mas, quando Tod tentou aprofundar as carícias, Faye habilidosamente se libertou.

"Devagar com o andor, amiguinho", ela disse entre risadas. "Mamãe vai dar umas boas palmadas."

Tod começou a subir as escadas.

"Tchau por enquanto", ela disse às costas dele antes de cair na risada novamente.

Ele não prestou muita atenção. Estava pensando nos esboços que faria de Faye assim que chegasse ao seu quarto.

Em seu *O incêndio de Los Angeles*, Faye estaria no primeiro plano, à esquerda. Era a garota nua perseguida por um grupo de homens e mulheres que haviam se separado do corpo principal da turba. Uma das mulheres está prestes a atirar uma pedra para derrubá-la. Faye corre com um estranho meio sorriso nos lábios. Apesar da serenidade sonhadora de seu rosto, o corpo está retesado, buscando obter a maior velocidade possível em sua fuga. A única explicação para tal contraste é que ela saboreava a sensação de liberdade que a perseguição selvagem fornecia, parecida à de uma ave de caça que, após se esconder por vários minutos e tomada por um desespero cego, abandona o abrigo e sai voando.

14.

Tod tinha outros rivais bem mais capacitados que Homer Simpson. Um dos mais relevantes era um jovem chamado Earle Shoop.

Earle era um caubói de uma pequena cidade do Arizona. Trabalhava ocasionalmente em novelões do Velho Oeste, gastando o resto do seu tempo na frente de uma selaria no Sunset Boulevard. Na vitrine dessa loja, havia uma enorme sela mexicana coberta de prata entalhada e cercada por um arranjo sortido de instrumentos de tortura. Eram, entre outras coisas, ferros de marcar, esporas com pontas enormes e freios duplos que pareciam imaginados especialmente para quebrar rapidamente a queixada do cavalo. Na parte de trás da vitrine, havia uma prateleira baixa com uma fileira de botas, em tons de preto, vermelho e amarelo-claro. Todas as botas possuíam canos trabalhados e saltos bem altos.

Earle sempre permanecia de costas para a vitrine, os olhos fixos em um letreiro que ficava no telhado de um edifício de um andar, do outro lado da rua, que dizia: "Leites maltados fortes demais para as pequenas". Regularmente, ao menos a cada meia hora, puxava um saco de tabaco e um maço de papéis do bolso da camisa e enrolava um cigarro. Depois deixava o tecido da calça ainda mais apertado levantando o joelho para acender um fósforo na parte interna da coxa.

Tinha mais de 1,80 metro de altura. O Stetson[9] de grandes dimensões que trazia na cabeça elevava em 12 centímetros a altura inicial, enquanto os saltos nas botas somavam mais 8. Sua aparência lembrava a de uma coluna, impressão exagerada ainda mais pela estreiteza dos ombros e pela falta de quadris e de traseiro. Os anos que passara em cima de uma sela não arquearam suas pernas. Na verdade, elas eram tão retas que seus macacões, desbotados em tonalidade azul-clara por causa do sol e pelo uso excessivo, pendiam sem uma dobra que fosse, como se estivessem vazios.

Tod podia entender o motivo pelo qual Faye o considerava um rapaz bonito. Ele tinha o rosto bidimensional como o que uma criança razoavelmente talentosa conseguiria reproduzir com régua e compasso. Seu queixo era perfeitamente arredondado e os olhos, bem afastados, também eram redondos. A boca fina e perpendicular corria nos ângulos corretos abaixo do nariz. Tinha compleição avermelhada e uniforme, da testa ao pescoço, como que pintada por um especialista, o que tornava a aparência geral muito parecida com um desenho esquemático para aparatos mecânicos.

Tod dizia para Faye que Earle era um imbecil entediante. Ela concordava, rindo, mas acrescentava que também era "criminosamente bonito", expressão que tomara de empréstimo da coluna de fofocas de um tabloide qualquer.

---

9 [N.T.] Marca que se tornou sinônimo de chapéu de caubói nos Estados Unidos.

Certa noite, ao encontrá-la nas escadas, Tod perguntou se ela gostaria de jantar com ele.

"Não posso. Tenho um encontro. Mas você pode vir comigo."

"Com Earle?"

"Sim, com Earle", ela repetiu, imitando a irritação de Tod.

"Não, obrigado."

Ela não compreendeu bem a resposta, talvez propositalmente, e disse: "Ele vai pagar desta vez".

Earle nunca tinha um tostão sequer e, caso Tod fosse a esse encontro, com certeza acabaria tendo de pagar a conta.

"Não é esse o problema. Que droga, você sabe bem o que é."

"Ah, é assim então?", ela fez a pergunta com malícia, logo acrescentando, absolutamente segura de si: "Encontre-nos no Hodge's às cinco".

Hodge's era a selaria. Quando Tod chegou, encontrou Earle Shoop em sua posição habitual, como sempre parado, olhando para o letreiro do outro lado da rua. Ele estava com o chapéu de caubói alto como uma cartola e as botas de salto. Cuidadosamente dobrado sobre o braço esquerdo, um paletó cinza-escuro. A camisa era de algodão, azul-marinho, com estampa de bolinhas, cada uma delas do tamanho de uma moeda. As mangas da camisa não estavam dobradas, mas foram puxadas até o meio do antebraço e mantidas aí por um par de extravagantes braçadeiras rosadas. As mãos tinham o mesmo tom de bronzeado vermelho que o rosto.

"Opa, salve!", foi a forma como respondeu à saudação de Tod.

Para Tod, o sotaque caipira era divertidíssimo. A primeira vez que ouvira Earle falar dessa forma, respondeu: "Opa, salve, estranho". Logo descobriu, perplexo, que Earle não percebeu que estava brincando. Mesmo quando Tod falava de *cayuses*[10], "bicho tinhoso" e "tipos desgranhudos", Earle levava o que dizia a sério.

"Tudo certo, parceiro", Tod disse.

Próximo de Earle estava outro caipira do Oeste, de chapelão e botas, sentado sobre os calcanhares enquanto mascava vigorosamente um ramo. Não muito distante dessa segunda figura, uma frágil e desgastada valise para papéis, mantida inteira graças a uma pesada corda amarrada em nós aparentemente feitos por um profissional.

Pouco após a chegada de Tod, um terceiro homem se juntou a eles. Fez um exame minucioso dos itens à venda na vitrine, depois se voltou para contemplar o outro lado da rua como os outros dois.

Era um sujeito de meia-idade e parecia bem treinado em estábulos de corridas de cavalos. Tinha o rosto completamente coberto por uma fina malha de rugas, como se o tivesse pressionado contra uma cerca de galinheiro enquanto dormia. Aparentava uma pobreza considerável e provavelmente vendera seu chapelão, mas ainda mantinha as botas.

---

10 [N.T.] Nome de um povo nativo da América do Norte. O termo, no plural, designa uma raça de cavalos.

"Opa, pessoal", disse.

"Opa, Hink", respondeu o sujeito com a valise.

Tod não sabia se era contado nesse comprimento, mas resolveu arriscar e respondeu à saudação.

"Olá."

Hink empurrou a valise com o pé.

"Vai pr'algum lugar, Calvin?", perguntou.

"Azusa. Tem rodeio pr'aqueles lados."

"Quem *tá* junto nessa?"

"Um sujeito que se chama Jack Ruindade."

"Esse filho *duma* égua!... *Cê* vai, Earle?"

"Não."

"Eu vou é comer", disse Calvin.

Hink considerou cuidadosamente toda a informação que recebera antes de falar de novo.

"O Mono *tá* fazendo um novo filme do Buck Stevens", disse. "O Will Ferris me disse que vão usar mais de quarenta cavaleiros."

Calvin se voltou para Earle.

"*Cê* ainda tem aquele colete malhado?", perguntou com ar matreiro.

"Por quê?"

"Esse colete ia garantir *pr'ocê* um papel como patrulheiro das estradas."

Tod percebeu que se tratava de algum tipo de piada, pois Calvin e Hink caíram na gargalhada, dando até mesmo uns tapas nas coxas de tanto rir, enquanto Earle franziu o cenho.

Passou-se um longo período de silêncio até que Calvin voltou a falar.

"O seu velho não *tá* com umas cabeças de gado ainda?", perguntou a Earle.

Mas Earle estava mais cauteloso dessa vez e se recusou a responder.

Calvin piscou para Tod de forma lenta e elaborada, contorcendo todo um lado do rosto.

"*Tá* certo, Earle", Hink disse. "Seu velho ainda tem algumas cabeças de gado. Por que *cê* não volta pra casa?"

Os dois não conseguiam obter a reação esperada de Earle, de modo que Calvin respondeu à pergunta.

"Ele não pode. Foi pego em um vagão de ovelhas com um par de galochas."

Era outra piada. Calvin e Hink estapearam as coxas enquanto gargalhavam, mas Tod percebia que esperavam por algo mais. De repente, sem sequer mudar sua posição, Earle mirou um pontapé no traseiro de Calvin. Esse era o ponto decisivo da piada. Os outros dois apreciavam, deliciados, a fúria de Earle. Tod também deu risada dessa vez. O modo como Earle saiu da completa apatia para a ação sem nenhuma transição era hilária. A seriedade do ato violento que ele praticara tornava tudo ainda mais engraçado.

Pouco depois, Faye chegou em seu castigado Ford de passeio, parando na calçada a uns 20 metros de distância. Calvin e Hink acenaram, mas Earle não se mexeu. Ele aguardava com tranquilidade, como convinha à sua dignidade. Moveu-se apenas quando ela deu uma buzinada. Tod seguia a uma curta distância atrás dele.

"Olá, caubói", disse Faye alegremente.

"Opa, salve, moça", disse lentamente, removendo o chapéu com cuidado e depois recolocando-o no lugar com um esmero ainda maior.

Faye sorriu para Tod e indicou que ambos deviam subir. Tod se acomodou na parte de trás. Earle desdobrou o paletó que carregava, executando alguns golpes para remover as ondulações e amassados, depois o vestiu, ajustando o colarinho e o volume da lapela. Ocupou, então, o lugar ao lado de Faye.

Ela ligou o carro com um tranco. Quando chegaram a LaBrea, ela virou à direita no Hollywood Boulevard e depois seguiu adiante. Tod percebeu que ela observava Earle pelo canto dos olhos, preparando-se para falar.

"Vamos nessa", ela disse, tentando fazer Earle soltar a língua. "Dessa vez você acerta, não é?"

"Escuta aqui, meu bem, eu não consegui nem um centavo pra pagar a janta."

Ela estava disposta a insistir no assunto.

"Mas eu disse pro Tod que nós pagaríamos desta vez. Ele já pagou pra gente muitas vezes."

"Tudo bem", Tod interveio. "Da próxima vez vocês pagam. Tenho ainda algum dinheiro."

"Não, que droga", ela disse sem olhar para os lados. "Estou cheia disso."

Jogou o carro contra o meio-fio e martelou com força os freios.

"É sempre a mesma história", disse para Earle.

Ele ajustou o chapéu, o colarinho e as mangas antes de falar.

"Podemos conseguir um rango no meu acampamento."

"Feijões, suponho."

"Não."

Ela o empurrou de leve.

"Tá bom. O que você conseguiu?"

"Mig e eu botamos umas armadilhas por lá."

Faye soltou uma risada.

"Armadilhas de rato, é isso? Vamos comer ratos."

Earle não deu nenhuma resposta.

"Escuta aqui, seu grande, forte e silencioso idiota", ela disse, "diga alguma coisa a sério ou caia fora da droga do meu carro."

"São armadilhas de codorna", foi a resposta de Earle, sem a menor modificação de seu modo formal e petrificado.

Ela ignorou essa explicação.

"Falar algo para você é como conversar com um poste. Fico irritada com isso."

Tod sabia que não havia esperanças para Earle nessa discussão. Ele ouvira outras parecidas antes.

"Não quis dizer nada, não", disse Earle. "Estava só brincando. Não ia te dar ratos pra comer."

Ela empurrou com força o freio de mão e ligou o carro novamente. Na Zacarias Street, fez a curva na direção da região montanhosa da cidade. Após subirem continuamente por cerca de 500 metros, chegaram a uma estrada de terra que seguiram até o final. Então todos deixaram o veículo e Earle ajudou Faye a descer.

"Me dá um beijo", ela disse, o sorriso expressando seu perdão.

Earle tirou o chapéu cerimoniosamente, colocando-o no capô do carro, depois a envolveu em seus longos braços. Não prestaram atenção em Tod, que estava um pouco afastado, observando os dois. Ele viu Earle fechar os olhos, os lábios crispados em um enorme bico como um garotinho. Mas não havia nada de infantil naquilo que ele fazia com ela. Quando Faye teve o que desejava, empurrou Earle para longe.

"Quer também?", se dirigiu graciosamente para Tod, que lhe deu as costas.

"Oh, quem sabe na próxima", ele respondeu, imitando a informalidade dela.

Faye começou a rir, depois pegou seu pó compacto e retocou a maquiagem. Quando estava pronta, tomaram um caminho curto que era a continuação da estrada de terra. Earle liderava, Faye vinha logo depois e Tod era o último do grupo.

A primavera estava em seu ápice. O caminho percorria a parte inferior de um desfiladeiro estreito e, onde quer que fosse possível, ervas floresciam nas margens íngremes em púrpura, azul e amarelo. Papoulas alaranjadas delimitavam o caminho, as pétalas enrugadas como crepe e as folhas pesadas por causa da poeira que se acumulava como talco.

Subiram por esse caminho até encontrar outro desfiladeiro. Dessa vez, estéril, embora o solo nu e as pedras irregulares fossem ainda mais coloridos pelo brilho das flores que o primeiro. O caminho era prateado, salpicado com estrias rosa-acinzentadas, enquanto as paredes do desfiladeiro tinham cores como turquesa, malva, chocolate e lavanda. O próprio ar apresentava tons rosa vibrantes.

Pararam para observar como um colibri caçava um gaio-azul. O gaio brilhava e grasnava com o pequeno inimigo em sua cola, como um projétil de rubi. Os dois pássaros espalhafatosos explodiram pelo ar colorido deixando partículas brilhantes como confetes metálicos.

Quando saíram desse desfiladeiro, olharam para baixo e viram um pequeno vale verde, repleto de árvores, em sua maior parte eucaliptos, de vez em quando álamos e um enorme carvalho negro. Deslizando e tropeçando durante a descida, chegaram ao vale.

Tod viu um homem que observava o grupo descendo dos limites da floresta. Faye também o viu e acenou.

"Olá, Mig!", ela gritou.

"Chinita", ele gritou de volta.

Ela correu pelo menos 10 metros desde a encosta até alcançar o homem, que a tomou nos braços.

Ele tinha a pele cor de caramelo, amplos olhos armênios e lábios proeminentes, escuros. A cabeça era uma massa ondulada, organizada e firme. Trajava um suéter grande e pesado – cujos pelos longos lhe valeram o apelido que tinha na região de Los Angeles: "gorila" – e nada por baixo dele. Suas calças de lona, muito sujas, eram sustentadas por um lenço vermelho estilo bandana. Os pés eram protegidos por um par de castigados tênis.

Eles se moveram em direção ao acampamento que estava localizado em uma clareira no centro da floresta. Consistia essencialmente em uma cabana em ruínas, mas decorada com placas de sinalização roubadas da estrada e um fogão sem pés nem fundo apoiado sobre umas pedras. Perto da cabana, uma fileira de gaiolas de frango.

Earle acendeu o fogão enquanto Faye se sentava em uma caixa para observá-lo. Tod estava mais longe, dando uma olhada nos frangos. Havia uma galinha velha e uma dúzia de galos de briga. Deve ter dado um trabalho considerável construir aquelas gaiolas com tábuas alinhadas, cuidadosamente combinadas e unidas. O piso dessas pequenas prisões estava dominado por uma espécie de musgo fresco.

O mexicano se aproximou e começou a conversar sobre os galos. Estava bastante orgulhoso deles.

"Este aqui é Hermano, cinco vezes campeão. É um dos Açougueiros das Ruas. Pepe e El Negro ainda são só galos. Vão lutar na semana que vem, em San Pedro. Este outro é Villa, não enxerga bem, mas ainda é muito bom. E também tem o Zapata, duas vezes vencedor, um verdadeiro fanfarrão. O outro é Jujutla. Ele é meu campeão."

Abriu a gaiola e tirou o animal para que Tod o visse.

"Um assassino, é isso que ele é. Uma velocidade só!"

A plumagem do galo apresentava tons de verde, bronze e cobre. O bico tinha uma coloração limão e as pernas eram alaranjadas.

"Ele é muito bonito", disse Tod.

"É o que eu digo."

Mig colocou o pássaro de volta na gaiola e eles foram se unir aos outros perto do fogo.

"Quando vamos comer?", Faye perguntou.

Miguel testou a temperatura do fogão cuspindo sobre ele. Depois encontrou uma grande frigideira de ferro, que começou a limpar com o material disponível, areia. Earle entregou para Faye uma faca e algumas batatas para descascar, depois pegou um saco de estopa.

"Eu pego os pássaros", ele disse.

Tod o acompanhou. Seguiram uma trilha estreita que parecia ter sido utilizada por ovelhas até alcançarem um pequeno campo coberto com tufos de grama alta. Earle parou atrás de uma moita espessa e levantou a mão para alertar Tod. Um tordo estava cantando não muito distante dali. O canto soava como seixos jogados, um a um, das alturas em uma piscina repleta de água. Logo, uma codorna entoou seu chamado, usando duas notas guturais suaves. Outra codorna respondeu, de modo que agora os pássaros estavam dialogando. O chamado e a resposta que ouviam não eram como o assobio alegre do perdiz-da-virgínia que encontramos na região leste. Era cheio de melancolia e exaustão, ainda que maravilhosamente doce. Uma outra codorna se uniu ao dueto. Essa terceira cantava de um ponto próximo ao centro do campo. Era justamente esse o pássaro que fora capturado pela armadilha, embora o som que produzisse não apresentasse nenhum traço de ansiedade, apenas uma tristeza impessoal, infinita e sem esperança.

Quando Earle finalmente ficou satisfeito por não haver ninguém por ali para espionar sua caça, dirigiu-se para a armadilha. Era uma espécie de cesto trançado com arame do tamanho de uma tina de lavar roupas com uma pequena porta na extremidade superior. Ele se curvou sobre o aparato e destrancou a porta. Cinco pássaros voaram furiosamente pelas extremidades internas da armadilha, atirando-se contra o arame trançado. Um deles, um galo, possuía uma delicada pluma na cabeça que se curvava quase alcançando o bico.

Earle pegou as aves, uma por vez, arrancando a cabeça antes de colocá-las no saco. Depois começou a marchar de volta para o acampamento. Caminhava mantendo o saco debaixo do braço esquerdo. Erguia as aves com a mão direita e arrancava suas penas, uma de cada vez. As penas caíam no chão, conduzidas pelo peso da minúscula gota de sangue que oscilava em uma de suas extremidades.

O sol se pôs antes que pudessem alcançar o acampamento novamente. Esfriava cada vez mais, e Tod estava feliz por estar de novo perto do fogo. Faye dividiu com ele o seu assento improvisado em cima da caixa e ambos se voltaram em direção ao calor.

Mig trouxe um jarro de tequila da cabana. Encheu um pote de manteiga de amendoim improvisado como copo para Faye e entregou a jarra para Tod. A bebida tinha cheiro de fruta apodrecida, mas o sabor era agradável. Quando bebeu o suficiente, passou para Earle, que realizou o mesmo processo e devolveu o jarro para Miguel. Continuaram passando a bebida de mão em mão.

Earle tentou mostrar para Faye o quão gordas estavam as aves mortas, mas ela não quis prestar atenção. Ele eviscerou os pássaros, depois os cortou em postas utilizando um par de pesadas tesouras de estanho para jardinagem. Faye colocou as mãos nos ouvidos para não ouvir o estalido suave feito pelas lâminas ao cortar carne e osso. Earle limpou as peças de carne com um trapo e jogou todas elas na frigideira, onde um enorme pedaço de gordura já crepitava.

Apesar de todos os melindres, Faye comeu com a mesma dedicação dos homens presentes. Não havia café, de modo que terminaram a refeição bebendo tequila. Fumavam e mantinham a jarra circulando. Faye dispensou o pote de manteiga de amendoim e passou a beber como os outros, jogando a cabeça para trás e inclinando a jarra.

Tod podia sentir a crescente excitação dela. A caixa na qual estavam sentados era tão pequena que suas costas se tocavam e ele podia sentir que ela estava quente e inquieta. O pescoço e o rosto de Faye mudaram de tons de marfim para rosa. Ela parecia estar sempre em busca de seus cigarros.

As feições de Earle estavam ocultas pela sombra de seu grande chapéu, mas o mexicano se encontrava exposto à plena luz do fogo. A pele caramelo brilhava e o óleo nos ondulados cabelos negros chegava a cintilar. Ele continuava a sorrir para Faye, de uma maneira que era irritante para Tod.

Quanto mais bebia, menos gostava daqueles sorrisos.

Faye persistia em empurrar Tod, de modo que ele se levantou da caixa e se sentou no chão, escolhendo um lugar de onde poderia enxergá-la melhor. Ela sorria de volta para o mexicano. Faye parecia saber o que se passava pela cabeça de Mig e, por sua vez, pensava da mesma forma. Earle também percebeu o que acontecia entre os dois. Tod ouviu que ele praguejava em voz baixa enquanto se inclinou para a frente e pegou um pedaço de madeira em brasa.

Mig soltou uma risada culpada e começou a cantar.

"Las palmeras lloran por tu ausencia,
La laguna se secó – ay!
La cerca de alambre que estaba en
El patio tambien se cayó!"[11]

Sua voz era um tenor queixoso, o que transformava a canção revolucionária em lamento sentimental, doce e enjoativo. Faye se juntou a ele quando começou a cantar outro verso. Não conhecia a letra, mas foi capaz de acompanhar a melodia e fornecer certa harmonia.

"Pues mi madre las cuidaba, ay!
Toditito se acabó – ay!"

---

11 [N.T.] Versos da canção *Las cuatro milpas*, popular durante o período revolucionário no México (1910-1920).

As duas vozes se tocavam no ar esguio e silencioso, formando um acorde menor, como se os corpos de ambos tivessem se tocado. A canção se transformou de novo. A melodia permanecia a mesma, mas o ritmo foi quebrado, tornando-se mais grosseiro. Agora era uma rumba.

Earle se movimentava, desconfortável, enquanto acompanhava a canção com uma vara. Tod observou como Faye olhava para ele expressando certo temor, mas, em vez de adotar uma postura mais cautelosa, a imprudência dela aumentou ainda mais. Deu um gole mais demorado na jarra e se levantou. Colocou as mãos nas nádegas e começou a dançar.

Mig parecia ter esquecido completamente de Earle. Batia palmas, mantendo as mãos como duas ventosas para criar um som oco, percussivo, enquanto dava o máximo de sua voz. A música também mudou, era agora uma canção mais adequada à situação.

"Tony's wife,
The boys in Havana love Tony's wife..."[12]

Faye entrelaçou as mãos atrás da cabeça enquanto seus quadris acompanhavam o ritmo fragmentado. Ela estava realmente sacolejando.

---

12 [N.T.] "A esposa de Tony, / Os rapazes de Havana amam a esposa de Tony..."

"Tony's wife,
They're fightin' their duels about Tony's wife..."[13]

Talvez Tod tivesse se enganado a respeito de Earle. Ele estava batendo seu bastão no fundo da frigideira para marcar o ritmo da canção.

O mexicano se levantou, ainda cantando, e se juntou a ela na dança. Aproximaram-se um do outro, cada um deles executando passos curtos e elaborados. Ela segurava a saia, que subia e se expandia, com os polegares e indicadores, e ele fazia o mesmo com as calças. As cabeças se encontraram, azul e negro contra ouro pálido, transformaram-se em eixos para que ambos pudessem dançar com as costas coladas, os traseiros se tocando, os joelhos dobrados e bem afastados. Enquanto Faye balançava os seios e a cabeça, mantendo o resto do corpo rígido, ele batia pesadamente no solo macio com os pés, circulando ao redor dela. Encararam-se novamente e fizeram de conta que estavam colocando nas respectivas costas um xale.

Earle golpeava a frigideira com mais força até produzir um ruído semelhante ao martelar de uma bigorna. De repente, ele também saltou e começou a dançar. Seu estilo era a dança caipira bruta. Pulava no ar e batia os calcanhares. Berrava enquanto fazia isso. Mas não conseguiu fazer parte da dança do par central. O ritmo de ambos era como um muro de vidro entre eles e Earle.

---

13 [N.T.] "A esposa de Tony, / Estão lutando em seus duelos pela esposa de Tony..."

Não importava o quão alto ele berrasse ou o quão furiosamente se jogasse, era incapaz de perturbar a precisão com a qual Faye e Mig recuavam e avançavam, se separavam e voltavam a se unir.

Tod viu o golpe antes mesmo de acontecer. Viu Earle levantar o bastão e baixá-lo na cabeça do mexicano. Ouviu o ruído de algo que se quebrava e o mexicano de joelhos, ainda dançando, pois seu corpo não estava disposto ou não era capaz de permitir qualquer interrupção.

Faye estava com as costas coladas às de Mig quando ele caiu, mas ela não se virou para olhar. Apenas correu. Passou velozmente por Tod. Ele tentou alcançar o tornozelo dela para derrubá-la, mas errou o alvo. Depois se levantou aos tropeções e correu em seu encalço.

Se ele conseguisse agarrá-la agora, não haveria escapatória. Podia ouvi-la subindo o morro, poucos metros adiante. Ele gritou para ela, um uivo profundo e agonizante, como o que um cão faz ao encontrar uma trilha fresca após horas de perseguição sem esperança. Já conseguia sentir como seria quando finalmente a arrastasse para o chão.

Mas o caminho era difícil, e as pedras e a areia se moviam sob seus pés. Ele caiu, o rosto metido em uma moita de mostardeira selvagem com cheiro de chuva e de sol, limpa, fresca e afiada. Rolou para o lado e olhou para o céu. O violento exercício que praticara havia pouco tirara boa parte do calor que estava em seu sangue, mas deixara o suficiente para fazê-lo sentir um formigamento agradável. Sentia-se confortavelmente relaxado, feliz até.

Em algum lugar acima do morro, um pássaro começou a cantar. Escutava atentamente. No começo, a rica melodia soava como água gotejando em algo oco, o fundo de um cântaro de prata talvez, depois como um arco que se arrasta lentamente sobre as cordas de uma harpa. Permanecia parado e quieto, a escutar.

Quando o pássaro ficou em silêncio, fez um esforço para tirar Faye de sua mente e começou a pensar na série de esboços que estava criando para sua tela sobre o incêndio de Los Angeles. Pretendia mostrar a cidade queimando ao meio-dia, de modo que as chamas precisariam competir com o sol do deserto, adquirindo uma aparência menos ameaçadora, mais como bandeiras brilhantes tremulando de telhados e janelas do que um terrível holocausto. Desejava que a cidade tivesse um ar de festa enquanto estivesse ardendo, que transparecesse algo como alegria. As pessoas em chamas seriam a multidão que ocupa as ruas nos feriados.

O pássaro começou a cantar novamente. Quando ele parou, Faye fora esquecida e Tod apenas imaginava se havia exagerado a importância das pessoas que iam à Califórnia para morrer. Talvez elas não fossem de fato tão desesperadas assim a ponto de incendiar uma cidade, quem dirá o país inteiro. Talvez fossem apenas um amontoado de americanos loucos, atípicos em relação aos demais cidadãos.

Dizia a si mesmo que isso não fazia nenhuma diferença, pois ele era um artista, e não um profeta. Sua história não seria julgada por descrever com precisão um evento futuro, mas pelos méritos inerentes de sua habilidade como pintor. Apesar disso, recusava-se a desistir do papel de Jeremias. Mudou "amontoado de americanos loucos" para "a nata", pois sentia que o leite de onde essa nata saiu era bastante rico em violência. Os habitantes de Los Angeles seriam os primeiros, mas seus companheiros de todo o resto do país logo os seguiriam. Seria uma guerra civil.

Estava encantado com o forte sentido de satisfação que essa terrível conclusão lhe dava. Será que todos os profetas do caos e da destruição eram sujeitos felizes?

Levantou-se sem sequer tentar obter uma resposta. Ao alcançar a estrada de terra no topo do desfiladeiro, Faye e o carro já haviam desaparecido.

15.

"Ela foi ver algum filme com aquele sujeito, o Simpson", Harry disse a ele quando pediu para vê-la na noite seguinte.

Sentou para esperá-la. O velho estava muito doente e permanecia na cama com extremo cuidado, como se estivesse empoleirado em uma prateleira estreita da qual poderia cair caso se movimentasse.

"Quais são as últimas produções em cartaz?", o velho perguntou lentamente, os olhos rolando na direção de Tod sem que a cabeça fizesse movimento algum.

"*Destino manifesto, Através da noite, Waterloo, A grande divisão, Pedido de...*"

"*A grande divisão*", disse Harry, interrompendo avidamente a listagem. "Lembro-me desse filme aí."

Tod percebeu que não deveria ter deixado o velho começar com aquilo, mas não havia nada que pudesse fazer a respeito agora. Era necessário deixar que ele fosse adiante, como um relógio.

"Quando estreou, eu fazia o Irving em um pequeno número chamado *Apresentação de dois cavalheiros*, uma bobagem que era, apesar disso, bem divertida. Meu papel era de um judeu cômico, estilo Ben Welch, usava um traje clássico e calças grandes: 'Pat, me oferrecerram uma emprrego na Lavanderria Háguia'... 'Ah, é, Ikey! E você aceitou?' 'Eu não! Eu lá querrro lavarr águias?'. Joe Parvos me perseguia, em um uniforme de polícia. Bem, na noite em que *A grande divisão* estreou, Joe estava vadiando pela velha Fifth Avenue com alguma pequena quando a caldeira explodiu. Foi o marido obeso quem deu o alerta. Ele era..."

Ele não conseguiu continuar. Interrompeu o discurso enquanto apertava seu lado esquerdo com as duas mãos.

Tod se inclinou sobre ele, ansioso.

"Quer água?"

Harry configurou a palavra "não" em seus lábios, depois gemeu habilidosamente. Era o gemido de fechamento do segundo ato, uma farsa bem-feita diante da qual Tod teve de ocultar o sorriso. Mesmo assim, a palidez do velho não parecia fazer parte do ato.

Harry gemeu de novo, uma modulação que ia da dor à exaustão, depois fechou os olhos. Tod observou como o velho era hábil em ampliar o efeito de sua agonia ao utilizar o travesseiro para projetá-la. Percebeu também que Harry, como muitos outros atores, tinha pouco espaço para a parte superior ou traseira da cabeça. Era quase só rosto, como uma máscara, com sulcos profundos entre os olhos, pela testa e dos dois lados do nariz e da boca, lavrados nesses pontos por anos de sorrisos muito largos e carrancas muito franzidas. Assim, esse rosto nunca conseguia expressar nada muito sutil ou exato. Não havia espaço para gradações de sentimentos, apenas para os graus mais extremos.

Tod começou a imaginar se não seria verdade que atores sofrem menos que a maioria. Pensou a respeito por um tempo até decidir que era uma ideia falsa.

Os sentimentos se localizam no coração e nos nervos, de modo que a crueza das expressões não está relacionada diretamente com a intensidade das emoções. Harry sofria profundamente como qualquer pessoa, apesar da teatralidade dos gemidos e das caretas.

Aliás, ele parecia apreciar o sofrimento. Mas não todos os tipos, certamente não a doença. Como muitas pessoas, ele apreciava apenas o sofrimento autoinflingido. O método que ele mais utilizava era desnudar a alma para estranhos em bares. Fingia-se de bêbado, tropeçava onde estranhos estavam sentados. Então começava a recitar um poema.

"Let me sit down for a moment,
I have a stone in my shoe.

I was once blithe and happy,
I was once young like you."[14]

Se a plateia gritasse "cai fora, bebum!", ele apenas daria um sorriso humilde e seguiria com seu ato.

"Tenham piedade, caros amigos, de meus cachos prateados."

O barman ou qualquer outro provavelmente teria de pará-lo à força, pois do contrário ele seguiria, não importava o que dissessem a ele. Uma vez que tivesse

14 "Deixe-me sentar um minuto / Tenho uma pedra no sapato. / Já fui despreocupado e alegre, / Já fui jovem como você."

iniciado, todos no bar em geral prestavam atenção ao que dizia, pois sua performance era genial. Rugia e sussurrava, comandava e adulava. Imitava a choradeira de uma menininha por sua mãe desaparecida e até todos os sotaques de diferentes e cruéis empresários que já conhecera. Chegava a fazer os ruídos de palco, o canto de um pássaro que pressagia a aurora do amor e o ganido de cães sanguinários ao descrever como um destino cruel ainda o perseguia.

Ele fazia com que o público o visse como alguém que, jovem, começou interpretando Shakespeare no auditório da Cambridge Latin School, cheio de glória e de sonhos, consumido pela ambição. Seguiam-no, ainda adolescente, quando passava fome em uma casa de pensão na Broadway, um idealista que desejava apenas compartilhar sua arte com o mundo. Ficavam ao lado dele quando, no início da idade adulta, se casara com uma dançarina belíssima, a atração principal nos tempos de Gus Sun. Estavam bem próximos quando ele, ao retornar para casa certa noite, a encontrou nos braços de um supervisor. Perdoavam, como ele perdoou, movido pela bondade de seu coração e pela grandeza de seu amor. Depois davam algumas risadas, experimentando o sabor amargo delas, quando na noite seguinte ele a encontrou nos braços de um agente. Mais uma vez ele a perdoou e, novamente, ela cometeria o mesmo pecado. Mesmo diante disso, ele não a expulsaria, não, apesar de ela zombar e escarnecer dele, e até mesmo golpeá-lo com um guarda-chuva. Mas ela acabou fugindo com um forasteiro, um mágico moreno.

Deixou para trás memórias e uma filha ainda bebê. Ele fazia a plateia acompanhá-lo como uma sombra em sua vida, na qual as desgraças eram seguidas de outras. Ele, um homem de meia-idade, assombrando os escritórios de agentes, apenas um fantasma do homem que fora um dia. Ele, que acalentara esperanças de interpretar Hamlet, Lear, Otelo, deveria se contentar em tornar-se a Companhia em um ato de nome Nat Plumstone & Companhia, gracejos leves, folias passageiras. Fazia com que todos o seguissem como um cão que lambe seus pés até o ponto da velhice, um homem idoso e trêmulo que...

Faye entrou sem ruído. Tod começou a se levantar para cumprimentá-la, mas ela colocou o dedo sobre os lábios para que ele permanecesse em silêncio e se dirigiu para o leito do pai.

O velho dormia. Para Tod, sua pele enrugada e seca se assemelhava ao solo corroído pela erosão. As poucas gotas de suor que brilhavam na testa e nas têmporas de Harry não carregavam nenhuma promessa de alívio. Aquelas gotas seriam como a chuva tardia em um campo seco, jamais suficientes para revigorar a terra ou impedir seu apodrecimento.

Ambos saíram do cômodo na ponta dos pés.

No corredor, ele perguntou se foi divertido sair com Homer.

"Aquele lesado!", exclamou, fazendo uma careta. "Trocando em miúdos, o cara é um babaca."

Tod começou a fazer outras perguntas, mas ela o dispensou bruscamente. "Estou cansada, queridinho."

16.

Na tarde seguinte, Tod estava subindo as escadas quando viu uma pequena multidão que se formava em frente à porta do apartamento dos Greeners. A excitação era geral, mas todos falavam em sussurros.

"Que houve?", perguntou.

"Harry morreu."

Tentou abrir a porta do apartamento. Não estava trancado. O cadáver permanecia estirado na cama, completamente oculto por um cobertor. Do quarto de Faye, vinha o som de choro. Bateu suavemente na porta. Ela o deixou entrar, depois se voltou sem dizer uma palavra e desabou na cama. Soluçava sobre uma toalha de rosto.

Ele permaneceu na entrada, sem ter ideia do que dizer ou fazer. Finalmente, dirigiu-se à cama e tentou confortá-la. Afagou os ombros dela.

"Minha pobre garota."

Ela vestia um *négligé* de renda preto, gasto e bastante esgarçado. Quando ele se inclinou, mais perto, percebeu que a pele dela exalava um odor doce e quente, como o trigo-sarraceno em flor.

Ele se voltou para acender um cigarro. Ouviu uma batida na porta. Era Mary Dove, que passou correndo por ele na direção de Faye, tomando-a nos braços.

Mary também disse para Faye ser forte. O fraseado era um pouco diferente, embora bem mais convincente.

"Mostre sua coragem, garota. Vamos, agora."

Faye a afastou um pouco e ficou de pé. Deu alguns passos, aparentando desvario, antes de sentar-se na cama novamente.

"Eu o matei", gemeu Faye.

Tanto Tod quanto Mary negaram essa afirmação enfaticamente.

"Eu o matei, estou dizendo! Eu matei! Eu matei!"

Começou a desfilar para si mesma todas as piores ofensas que conhecia. Mary queria fazê-la parar, mas Tod a impediu. Ela começara a atuar e ele sentia que, se eles não interferissem, essa seria uma forma de Faye fugir de si mesma.

"Ela precisa falar livremente até se acalmar", ele disse.

Com uma voz sobrecarregada de autoacusação, ela começou a contar o que aconteceu. Voltava do estúdio para casa e Harry estava na cama. Ela perguntou como ele se sentia, mas não esperou pela resposta. Em vez disso, deu as costas e se olhou no espelho. Enquanto ajustava a maquiagem, contou que encontrara Ben Murphy e que ele lhe dissera que, caso Harry estivesse melhor, poderia chamá-lo para um espetáculo no Bowery. Ficou surpresa por ele não gritar como sempre fazia quando o nome de Ben era mencionado. Ele tinha inveja de Ben e sempre gritava: "Para o inferno com esse bastardo. Quando eu o conheci, ele limpava escarradeiras em espeluncas para negros".

Ela percebeu que ele deveria estar bastante doente. Não se voltou, pois notou o que parecia ser a formação de uma espinha. Era apenas uma mancha de poeira, que ela limpou com diligência. Mas, então, teria de refazer a maquiagem novamente. Enquanto trabalhava nisso, disse para o velho que ele poderia conseguir um trabalho como figurante em traje de gala se ela tivesse um vestido de noite novo. Apenas por brincadeira, resolveu se fazer de durona: "Se você não pode comprar um vestido novo para mim, vou arranjar alguém que possa".

Mas ele continuava sem dizer nada em resposta, o que a deixou magoada. Começou, então, a cantar *Jeepers Creepers*. Ele não pediu que calasse a boca, de modo que alguma coisa muito errada estava acontecendo. Ela correu para o sofá. Ele estava morto.

Assim que terminou de contar tudo isso, começou a soluçar mais baixo, quase um arrulho, mexendo o corpo para a frente e para trás. "Coitado do papai... Pobre paizinho querido..."

Foi a alegria que os mantivera próximos quando ela era bem pequena. Não importava o quão quebrado ele estava, ainda conseguia trazer para a filha doces e bonecas. Não importava o quão cansado estava, sempre brincava com ela. Ela andava nas costas dele, cavalgando, e logo os dois rolavam pelo chão rindo às gargalhadas.

Os soluços de Mary fizeram Faye acelerar os dela, de modo que ambas pareciam perder o controle.

Ouviu-se mais uma batida na porta e Tod atendeu. Era a sra. Johnson, a zeladora. Faye balançou a cabeça, pois não queria que aquela mulher entrasse no apartamento.

"Volte depois", disse Tod.

Ele bateu a porta na cara da mulher. Um minuto depois, a porta se abriu de novo e a sra. Johnson entrou audaciosamente. Utilizara uma chave mestra.

"Saia", exclamou Tod.

Ela tentou passar por ele, que a segurou até que Faye dissesse que poderia deixá-la entrar.

Desprezava a sra. Johnson intensamente. Era uma mulher intrometida e apressada, com um rosto mole e manchado que mais parecia uma maçã cozida. Logo descobriria que o hobby dessa mulher era a preparação de funerais. A preocupação que demonstrava nessas ocasiões não era mórbida, apenas formal. Estava interessada em flores, na ordem do cortejo, nas roupas e no comportamento dos enlutados.

Foi direto na direção de Faye e interrompeu seus soluços com um firme: "Bem, e agora, srta. Greener?".

Havia tanta autoridade na voz daquela mulher que ela obteve êxito onde Mary e Tod fracassaram.

Faye a olhava com respeito.

"Primeiro, minha querida", a sra. Johnson disse, iniciando a contagem com o dedão da mão direita, que encontrava o dedo indicador da esquerda, "quero que compreenda que meu desejo é apenas ajudar."

Lançou um olhar duro para Mary e Tod.

"Não quero tirar nenhuma vantagem desta triste ocasião, pois tudo o que vou ter é apenas trabalho extra."

"Sim", Faye disse.

"Muito bem. Há uma série de questões que eu preciso conhecer, se me for permitido auxiliá-la. O falecido deixou algum dinheiro ou seguro?"

"Não."

"Você tem algum dinheiro?"

"Não."

"Pode emprestar dinheiro de alguém?"

"Creio que não."

A sra. Johnson soltou um suspiro.

"Bom, nesse caso, a municipalidade terá de enterrar o corpo."

Faye não fez nenhum comentário.

"Você não entende, minha filha? A municipalidade terá de enterrá-lo como indigente."

Ela colocou tanto desprezo em "municipalidade" e horror em "indigente" que Faye corou, reiniciando o fluxo de soluços e choro.

A sra. Johnson fingiu que estava se preparando para ir embora, chegou mesmo a dar alguns passou na direção da porta. Mas, repentinamente, mudou de ideia e voltou.

"Quanto custa um funeral?", Faye perguntou.

"Duzentos dólares. Mas você pode optar pelo plano parcelado – 50 dólares à vista, 25 por mês."

Mary e Tod falaram ao mesmo tempo.

"Eu consigo o dinheiro."

"Tenho algum guardado."

"Está bem", disse a sra. Johnson. "Vou precisar de pelo menos 50 dólares para as despesas iniciais. Tomarei a liberdade de cuidar de tudo. O sr. Holsepp vai enterrar seu pai. Ele trabalha de maneira muito eficiente."

Apertou as mãos de Faye, como se desse congratulações, e saiu às pressas do quarto.

130

O palavrório em tom de negociata da sra. Johnson, aparentemente, fez algum bem a Faye. Seus lábios estavam normais e os olhos, secos.

"Não se preocupe", Tod disse. "Eu posso conseguir o dinheiro."

"Não, obrigada", ela disse.

Mary abriu a bolsa e pegou um rolo de notas.

"Aqui está alguma coisa."

"Não", ela disse, empurrando o dinheiro para longe.

Ela se sentou, pensou por algum tempo, depois foi até a penteadeira ajustar a maquiagem borrada pelo choro. Deu um sorriso acerado enquanto se arrumava. De repente, se voltou e falou com Mary, o batom riscando o ar.

"Pode me apresentar para a madame Jenning?"

"Como assim?", Tod fez uma voz exigente. "Eu consigo o dinheiro."

As duas garotas o ignoraram.

"Claro", disse Mary, "você deveria ter feito isso anos atrás. É um trabalho suave."

Faye soltou uma risada.

"Estava me preservando, por assim dizer."

A mudança que se processou nas duas assustou Tod. Ambas se tornaram de repente bastante duras.

"Para uma droga de imprestável como o Earle. Fique esperta, garota, e deixe de lado os pobretões. Deixe o cara cavalgando por aí – ele é caubói, não?"

Deram risadas estridentes e foram para o banheiro abraçadas.

Tod imaginou ter entendido a mudança repentina na linguagem delas. Era o que fazia com que se sentissem mundanas, realistas. Assim, seriam capazes de lidar com assuntos mais sérios.

Bateu na porta do banheiro.

"Mas o que é que *você* quer?", Faye gritou de dentro.

"Ouça, garota", começou, tentando imitá-las. "Por que se expor por aí? Posso descolar a grana."

"Ah, claro! Não, obrigada", Faye respondeu.

"Escute...", tentou recomeçar.

"Vá vender seu peixe em outra freguesia!", gritou Mary.

17.

No dia do funeral de Harry, Tod estava bêbado. Não vira Faye desde que a deixara com Mary Dove, mas ele sabia que era praticamente certo encontrá-la enquanto o corpo estivesse sendo velado e resolveu ganhar coragem para discutir com ela. Começou a beber no almoço. Quando chegou à funerária de Holsepp, no final da tarde, passara de um estado de coragem para outro bem pior.

Encontrou Harry no seu caixão, esperando para ser levado até a exibição na capela adjacente. A tampa estava aberta, e o velho parecia bem acomodado. Passando um pouco abaixo dos ombros do cadáver e dobrada atrás para mostrar toda a beleza do forro, uma manta acetinada em tom de marfim. Debaixo da cabeça, um pequeno travesseiro rendado. O morto trajava um smoking, ou pelo menos a gravata-borboleta, camisa engomada e colarinho de ponta virada para a frente. O rosto acabara de ser barbeado, as sobrancelhas estavam aparadas e os lábios e bochechas, coloridos com ruge. Parecia o participante de um show de variedades com brancos fantasiados de negros.[15]

Tod baixara a cabeça, como se estivesse mergulhado em oração silenciosa, quando ouviu alguém se aproximar. Reconheceu a voz da sra. Johnson e se voltou

---

15 [N.T.] No original, *Minstrel Show*, espetáculos populares após a Guerra de Secessão, em que atores brancos participavam de quadros cômicos com o rosto pintado para parecerem negros.

cautelosamente para encará-la. Ela captou o olhar dele, mas o ignorou. Estava ocupada com um sujeito que vestia uma sobrecasaca de péssimo caimento.

"Esta é a questão", ela argumentava. "Seu orçamento dizia bronze. Essas alças não são de bronze, e o senhor sabe bem disso."

"Mas eu perguntei para a srta. Greener", choramingou o sujeito. "Ela disse que estava tudo certo."

"Não me importa. Admira-me o senhor, tentando economizar uns dólares usando todo esse metal barato nas alças do caixão à custa de uma pobre menina."

Tod não esperou para ouvir a resposta do agente funerário. Viu Faye passar pela porta, amparada por uma das irmãs Lee. Quando se encontrou com ela, não sabia exatamente o que dizer. Ela não entendeu essa agitação, mas ficou emocionada mesmo assim. Soluçou levemente para Tod.

Ela nunca esteve tão bela. Usava um vestido preto novo, bem justo, o cabelo platinado concentrado em um coque que brilhava debaixo de um chapéu de marinheiro também escuro. De vez em quando, levava o pequeno lenço rendado até os olhos, fazendo-o tremular levemente. Mas, na mente de Tod, havia apenas o fato de que ela conseguira o dinheiro com o equipamento de seu corpo, de seu traseiro.

Faye começou a se sentir incomodada sob o olhar dele e tentou se afastar. Tod agarrou-lhe o braço.

"Posso falar com você em particular por um minuto?"

A sra. Lee entendeu o que se passava e se retirou.

"Que foi?", Faye perguntou.

"Não aqui", foi a resposta em um murmúrio que fazia mistério das incertezas que sentia.

Ele a conduziu pelo corredor até uma sala de exposição vazia. Nas paredes, havia quadros com fotografias de importantes funerais, enquanto nas pequenas prateleiras viam-se amostras de materiais para caixões e modelos de lápides e mausoléus.

Por não ter ideia do que diria, sentiu um embaraço crescente que o transformava em um tolo inofensivo.

Diante disso, ela sorriu e adotou um tom próximo do amigável.

"Desembucha logo, seu bobão."

"Um beijo..."

"Claro, querido", ela soltou, então, uma risada. "Só não desfaça minha maquiagem." Os lábios de ambos se encontraram.

Ela tentou se afastar, mas ele a segurou firmemente. Isso a irritou e ela exigiu explicações. Buscou alguma em sua mente. Não era ali onde deveria buscar, contudo.

Faye estava voltada na direção de Tod, levemente inclinada, embora não por cansaço. Ele já tinha visto bétulas se inclinarem daquela maneira ao meio-dia, quando estavam sobrecarregadas de sol.

"Você está bêbado", ela disse, empurrando-o para longe.

"Por favor", ele suplicou.

"Me deixa em paz, seu filho da puta."

Embora furiosa, continuava igualmente bela. Isso acontecia porque a beleza de Faye era estrutural, como a de uma árvore, não uma qualidade que ela cultivasse pelo coração ou pela inteligência. Mesmo a prostituição não conseguiria destruir essa beleza. Só poderia ser atingida pela idade, por um acidente ou por alguma doença.

Em um minuto, ela gritaria por socorro. Precisava dizer alguma coisa. Ela não entenderia um argumento baseado em fundamentos estéticos e, com os valores que sempre teve, seria possível levar a sério algum tipo de admoestação moral? Usar alguma base econômica também não fazia sentido. A prostituição era, com toda a certeza, muito bem paga. Metade dos 30 dólares de um cliente. Uma média de dez homens por semana.

Ela chutou suas canelas, mas ele a manteve segura. De repente, começou a falar. Encontrara um argumento. A doença destruiria aquela beleza. Ele gritava com ela como se fosse um conferencista da Associação Cristã de Moços especializado em higiene sexual.

Ela parou de lutar, mas manteve a cabeça jogada para trás, soluçando irregularmente. Quando se sentiu satisfeito, soltou-a e Faye saiu furiosamente dali. Tod tateou seu caminho até um caixão de mármore esculpido.

Ainda estava sentado perto desse caixão quando um jovem de paletó preto e calças listradas cinzentas apareceu.

"Veio para o funeral do Greener?"

Tod se levantou e assentiu vagamente.

"Os serviços fúnebres já começaram", o sujeito disse, depois abriu uma tampa coberta com gorgorão de cetim e pegou um pano de limpeza. Tod observou como ele percorria o salão de exposições limpando as amostras.

"Os serviços fúnebres devem ter começado", repetiu o homem, indicando a porta.

Tod entendeu dessa vez e saiu. A única saída era pela capela. No momento em que entrou, a sra. Johnson o pegou, conduzindo-o até um assento. Queria desesperadamente ir embora, mas não poderia fazê-lo sem que a coisa se transformasse em escândalo.

Faye estava sentada na primeira fileira de bancos, em frente ao púlpito. Tinhas as irmãs Lee de um lado, Mary Dove e Abe Kusich do outro. Logo atrás, estavam os inquilinos do San Berdoo, ocupando umas seis fileiras. Tod estava sozinho na sétima. Depois dele, várias fileiras vazias até um grupo disperso de homens e mulheres que pareciam bastante deslocados.

Tod virou-se, evitando assim olhar para os ombros trêmulos de Faye, para examinar as pessoas que estavam nas últimas fileiras. Conhecia bem esse tipo de gente. Embora não fossem os portadores das tochas, eram aqueles que corriam com o fogo do incêndio, aos gritos. Vieram assistir ao enterro de Harry na esperança de que algum incidente dramático acontecesse, pelo menos que um dos enlutados tivesse de ser carregado da capela gritando histericamente. Para Tod, parecia que eles devolviam seu olhar com uma expressão de tédio mordaz e perverso, que vibrava nas fronteiras da violência. Quando começaram a resmungar entre eles, Tod se virou novamente para que pudesse observá-los pelo canto dos olhos.

Uma velha com o rosto deformado por causa de uma dentadura mal ajustada, provavelmente comprada em uma loja qualquer, se aproximou e murmurou ao pé do ouvido de um homem que chupava o cabo de uma bengala feita em casa. Ele repassou a mensagem dada inicialmente pela mulher para outros por ali e todos se levantaram para se retirar apressadamente. Tod supunha que alguma estrela fora vista em um restaurante por um dos batedores dessa gente. Se foi esse o caso, esperariam por horas do lado de fora do local até que a estrela saísse novamente ou que a polícia chegasse para dispersá-los.

A família Gingo chegou assim que aquelas pessoas deixaram o local. Os Gingos eram esquimós que foram trazidos a Hollywood para fazer cenas adicionais de um filme sobre exploradores nas regiões polares. Embora o filme tenha sido lançado anos atrás, a família se recusou a voltar para o Alasca. Eles gostaram de Hollywood.

Harry foi um bom amigo para eles. Comiam juntos com alguma frequência, compartilhando salmão defumado, peixe branco marinado e arenques *maatjes* que compravam em uma loja de iguarias judaica.

Eles compartilhavam também grandes quantidades de conhaque barato, que misturavam com água quente e manteiga salgada para então beber em canecas de lata.

Mamãe e Papai Gingo, acompanhados pelo filho, moveram-se em direção ao corredor central da capela, acenando e cumprimentando a todos até alcançarem a primeira fileira, rodearam Faye e apertaram as mãos dela, um de cada vez. A sra. Johnson tentou fazer com que fossem para as últimas fileiras, mas eles ignoraram suas ordens e se sentaram na frente.

A iluminação do teto da capela, subitamente, esmaeceu. Simultaneamente, outras luzes foram acesas, localizadas atrás da janela que imitava um vitral e pendia de paredes com painéis falsos de carvalho. Houve um momento de silêncio forçado, quebrado apenas pelos soluços de Faye, mas logo um órgão elétrico começou a reproduzir uma pré-gravação de um dos corais de Bach, *Vem então, salvador dos gentios*.

Tod reconheceu a música. Sua mãe às vezes tocava uma adaptação desse coral, aos domingos, no piano de casa. Nela, havia um pedido educado para que Cristo viesse, um tom claro e honesto como a exata e adequada quantidade de súplicas. O Deus convidado não é o Rei dos Reis, mas um tímido e gentil Cristo, uma donzela cercada de outras donzelas, e o convite em si é para uma festa no jardim do quintal de uma casa de respeito, não para o lar de um pecador fatigado e crispado pelo sofrimento. Não se tratava de um pedido que supusesse algum litígio. Era exortação, feita com infinita graça e delicadeza, quase como se houvesse um receio de intimidar o possível convidado.

Pelo que Tod pôde perceber, ninguém prestava atenção na música. Faye estava aos soluços e os outros pareciam ocupados com questões internas. A polida serenata para Cristo concebida por Bach não era para eles.

A música logo mudou de tom, adicionando um pouco mais de suspense. Imaginou se isso faria alguma diferença. Agora o baixo começava a pulsar. Percebeu, nesse instante, que isso deixou os esquimós inquietos. Enquanto o baixo ganhava potência, dominando os agudos, ouviu um gemido de satisfação da parte de Papai Gingo. Mamãe Gingo percebeu que a sra. Johnson olhava para ele, o que a fez colocar a mão na nuca do marido para mantê-lo quieto.

"Vem então, salvador dos gentios", a música pedia. O acanhamento e a polidez se foram. A luta com o baixo provocou essa mudança. Até mesmo uma ponta de ameaça surgia temperando a impaciência. De dúvida, contudo, já não restava sequer o menor traço.

Se havia uma ponta de ameaça, pensou, ainda que fosse algo pequeno e um pouco de impaciência, seria possível jogar alguma culpa em Bach? Afinal, quando ele escreveu essa música, o mundo já esperava seu amado havia mais de 1.700 anos. A música, contudo, teria uma nova mudança, e com ela desapareciam a ameaça e a impaciência. Os agudos soavam livres e triunfantes, e o baixo não mais lutava para mantê-los em tom menor. Tornava-se um rico acompanhamento. "Venha ou não venha", a música parecia dizer, "continuo a amá-lo e meu amor é o suficiente." Tratava-se de uma simples constatação, nem grito ou serenata, destituída de arrogância ou humildade.

Talvez Cristo ouça. Se Ele o fizer, enviará Seus sinais. A assistência ouviu, pois esse era o sinal para girar ao redor de Harry em seu caixão. A sra. Johnson se mantinha por perto e verificou se a tampa fora colocada de maneira apropriada. Ela levantou a mão e Bach foi silenciado no meio de um fraseado.

"Aqueles que desejarem ver o falecido antes do sermão, por favor, um passo adiante", foi o chamado dela.

Apenas os Gingos se levantaram imediatamente. Eles se dirigiram para o caixão como um grupo. A sra. Johnson os fez recuar e indicou que Faye deveria tomar a dianteira. Com a ajuda de Mary Dove e das garotas Lee, ela deu uma breve espiada no caixão, estendeu os soluços por um momento, depois voltou rapidamente para seu lugar na primeira fila.

Os Gingos foram os próximos. Todos eles se inclinaram sobre o caixão e trocaram exclamações na forma de uma série de pesadas e explosivas sílabas guturais. Quando tentaram continuar por ali, encontraram a dura resistência da sra. Johnson, que os conduziu com firmeza para os bancos.

O anão esgueirou-se até o caixão, fez um gesto com seu lenço e voltou. Quando ninguém o seguiu, a sra. Johnson perdeu a paciência, aparentemente tomando aquela falta de interesse como insulto pessoal.

"Aqueles que desejam ver os restos do falecido sr. Greener devem fazê-lo agora", ela uivou.

Houve uma agitação mínima como resposta e ninguém se levantou.

"Você, sra. Gail", disse finalmente, os olhos chispantes direcionados para a pessoa nomeada. "Que tal a senhora? Não quer dar uma última olhada? Em breve, os restos de seu antigo vizinho serão enterrados para sempre."

Não havia como escapar dessa. A sra. Gail se moveu pelo corredor, seguida de várias pessoas.

Tod usou essa movimentação como cobertura para escapar.

18.

Faye se mudou de San Berdoo um dia depois do funeral. Tod não sabia onde ela vivia desde então e juntava coragem para entrar em contato com madame Jenning quando a viu da janela de seu escritório. Ela estava vestida como uma *vivandière*[16] da época de Napoleão. Quando conseguiu abrir a janela, ela estava virando a esquina do edifício. Gritou para que esperasse. Faye acenou em resposta, mas, quando ele conseguiu descer as escadas, ela desaparecera.

Pela vestimenta, Tod estava certo de que ela estava trabalhando em um filme chamado *Waterloo*. Perguntou ao segurança do estúdio onde estavam filmando e ele lhe apontou a área das externas. Foi para o local imediatamente. Um pelotão de couraceiros, homens grandes montados em cavalos igualmente enormes, estava por ali. Sabia que eles estavam indo para o mesmo lugar e os seguiu. O grupo começou a galopar e logo se distanciou.

O sol estava muito quente. Os olhos e a garganta de Tod estavam sobrecarregados do pó levantado pelos cascos dos cavalos e sua cabeça pulsava. A única pequena proteção que conseguiu encontrar ficava

16 [N.T.] Conhecidas também como *cantinières*, eram as mulheres que cuidavam das provisões e cantis nos regimentos militares.

debaixo de um transatlântico feito de tela pintada com botes salva-vidas em escala natural que pendiam dos gavietes. Ele permaneceu nessa estreita faixa de sombra por algum tempo, depois caminhou na direção de uma imensa esfinge de 40 metros, feita de papel machê, que pairava à distância. Tod precisava cruzar um deserto para atingir o monumento, um deserto que aumentava sem cessar pela frota de caminhões que trazia e despejava areia branca. Andara apenas alguns metros quando um homem com um megafone ordenou que ele saísse dali.

Contornou o deserto, fazendo uma ampla curva para a direita, chegando a uma rua do Velho Oeste com calçada de pranchas de madeira. Na varanda do *saloon* Última Chance, havia uma cadeira de balanço. Sentou-se nela e acendeu um cigarro.

Dali era possível ver uma floresta na qual um búfalo domesticado se encontrava amarrado à parede lateral de uma cabana de galhos cônica. Em intervalos regulares, o animal mugia melodicamente. De repente, apareceu um árabe cavalgando seu garanhão. Gritou para o sujeito, mas não obteve resposta. Algum tempo depois, viu um caminhão carregado de neve e de cães malamutes. Gritou novamente. O motorista gritou algo de volta, mas não parou.

Jogou o cigarro fora e caminhou até a porta de vaivém do *saloon*. Não havia nada depois delas, de modo que estava agora em uma rua de Paris. Seguiu essa via até o fim, encontrando-se em um pátio em estilo romano. Ouviu vozes não muito distantes e resolveu ir na direção delas. Em um gramado artificial, um grupo de homens e mulheres trajados para cavalgar fazia seu piquenique. Consumiam alimentos de papelão diante de uma cachoeira de celofane. Estava a ponto de perguntar qual caminho deveria seguir quando foi interrompido por um homem que fazia caretas e carregava um cartaz – "Silêncio, estamos filmando". Quando Tod arriscou dar mais um passo adiante, o homem balançou os punhos, ameaçador.

Depois encontrou uma pequena lagoa na qual flutuavam grandes cisnes feitos de celuloide. Ao final do lago, havia uma ponte onde um cartaz dizia: "Para Kamp Komfit". Cruzou a ponte e seguiu um caminho estreito que terminou em um templo grego dedicado a Eros. Esse deus propriamente dito estava de barriga para baixo em cima de uma pilha de jornais velhos e garrafas.

Dos degraus do templo, era possível ver à distância uma estrada margeada por álamos-negros. Foi mais ou menos por ali que perdera os couraceiros. Atravessou um emaranhado de espinheiros, escombros velhos e entulho de metal, contornou o esqueleto de um dirigível, uma paliçada de bambu, um forte de adobe, o cavalo de madeira de Troia, um lance de escadas saído de um palacete barroco que começava em um banco de ervas daninhas e terminava nos ramos de um carvalho, parte da estação elevada da Fourteenth Street, um moinho de vento holandês, ossos de dinossauro, a parte superior do *Merrimac*[17], o canto de um templo maia, até que finalmente chegou à estrada.

Estava sem fôlego. Sentou-se debaixo de um dos álamos, em cima de uma pedra feita de gesso marrom, e tirou o paletó. Uma brisa fria soprava e logo se sentiu mais confortável.

Ultimamente, estivera pensando não apenas em Goya e Daumier, mas também em certos artistas italianos dos séculos XVII e XVIII, como Salvator Rosa, Francesco Guardi e Monsù Desiderio, pintores da decadência e do mistério. Olhando morro abaixo, era possível ver composições que poderiam ser reproduções dos trabalhos de Rosa inspirados em uma paisagem da Calábria. Havia edifícios parcialmente destruídos, monumentos em ruínas, ocultos em parte por árvores enormes, torturadas, cujas raízes expostas se contorciam dramaticamente no solo árido e os galhos carregavam não flores e frutos, mas um arsenal com pontas, ganchos e espadas.

De Guardi e Desiderio, as pontes que não levavam a lugar algum, árvores em formas esculturais, palácios que pareciam de mármore até que todo o pórtico de pedra fosse agitado pela mais leve brisa. E havia figuras humanas também. A uma centena de metros de onde Tod estava sentado, um homem de chapéu-coco se encostava, sonolento, contra o tombadilho de um

---

17 [N.T.] Nome de diversos navios da marinha mercantil e militar dos Estados Unidos desde o final do século XVIII.

bergantim de três mastros enquanto descascava uma maçã. Ainda mais distante, uma faxineira em uma escada de mão esfregava com sabão e água o rosto de um Buda de 30 metros de altura.

Saiu da estrada e atravessou a escarpa do morro para ver o que havia do outro lado. Pôde avistar, então, um campo de cardos de 10 acres, salpicado por aglomerados de girassóis e ervas selvagens. No centro do terreno, uma gigantesca pilha de cenários, entulho e maquetes. Enquanto observava, um caminhão de 10 toneladas adicionava mais material ao que já havia por ali. Era o local de despejo final. Pensou no *In the Sargasso Sea*, de Janvier[18]. Assim como naquela imaginária massa de água estava contida a história da civilização, na forma de destroços marítimos, o terreno de um estúdio tomava os contornos de uma lixeira dos sonhos. Um Sargaço da imaginação! Tratava-se, aliás, de uma lixeira que crescia continuamente, pois não havia sonho que, flutuando no lugar que fosse, não acabasse mais cedo ou mais tarde por ali, após ser moldado fotograficamente em gesso, tela, madeira e tinta. Muitos barcos afundaram sem nunca alcançar o Sargaço, mas nenhum sonho desaparece inteiramente. Em algum lugar, ele perturbará um infeliz até que um dia, quando esse indivíduo for exaurido por sua perturbação, surgirá reproduzido em qualquer outra parte dos estúdios.

18 [N.T.] Trata-se do romance infantil *In the Sargasso Sea* (1898), de Thomas Allibone Janvier, sem tradução em português.

Quando viu o brilho vermelho no horizonte e ouviu o estrondo do canhão, soube que aquela era a direção de Waterloo. Pelas esquinas da estrada, surgiam diversos regimentos de cavalaria. Trajavam elmos e armaduras peitorais de papelão negro e carregavam longas pederneiras em seus coldres de sela. Eram os soldados de Victor Hugo. Trabalhara em alguns esboços dos uniformes, seguindo cuidadosamente as descrições de *Os miseráveis*.

Seguiu na direção desses soldados. Logo, era ultrapassado pelos homens de Lefebvre-Desnouettes[19], seguidos por um regimento de *gendarmes d'élite*, algumas companhias de caçadores da guarda e um destacamento leve dos lanceiros de Rimbaud.

Todos eles deviam ter escapado do ataque desastroso em La Haye Sainte[20]. Ele não chegara a ler o roteiro e se perguntava se chovera no dia anterior. Será que Grouchy ou Blucher chegariam a tempo? Grotenstein, o produtor, deve ter modificado esse detalhe.

O som dos canhões se tornava mais alto e a cortina vermelha nos céus, mais intensa. Tod já sentia o cheiro doce e pungente da pólvora negra. Provavelmente tudo estaria acabado antes que ele pudesse chegar ao local. Começou a correr. Quando alcançou o topo, após uma inclinação abrupta da estrada, pôde contemplar uma grande planície coberta com tropas de princípios do século XIX

19 [N.T.] Legião criada em 1801 por Napoleão Bonaparte.
20 [N.T.] Fazenda utilizada como ponto estratégico na batalha de Waterloo (1815).

vestindo os elaborados e joviais uniformes que o divertiam tanto quando era criança e gastava horas olhando para as imagens de soldados em um velho dicionário. No limite extremo do campo, era possível ver uma enorme saliência em torno da qual os ingleses e seus aliados se concentravam. Era o Mont-Saint-Jean, e todos eles se preparavam para defender aquele pedaço de território com toda a galanteria disponível. As coisas por ali não estavam inteiramente finalizadas, contudo, pois havia um enxame de gruas, trabalhadores, figurinistas, carpinteiros e pintores.

Tod estava próximo de um eucalipto enquanto observava tudo isso, escondido atrás de um letreiro que dizia: "Waterloo – uma produção de Charles H. Grotenstein". Ali perto, um jovem trajando um uniforme cuidadosamente rasgado de cavaleiro da guarda ensaiava as falas com um dos assistentes de direção.

"Vive l'Empereur!", o jovem gritava, depois segurava o peito e caía para a frente, morto. O assistente do diretor era um sujeito difícil de agradar e ordenou ao rapaz que repetisse a ação várias e várias vezes.

No centro dessa planície, a batalha estava bem mais avançada. O momento parecia difícil para os britânicos e seus aliados. O príncipe de Orange, que comandava o centro; Hill, o flanco direito, e Picton, o esquerdo, eram pressionados terrivelmente pelos veteranos franceses. O desesperado e intrépido príncipe estava em pior situação. Tod ouviu seus gritos roucos mais altos que o estrondo do combate, dirigidos aos belgas e holandeses:

"Nassau! Brunswick! Recuar nunca!". Ainda assim, a retirada começara. Hill também recuou. Os franceses mataram o general Picton com uma bala na cabeça, o que permitiu que ele retornasse aos camarins. Alten, atravessado pela espada, também se retirou dali. As cores do batalhão de Lunenburg, sustentadas por um príncipe da família de Deux-Ponts, foram capturadas por uma famosa estrela mirim trajando uniforme de tocador de tambor parisiense. Os cinzentos escoceses foram destruídos e tiveram de trocar o uniforme. Os dragões de Ponsonby também tiveram suas caudas cortadas em pedaços. Grotenstein devia ter uma enorme conta para pagar na Western Costume Company.

Nem Napoleão nem Wellington estavam à vista. Na ausência de Wellington, um dos assistentes do diretor, um tal Crane, estava no comando das tropas aliadas. Ele reforçou o centro com uma das brigadas de Chasse e uma outra, de Wincke. Suportava esses reforços com corpos da infantaria de Brunswick, galeses a pé, a guarda territorial de Devon e a cavalaria ligeira hanoveriana, com seus quepes de couro e plumas esvoaçantes nas crinas dos cavalos.

No lado francês, um sujeito com boné xadrez dava ordens aos couraceiros de Milhaud para atacar Mont-Saint-Jean. Com seus sabres nos dentes e as pistolas nas mãos, partiram para o ataque. Era uma visão terrível.

O sujeito com o boné xadrez estava cometendo um erro fatal. Mont-Saint-Jean não estava terminada. A pintura ainda não secara e todas as escoras estavam fora de lugar. Com a densa fumaça provocada pelos canhões, o homem não percebera que a colina ainda recebia cuidados dos trabalhadores, das gruas e dos carpinteiros.

Tod percebia que esse era um equívoco clássico, o mesmo cometido por Napoleão. Mas o erro agora se dava por uma razão diferente. O imperador havia ordenado aos couraceiros que atacassem Mont-Saint-Jean sem saber que um poço profundo estava escondido no sopé da colina – a armadilha que pegaria a pesada cavalaria napoleônica. O resultado foi um desastre para os franceses, o começo do fim.

Dessa vez, o mesmo erro teve um desfecho diferente. Waterloo não seria o fim do Grande Exército, mas sim um empate. Nenhum lado saiu vitorioso e teriam de combater novamente no dia seguinte. As grandes perdas, de qualquer forma, seriam notificadas à companhia de seguros para compensação dos funcionários. O sujeito com o boné xadrez seria despachado por Grotenstein da mesma forma que Napoleão terminou exilado em Santa Helena.

Quando a vanguarda da cavalaria pesada de Milhaud começou a subir o Mont-Saint-Jean, a colina desabou. O ruído foi formidável. Pregos se contorceram em agonia ao serem projetados de suas vigas. O som da tela que se rasgava lembrava crianças chorando. Ripas de madeira e bitolas estalaram como se fossem ossos se fragmentando. Toda a colina se fechou como um enorme guarda-chuva de tecido pintado em cima do exército de Napoleão.

A coisa toda descambou para um tumulto. Os vencedores de Berezina, Leipzig e Austerlitz corriam como garotos que quebraram a vitrine de uma loja. *"Sauve qui peut!"*,[21] gritavam, se bem que parecia mais um "Socorro!".

Os exércitos da Inglaterra e seus aliados estavam tão mergulhados no cenário que a fuga se tornou impossível. Tinham de esperar a chegada dos carpinteiros e das ambulâncias. Os homens da 75ª divisão foram içados dos destroços com a ajuda de uma espécie de sistema de roldanas. Foram levados em padiolas por enfermeiros, ainda segurando corajosamente suas *claymores*[22].

21 [N.T.] "Salve-se quem puder!", em francês no original.
22 [N.T.] Antiga espada escocesa, de origem medieval, que é manipulada com as duas mãos.

19.

Tod pegou uma carona até seu escritório em um dos carros do estúdio. Teve de se equilibrar no estribo porque os assentos estavam ocupados por dois granadeiros valões e quatro infantes da Suábia. Um dos infantes estava com a perna quebrada, enquanto os outros figurantes apresentavam apenas alguns arranhões. Mas todos se mostravam até felizes com seus ferimentos. Estavam certos de que receberiam o pagamento de figurante por mais alguns dias e o homem com a perna quebrada contabilizava sua possível indenização na casa dos 5 mil dólares.

Quando Tod chegou ao escritório, encontrou Faye esperando para encontrá-lo. Ela não estava na batalha. No último minuto, o diretor decidiu não utilizar as *vivandières*.

Para sua surpresa, ela o cumprimentou com cálida afabilidade. Apesar disso, ele tentou se desculpar pelo que fizera na funerária. Estava começando a falar quando ela o interrompeu. Não parecia zangada, mas grata pelo sermão a respeito das doenças venéreas. Aquilo a fizera recuperar a razão.

Mas ela guardava mais surpresas. Estava vivendo na casa de Homer Simpson agora. A questão toda se resolvera como um acerto comercial. Homer concordou em ajudá-la com casa, comida e vestuário até que ela conseguisse se tornar uma estrela. Estavam mantendo um registro de cada centavo gasto e, assim que ela começasse a aparecer mais em filmes, pagaria tudo com 6% de juros. A fim de tornarem tudo absolutamente legal, os dois pensavam em contratar um advogado para elaborar o contrato.

Faye pressionou Tod para que este desse uma opinião a respeito, ouvindo dele que era uma excelente ideia. Ela agradeceu e o convidou para o jantar na noite seguinte.

Depois que ela se foi, começou a especular de que maneira a convivência com Faye poderia afetar a vida de Homer. Pensou que isso talvez fosse útil para ajustá-lo. Enganou a si mesmo insistindo nessa ideia com a construção de uma imagem, como se o homem fosse um pedaço de ferro que pudesse ser aquecido e depois moldado a golpes de martelo. Deveria saber que, se havia alguém com pouquíssima flexibilidade, esse era Homer.

Tod insistiu nesse erro durante o jantar com Faye e Homer. Ela parecia muito feliz falando a respeito de contas e atendentes de loja estúpidos. Homer levava uma flor na lapela, calçava pantufas e a encarava continuamente.

Depois da refeição, enquanto Homer estava na cozinha lavando a louça, Tod questionou Faye a respeito do cotidiano deles. Ela respondeu que viviam tranquilamente, e a isso ela era grata, pois estava cansada de tanta agitação. Tudo o que ela desejava era uma carreira. Homer cuidava dos trabalhos domésticos, o que lhe permitia descansar de verdade. A longa doença de papai fora extenuante. Homer gostava dos serviços domésticos e, de qualquer forma, nunca permitia que ela fosse até a cozinha por causa do cuidado que necessitava ter com as mãos.

"Protegendo o investimento", disse Tod.

"Sim", ela respondeu com seriedade, "elas precisam estar lindas."

Ela prosseguiu contando que o desjejum era às dez. Homer servia o café para ela na cama. Ele arrumava a bandeja exatamente como vira numa revista de decoração. Enquanto ela estava no banho e se arrumando, ele limpava a casa. Depois, iam às lojas da cidade para que ela pudesse comprar itens diversos, em geral roupas. Não almoçavam para que Faye pudesse preservar-se magra, mas em geral jantavam fora e assistiam a algum filme no cinema.

"Depois, sorvete com refrigerante", Homer finalizou a descrição por ela enquanto saía da cozinha.

Faye deu uma sonora gargalhada e pediu desculpa. Eles iriam ao cinema e ela desejava trocar de vestido. Quando ela saiu, Homer sugeriu que ele e Tod fossem tomar ar na varanda. Insistiu que Tod se sentasse na espreguiçadeira enquanto ele se acomodou em uma caixa de laranjas virada para cima.

Se tivesse sido mais cuidadoso e se seu senso de decência fosse mais apurado, Tod não podia deixar de pensar, Faye provavelmente estaria vivendo com ele. Pelo menos, tinha melhor aparência que Homer. Mas também havia outro pré-requisito. Homer tinha rendas e vivia em uma casa, enquanto ele ganhava 30 dólares por semana e morava em um apartamento alugado.

O sorriso feliz no rosto de Homer o fez sentir vergonha de si mesmo. Estava sendo injusto. Homer era um sujeito modesto, grato, que nunca riria dela, pois parecia incapaz de rir à custa do que quer que fosse. Por causa dessa grande qualidade, poderia viver com ele naquilo que ela considerava um bom plano para o futuro.

"Algum problema?", Homer perguntou suavemente, colocando uma das mãos enormes sobre o joelho de Tod.

"Não, nada. Por quê?"

Tod se movimentou, o que fez com que a mão escorregasse.

"Você está fazendo umas caretas estranhas."

"Estava pensando em algo."

"Oh", Homer disse com simpatia.

Tod não conseguiu resistir e fez uma pergunta com o intuito de golpear.

"Quando vocês dois se casaram?"

Homer pareceu magoado.

"Faye não contou como nos arranjamos?"

"Sim, mais ou menos."

"É um acordo comercial."

"Sim?"

Para fazer Tod acreditar, verteu um longo e desarticulado raciocínio, provavelmente utilizado para convencer a si próprio. Foi mais longe do que a questão comercial exigia e clamou que fazia aquilo tudo em honra do pobre Harry. Faye não tinha nada no mundo exceto a carreira e era necessário que ela fosse bem-sucedida, tudo em memória do papai morto. A razão pela qual ainda não era uma estrela estava nas roupas inadequadas que ela usara até então. Ele tinha dinheiro e acreditava no talento dela, de modo que um arranjo comercial surgido de interesses mútuos era natural. Aliás, Tod conhecia algum bom advogado?

Era uma questão retórica que ganharia materialidade e uma insistência dolorosa se Tod sorrisse. Mas ele franziu o cenho. Isso também foi um erro.

"Devemos ver o advogado esta semana ainda para colocar toda a papelada em ordem."

A ânsia de Homer era patética. Tod queria ajudá-lo, mas não sabia o que dizer. Ainda hesitava, buscando uma resposta, quando os dois ouviram uma mulher gritando na colina atrás da garagem.

"Adore! Adore!"

Ela tinha a voz aguda de soprano, muito nítida e pura.

"Que nome gozado", Tod disse, aliviado por mudar de assunto.

"Talvez seja estrangeiro", disse Homer.

A mulher apareceu na varanda, vinda do canto em que se localizava a garagem. Ansiosa e rechonchuda, parecia bastante americana.

"Viram o meu garotinho?", perguntou, fazendo um gesto de desespero. "Adore, esse malcriado."

Homer surpreendeu Tod quando ficou de pé e sorriu para a mulher. Faye certamente o estava ajudando na luta contra a timidez.

"Seu filho está perdido?", perguntou Homer.

"Oh, não, apenas se escondeu para me irritar."

Ela estendeu a mão.

"Somos vizinhos. Prazer, Maybelle Loomis."

"Encantado em conhecê-la, madame. Sou Homer Simpson e este é o sr. Hackett."

Tod também apertou a mão da mulher.

"Está morando aqui faz muito tempo?", ela questionou.

"Não, acabei de chegar das terras do Leste", Homer respondeu.

"Ah, foi? Estou aqui desde que meu marido faleceu, há seis anos. Sou uma velha colonizadora."

"A senhora gosta de viver aqui então?", Tod perguntou.

"Se eu gosto de viver na Califórnia?", ela soltou uma risada como se não gostar fosse um absurdo conhecido do senso comum. "Ora essa, é o paraíso na terra!"

"Sim", Homer concordou com gravidade.

"De qualquer forma", ela prosseguiu, "preciso viver aqui por causa de Adore."

"Ele tem problemas de saúde?"

"Oh, não. É por causa da carreira dele. Seu agente já afirmou que é a maior atração mirim de Hollywood."

Ela falava com tanta veemência que Homer estremeceu.

"Ele fez algum filme?", Tod perguntou.

"Fará em breve", retrucou a mulher.

Homer tentou apaziguá-la.

"Que ótimo."

"Se não fosse por todo esse favoritismo", ela disse amargamente, "ele já seria um astro. Seu talento é inato. É esforçado também. O que a Shirley Temple tem que ele não tenha?"

"Ora, não faço ideia", Homer balbuciou.

Mas ela ignorou a resposta e continuou com seu balido temível.

"Adore! Adore!"

Tod conhecia o padrão dessa mulher por aquilo que observava no estúdio. Ela pertencia ao exército de mulheres que arrastava seus filhos para o setor responsável pelo elenco. Era gente que ficava horas, semanas, meses esperando por uma oportunidade de mostrar do que Júnior era capaz. Algumas delas eram muito pobres, mas não importava o quão destituídas fossem, conseguiam arranjar dinheiro suficiente – não raro por meio de espantosos sacrifícios – para enviar suas crianças a uma das inúmeras escolas de talentos.

"Adore!", baliu a mulher uma vez mais, depois soltou uma breve risada e tornou-se uma amigável dona de casa novamente – pequena, rechonchuda, com covinhas nas bochechas e nos cotovelos adiposos.

"Tem filhos, sr. Simpson?", ela perguntou.

"Não", ele respondeu, corando.

"Faz bem – eles são um aborrecimento."

Soltou mais uma risada para mostrar que não queria dizer aquilo de fato antes de chamar novamente pelo filho.

"Adore... Oh, Adore..."

A pergunta seguinte surpreendeu a ambos.

"Quem vocês seguem?"

"Como assim?", perguntou Tod.

"Quero dizer – na Busca pela Saúde, ao longo da Estrada da Vida."

Os dois olharam boquiabertos para ela.

"Sou adepta da comida crua", ela prosseguiu. "Nosso líder é o dr. Pierce. Precisam conhecer os anúncios dele: *Conheça tudo! Aproveite tudo!*[23]".

"Ah, sim", disse Tod, "vocês são vegetarianos."

Ela demonstrou hilaridade diante de tamanha ignorância.

"Longe disso. Somos muito mais radicais. Vegetarianos comem vegetais cozidos. Nós comemos apenas vegetais crus. A morte é alimentar-se do que está morto."

Tod e Homer não encontraram nada para dizer.

"Adore", ela começou novamente. "Adore..."

Dessa vez, houve resposta de um ponto próximo à garagem.

"Aqui estou, mamãe."

Um minuto depois, um garoto apareceu arrastando atrás de si um pequeno barco a vela sobre rodas. Tinha cerca de 8 anos, o rosto pálido e macilento e um semblante preocupado. Os olhos eram grandes e arregalados. Suas sobrancelhas foram feitas e moldadas cuidadosamente. Com exceção do colarinho à Buster Keaton, estava vestido como um pequeno homem, de calças, colete e paletó.

---

23 [N.T.] No original, *"Know-All Pierce-All!"*. Trocadilho intraduzível entre o nome do médico e o verbo *pierce*.

Tentou beijar a mãe, mas ela se esquivou e começou a ajustar as roupas do filho com alguns pequenos safanões selvagens.

"Adore", ela disse severamente, "quero apresentar-lhe nosso vizinho, o sr. Simpson."

Virando-se como um soldado ao comando de um sargento durante treino intenso, ele saltou sobre Homer e apertou-lhe a mão.

"Um prazer, senhor", disse o menino, curvando-se rígido em saudação, com os calcanhares unidos.

"É assim que cumprimentam na Europa", a sra. Loomis declarou, "não é simpático?"

"Que belo veleiro!", disse Homer tentando ser amigável.

Mãe e filho ignoraram o comentário. Ela apontou para Tod e o menino repetiu sua saudação acompanhada da batida de calcanhares.

Tod observou a criança, que estava ao lado da mãe fazendo caretas para Homer. Fazia com que os olhos se movessem de modo que apenas o branco deles ficasse aparente, depois retorcia os lábios em um grunhido.

A sra. Loomis percebeu o olhar de Tod e se voltou rapidamente. Quando viu o que Adore estava fazendo, sacudiu o menino pelo braço, levantando-o do chão.

"Adore!", ela ralhou.

Para Tod, disse à guisa de desculpas: "Ele pensa que é o monstro de *Frankenstein*".

Ergueu o menino, dando-lhe ardorosos beijos e abraços. Depois pôs o garoto novamente no chão e ajustou suas roupas amarrotadas.

"Adore não poderia cantar algo para nós?", perguntou Tod.

"Não", o menino retrucou prontamente.

"Adore", disse a mãe com ares de repreensão, "cante algo logo."

"Está tudo bem se ele não quiser", disse Homer.

Mas a sra. Loomis estava determinada a fazer o pequeno cantar. Ela não podia permitir que ele recusasse qualquer plateia que fosse.

"Cante, Adore", ela repetiu, um tom de suave ameaça. "Cante *Mama Doan Wan' No Peas*[24]."

Os ombros do menino se contorceram como se tivesse acabado de cair em uma armadilha. Inclinou seu chapéu de marinheiro sobre um dos olhos, abotoou o paletó, firmou a voz e depois começou:

"Mama don't want no peas an' rice an' coconut oil,
Mama don't want no peas an' rice,
Mama don't want no coconut oil,
Just a bottle of brandy handy all the day!"[25]

24 [N.T.] O título completo da canção é *Mama Don't Want No Peas an' Rice an' Coconut Oil* (Charles Lofthouse e L. Wolfe Gilbert, 1931).

25 "Mamãe não quer saber de ervilhas, nem de arroz ou óleo de coco, / Mamãe não quer saber de ervilhas nem de arroz, / Mamãe não quer óleo de coco, / Apenas uma boa garrafa de conhaque."

A voz do menino era profunda e grave, com o emprego bastante hábil da ladainha entrecortada do cantor de blues original. Os gestos que fazia eram extremamente sugestivos.

"Mama don't want no gin because it would make her sin,
Mama don't want no glass o'gin,
Because it's bound to make her sin,
Says it keeps her hot and bothered all the day!"[26]

O garoto parecia entender o que aquelas palavras significavam, ou ao menos o corpo e a voz faziam imaginar que ele sabia. Quando veio o refrão final, enquanto o traseiro do garoto rebolava freneticamente, a voz carregava uma pesada carga de tormento sexual.

Tod e Homer aplaudiram. Adore agarrou a corda do barquinho e rodeou o quintal. Ele imitava um rebocador. Apitou algumas vezes e depois começou a andar.

"Ainda é apenas um bebê", disse a sra. Loomis orgulhosa, "mas já carrega um talento enorme."

Tod e Homer concordaram.

Ela percebeu que o menino escapava de novo, de modo que saiu às pressas. Ouviram como ela o chamava na vegetação atrás da garagem.

"Adore! Adore..."

---

26 [N.T.] "Gim mamãe não quer tomar, porque o gim a faz pecar, / Nem mesmo um copinho de gim, / Porque o gim facilita pecar, / Deixa quente e incomoda o dia todo."

"Que mulher curiosa", disse Tod.

Homer suspirou.

"Realmente, deve ser difícil começar no cinema. Mas Faye é terrivelmente bonita."

Tod concordou. Faye apareceu logo depois, com um vestido de estampa floral e um chapéu de festa inclinado. Ela era muito mais que bonita. Posava, sacudia e balançava o corpo na porta de entrada, olhando para os dois homens no pátio. Sorria, um meio-sorriso sutil não contaminado pelo pensamento. Parecia recém-nascida, tudo nela era úmido e fresco, volátil e perfumado. Tod tornou-se subitamente consciente de seus pés embotados, insensíveis, metidos dentro de pele morta, e de suas mãos, grossas e pegajosas, que seguravam um pesado e áspero chapéu de feltro.

Tentou escapar do compromisso de ir ao cinema com eles, mas não conseguiu. Sentar-se perto dela na escuridão provou ser o martírio que ele imaginou que seria. A autonomia que Faye esbanjava o fazia se contorcer, e a vontade de quebrar essa superfície aparentemente regular com um golpe, ou ao menos um gesto súbito, tornou-se irresistível.

Começou a se perguntar se ele mesmo não estaria sofrendo daquela apatia mórbida e arraigada que gostava de apontar nos outros. Talvez ele pudesse apenas se galvanizar por meio da sensibilidade que possuía e por isso estava caçando Faye.

Saiu apressadamente, sem se despedir. Decidiu parar de correr atrás de Faye de uma vez por todas. Mas era uma decisão fácil de tomar, embora difícil de manter. Para não fracassar nessa tarefa, empregou um dos mais velhos truques guardados em sua bagagem de intelectual. No final das contas, disse a si mesmo, ele já a esboçara e recriara em desenho inúmeras vezes. Fechou o portfólio onde conservava os desenhos dela e guardou em seu baú.

Era um truque infantil, digno de um curandeiro primitivo, mas funcionou. Conseguiu anular a influência de Faye por vários meses. Durante esse tempo, pegou seu caderno e lápis em uma busca contínua por novos modelos. Passou as noites em diferentes igrejas de Hollywood, desenhando os fiéis. Visitou a Igreja do Cristo, em Corpo Material, na qual a santidade era alcançada por meio de exercícios físicos para os braços e peitoral; a Igreja Invisível, na qual a sorte futura era revelada e os mortos podiam encontrar seus objetos perdidos; a Tabernáculo da Terceira Vinda, onde uma mulher vestida de homem pregava pela Cruzada Contra o Sal; e o Templo Moderno, dentro do qual, sob o teto de vidro e cromo, seria ensinada a "respiração cerebral", um "segredo dos astecas".

Ao observar essa gente se contorcer nos duros bancos de suas igrejas, pensava no quão bem Alessandro Magnasco dramatizaria o contraste existente entre esses corpos frágeis, exauridos, e as mentes enlouquecidas. Magnasco não utilizaria o artifício da sátira, como Hogarth ou Daumier, nem teria por eles piedade. Pintaria essa fúria com respeito, apreciando seu poder aborrecido e anárquico, ciente de que havia nessas pessoas potencial para destruir a civilização.

Certa sexta-feira à noite, na Tabernáculo da Terceira Vinda, um homem que estava próximo a Tod se levantou e começou a falar. Embora seu nome fosse alguma coisa como Thompson ou Johnson, e Sioux City fosse sua terra natal, tinha os olhos afundados, como a cabeça de um prego ardente, como um monge retratado por Magnasco provavelmente teria. Possivelmente, ele estava em uma das colônias no deserto que ficavam perto de Soboba Hot Springs quando sua alma mergulhou em uma dieta de frutas e cereais crus. Estava furioso. A mensagem que trazia para as cidades era muito semelhante àquela que um anacoreta iletrado teria para oferecer aos romanos no momento de decadência de seu império. Era uma enlouquecida enfiada de regras dietéticas, especulações econômicas e ameaças bíblicas. Clamava ter visto o Tigre da Ira à espreita nos muros da cidadela enquanto o Chacal da Luxúria estava oculto, mas bem próximo. Conectava essas profecias com os "30 dólares todas as quintas-feiras" e o consumo de carne.

Tod não achava a retórica do homem engraçada. Sabia que a importância daquela arenga era mínima. O que importava era a raiva messiânica e a resposta emocional dos ouvintes. Eles ficaram de pé, agitaram os punhos e gritaram. No altar, alguém começou a bater um tambor e logo toda a congregação estava cantando: "Avante, soldados de Cristo".

20.

Com o tempo, o relacionamento entre Faye e Homer começou a mudar. Ela estava entediada com a vida que levavam juntos, um tédio que se tornava mais e mais profundo e que motivou uma nova conduta na moça: atormentar seu companheiro. No começo, fazia isso inconscientemente, depois com malícia calculada.

Homer percebeu antes que o fim estava próximo. Tudo o que poderia fazer para evitar o rompimento que se aproximava era aumentar sua subserviência e generosidade. Estava disponível para cada ordem dela. Também comprou um casaco de arminho e um Buick azul-claro usado.

Essa subserviência era parecida com a de um cão adulador e desajeitado que está sempre antecipando os golpes que recebe, agradecendo cada um deles de uma maneira que torna o desejo de atingi-lo irresistível. A generosidade que ele demonstrava era ainda mais irritante. Era tão desesperadamente desinteressada que a fazia sentir-se má e cruel, não importava o quanto se esforçasse em ser amável. E era tão exagerada que se tornava impossível ignorar. Ela necessariamente se ressentia disso. Homer assumiu o rumo da autodestruição e, embora não quisesse que as coisas acontecessem dessa forma, forçava sua companheira a aceitar a responsabilidade por isso.

Eles quase atingiram o limite de uma crise final quando Tod os encontrou novamente. Certa feita, tarde da noite, quando se preparava para dormir, Homer bateu na porta de Tod, dizendo que Faye estava aguardando no carro e que eles desejavam que ele os acompanhasse a uma boate.

A vestimenta de Homer era engraçada. Calças largas de linho azul e um paletó de flanela cor de chocolate sobre uma camisa polo amarela. Apenas um negro poderia vestir algo assim sem parecer ridículo e não havia nada mais distante de um negro que Homer.

Tod foi com eles ao Cinderella Bar, um pequeno edifício de estuque cujo formato se assemelhava a uma sandália, na Western Avenue. O show da noite apresentaria imitações femininas.

Faye estava com um humor terrível. Quando o garçom veio pegar os pedidos, ela insistiu em pedir um coquetel de champanhe para Homer. Ele queria apenas café. O garçom trouxe os dois, mas ela pediu que o café fosse devolvido.

Homer explicou penosamente, de uma forma que deve ter repetido várias vezes no passado, que não podia beber álcool, pois lhe causava um enjoo terrível. Faye ouviu com paciência fingida. Quando ele terminou, ela soltou uma gargalhada e levou o coquetel aos lábios dele.

"Beba logo isso, seu desgraçado", disse a garota.

Ela inclinou o copo, mas ele não abriu a boca e a bebida desceu pelo queixo de Homer. Ele se limpou usando um guardanapo sem sequer desdobrá-lo.

Faye chamou o garçom novamente.

"Ele não gosta de coquetéis de champanhe", ela disse.
"Traga, então, conhaque."

"Por favor, Faye", ele implorou.

Ela segurou o conhaque nos lábios dele, movendo o copo quando ele tentava se virar.

"Vamos lá, camarada, vamos entornar essa."

"Deixe-o em paz", Tod finalmente disse.

Ela o ignorou como se nem sequer tivesse ouvido o protesto. Estava simultaneamente furiosa e envergonhada de si mesma. A vergonha fortalecia a fúria e dava-lhe um propósito.

"Vamos lá, camarada", ela disse em tom selvagem, "ou mamãe vai acabar com a sua raça."

Ela se voltou para Tod.

"Odeio pessoas abstêmias. Não são nada sociáveis. Sentem-se superiores, e eu não gosto de quem se acha superior."

"Não me sinto superior", disse Homer.

"Oh, sim, você se sente, sim. Estou bêbada e você, sóbrio, e é assim que se sente superior. Um desgraçado superior."

Homer abriu a boca para responder e Faye jogou o conhaque, depois usou as mãos para fechar seus lábios de modo que ele não conseguisse cuspir de volta. Uma parte do líquido saiu pelo nariz.

Ainda sem desdobrar o guardanapo, Homer se limpou. Faye pediu mais um conhaque. Quando a bebida chegou, ela colocou o copo nos lábios dele novamente, mas dessa vez Homer agarrou o copo e bebeu sozinho, lutando para engolir aquilo.

"Esse é o meu garoto", Faye riu. "Muito bem, seu bebum."

Tod a tirou para dançar, dando assim a Homer um momento sem ser atormentado. Quando chegaram à pista de dança, ela fez uma tentativa de se defender.

"O ar de superioridade daquele cara me deixa louca."

"Ele ama você", foi a resposta de Tod.

"Sim, eu sei, mas ele é um palerma."

Ela começou a chorar no ombro de Tod, que lhe deu um abraço bem apertado. Fez uma tentativa sem esperança.

"Fique comigo esta noite."

"Não, querido", ela disse com simpatia.

"Por favor... Apenas desta vez."

"Não posso, querido. Eu não te amo."

"Você trabalhou para madame Jenning. Faça de conta que ainda está trabalhando para ela."

Ela não ficou brava com essa.

"Aquilo foi um erro. De qualquer forma, foi diferente. Só atendi alguns chamados para o enterro e além disso aqueles homens eram completos estranhos. Entende o que quero dizer?"

"Sim, mas por favor, meu bem. Nunca mais vou importuná-la. Vou para o Leste logo depois. Seja amável."

"Não posso."

"Por quê...?"

"Apenas não posso. Me desculpe, querido. Não estou fazendo de propósito para te magoar, mas não conseguiria dormir com você."

Dançaram até o final do número musical sem trocar mais nenhuma palavra. Tod lhe era grato por ter se comportado tão bem, por não tê-lo feito parecer excessivamente ridículo.

Quando voltaram para a mesa, encontraram Homer sentado exatamente da mesma maneira, sem se mover um milímetro desde que o deixaram. Segurava o guardanapo dobrado em uma mão, o copo de conhaque na outra. Seu desamparo era extremamente irritante.

"Você estava certa sobre o conhaque, Faye", Homer disse. "É bom demais! Uuuupiii!"

Fez um pequeno gesto circular com a mão que segurava o copo.

"Prefiro uísque", Tod disse.

"Eu também", Faye completou.

Homer fez mais uma tentativa corajosa de se aproximar do espírito daquela noite.

"Garçom", pediu, "mais bebidas."

Sorria para seus dois antagonistas ansiosamente. Faye explodiu em uma gargalhada que Homer fez o possível para acompanhar. Ela parou subitamente, de modo que apenas ele ainda dava risada, que se transformou em tosse logo oculta pelo guardanapo.

Ela se voltou para Tod.

"O que diabos posso fazer com um imbecil desse naipe?"

A orquestra começou a tocar, o que permitiu que Tod ignorasse a pergunta. Os três se viraram para assistir a um jovem que usava um vestido longo de seda vermelho bem justo cantar um acalanto:

"Little man, you're crying,
I know why you're blue,
Someone took your kiddycar away;
Better go to sleep now,
Little man, you've had a busy day..."[27]

Tinha uma voz suave, pulsante. Os gestos eram maternais, uma ternura abortada, uma série de carícias inconscientes. O que o artista fazia não era, em nenhum sentido, paródia – era simples demais, contido demais. Talvez não pudesse ser chamado sequer de teatral. Aquele jovem moreno de braços magros, depilados, e ombros arredondados, que balançava um berço imaginário enquanto cantava, era de fato uma mulher.

Quando terminou seu número, os aplausos foram intensos. O jovem sacolejou o corpo e se transformou novamente em ator. Tropeçou na roupa, como se fosse algo acidental, levantou o vestido e mostrou que estava usando ligas em estilo parisiense, depois saiu de cena caminhando a passos largos, balançando os ombros. A imitação que fazia de um homem era constrangedora e obscena.

Homer e Tod aplaudiram o rapaz.

"Odeio bichas", Faye disse.

"Todas as mulheres odeiam."

---

27 [N.T.] "Homenzinho, você está aos prantos, / Sei o motivo de sua tristeza, / Seu carro de brinquedo se perdeu; / Melhor tentar dormir agora, / Homenzinho, seu dia foi terrível..."

Tod disse isso em tom de piada, mas Faye estava furiosa.

"Elas são sujas", retrucou.

Ele ia dizer algo mais, mas Faye voltou-se para Homer novamente. Dessa vez ela beliscou o braço dele até que a dor o obrigasse a soltar um pequeno guincho.

"Você sabe o que é uma bicha?", ela perguntou em tom imperativo.

"Sim", ele respondeu hesitante.

"Tudo bem, então", ela vociferou. "Diga lá! O que é uma bicha?"

Homer se contorceu, inquieto, como se já sentisse a régua atingindo seu lombo, buscando Tod com olhar suplicante. Este tentou ajudá-lo, formando a palavra "homo" com os lábios.

"Momo", disse Homer.

Faye caiu na gargalhada. Mas ele parecia tão magoado que ela não conseguiu rir mais e deu alguns tapinhas no ombro de Homer.

"Que caipira", ela disse.

Ele sorriu com gratidão e chamou o garçom, solicitando mais uma rodada de bebidas. A orquestra começou a tocar e um homem surgiu para pedir uma dança com Faye. Sem dizer uma palavra para Homer, ela o seguiu até a pista.

"Quem é aquele?", Homer perguntou, caçando o casal com os olhos. Tod o fez acreditar que era alguém que via de vez em quando no San Berdoo. Essa explicação foi satisfatória para Homer, mas ao mesmo tempo o fez pensar em algo mais. Era quase possível ver como a perguntava se formava na cabeça dele.

"Conhece Earle Shoop?", Homer finalmente perguntou.

"Sim."

Homer, então, começou a contar uma longa história desconexa a respeito de uma galinha suja e preta. Fazia referências à tal galinha inúmeras vezes, como se fosse isso o que não conseguia suportar em Earle e seu amigo mexicano. Para um homem que parecia incapaz de odiar, o retrato que fazia da galinha era horrível o suficiente.

"Você nunca viu algo tão asqueroso, o modo como aquele bicho se abaixa e revira a cabeça. Os galos arrancaram todas as penas do pescoço dela e fizeram da crista uma papa de sangue. Os pés são um casco coberto de verrugas e o cacarejar dessa galinha é imensamente repulsivo quando a jogam na capoeira."

"Quem a jogou na capoeira?"

"O mexicano."

"Miguel?"

"Sim. Ele é quase tão nojento quanto essa galinha."

"Você esteve no acampamento?"

"Acampamento?"

"Nas montanhas?"

"Não. Eles estão morando na garagem. Faye perguntou se eu me importaria em deixar que um amigo dela ocupasse a garagem por algum tempo, já que estava sem dinheiro. Mas eu não sabia das galinhas ou do mexicano... Há tanta gente desempregada nos dias de hoje."

"Por que não os expulsa da sua casa?"

"Eles estão falidos e não têm para onde ir. Não é muito confortável viver na garagem."

"Mas se eles se comportam desse jeito?"

"É apenas essa galinha. Não me importo com os galos, eles são muito bonitos, mas essa galinha imunda... Ela sacode as penas sujas o tempo todo e cacareja de um jeito que me revira o estômago."

"Você não precisa ir atrás dela."

"Mas eles me fazem ir toda tarde, no mesmo horário, quando estou sentado na espreguiçadeira tomando sol após as compras de Faye, pouco antes do jantar. O mexicano sabe que eu não gosto de ver, mas ele tenta me obrigar a isso apenas por despeito. Volto para casa, mas ele bate na janela e me chama para sair e olhar. Não consigo ver isso como diversão. Algumas pessoas têm uma ideia estranha do que seja diversão."

"O que Faye diz?"

"Ela não se importa com a galinha. Diz que é um ser da natureza."

Em seguida, temendo que Tod entendesse tal afirmação como algum tipo de crítica, Homer reafirmou as qualidades salutares e encantadoras de Faye. Tod concordou, mas trouxe de volta o assunto.

"Se eu fosse você", disse, "denunciava os galos e galinhas à polícia. Você precisa de uma permissão para manter esses animais dentro da cidade. Eu faria alguma coisa e bem rápido."

Homer evitou uma resposta direta.

"Eu não tocaria aquela coisa nem por todo o dinheiro do mundo. Ela está infestada de sarna e quase sem penas. Parece mais um urubu. Ela até come carne. Eu a vi comendo a carne que o mexicano pegou da lata de lixo que estava na garagem. Ele alimenta os galos com ração, mas dá carne para a galinha, que fica sempre na jaula mais imunda."

"Se eu fosse você, jogava esses filhos da puta na rua, e esses bichos com eles."

"Não, eles são legais, rapazes de bem. Apenas estão sem sorte, como tantas pessoas nos dias de hoje, sabe. Mas aquela galinha..."

Sacudiu a cabeça, fatigado, como se pudesse sentir o cheiro do animal.

Faye estava de volta. Homer viu que Tod se preparava para lhe dizer algo, provavelmente a respeito de Earle e do mexicano. Fez sinais desesperados para que ele não o fizesse. Ela, contudo, percebeu esses gestos e isso aguçou-lhe a curiosidade.

"O que os rapazes estavam fofocando?"

"Sobre você, meu bem", Tod disse. "Homer vai fazer um elogio para você."

"Diga, Homer."

"Não, primeiro me diga você."

"Bem, o sujeito com o qual eu dancei há pouco me perguntou se você era um figurão de Hollywood."

Tod percebeu que Homer não conseguiria pensar em nenhuma resposta para esse elogio, então falou por ele.

"Eu disse que você é a garota mais linda daqui."

"Sim", Homer concordou. "Foi isso o que Tod disse."

"Eu não acredito nisso. Tod me odeia. E, de qualquer forma, eu te peguei gesticulando para Tod não abrir o bico. Você estava dizendo para ele calar a boca."

Ela riu.

"Aposto que sei sobre o que vocês conversavam." Ela imitou a agitada repulsa de Homer. "Aquela galinha imunda e preta, ela está infestada de sarna e quase sem penas."

Homer riu, buscando apaziguar a situação, mas Tod estava furioso.

"Qual é a ideia de manter esses caras na garagem?", quis saber.

"Desde quando isso é da sua conta?", ela retrucou, mas sem deixar transparecer uma raiva verdadeira. Ela estava se divertindo à beça.

"Homer adora se divertir com os rapazes. Não é verdade, meu caipirinha?"

"Eu disse pro Tod que eram gente boa, apenas sem sorte como tantos outros hoje em dia. É horrível ver como há desempregados atualmente."

"É isso aí", ela disse. "Se eles forem, eu também vou."

Tod já adivinhara tudo. Percebeu que seria inútil continuar a discutir. Homer, de novo, estava gesticulando para que ele ficasse quieto.

Por alguma razão, Faye ficou subitamente com vergonha de si mesma. Pediu desculpas a Tod, oferecendo-se para dançar com ele novamente, flertando explicitamente ao fazê-lo. Tod recusou.

Ela quebrou o silêncio que se seguiu com uma elegia às galinhas de Miguel, mas o que realmente queria era pedir desculpas para si mesma. Descrevia como os galos eram guerreiros fabulosos, o amor imenso de Miguel pelas aves e o quão bem ele cuidava delas.

Homer concordou entusiasticamente. Tod permaneceu em silêncio. Ela perguntou se ele já havia assistido a uma luta de galos e o convidou para uma que aconteceria na garagem de Homer na noite seguinte. Um homem viria de San Diego para colocar seus galos na rinha com os de Miguel.

Quando Faye se voltou para Homer novamente, ele se curvou como se fosse receber uns bons tapas dela. Ela corou de vergonha diante de tal reação e olhou para Tod, buscando sinais de que ele havia percebido algo. Pelo resto da noite, tentou ser agradável com Homer. Ela chegou a tocá-lo, ajustar o colarinho dele, acariciar-lhe o cabelo liso. Ele irradiava alegria.

21.

Quando Tod contou a Claude Estee a respeito da briga de galos, ele disse que gostaria de acompanhá-lo para assistir. Foram, então, para a casa de Homer.

Era uma dessas noites azuladas, matizada com tons lavanda, quando as cores mais luminosas surgem como que espargidas com aerógrafo. Mesmo a sombra mais escura parece tingida de púrpura.

Um carro permanecia parado na garagem, os faróis ligados. Era possível ver alguns homens no canto da construção, suas vozes audíveis. Alguém gargalhava usando apenas duas notas, ha-ha e ha-ha, repetidas vezes.

Tod avançou para mostrar-se caso houvesse alguma precaução contra a polícia. Quando ficou visível na luz, Abe Kusich e Miguel o saudaram, mas não Earle.

"A luta foi suspensa", disse Abe. "Aquele infeliz de San Diego não deu as caras."

Claude apareceu e Tod o apresentou aos três homens. O anão era arrogante. Miguel, gracioso. Earle apresentava seu usual jeito fechado e crispado.

A maior parte do chão da garagem se convertera em rinha, um espaço oval com 3 metros de comprimento por 2 de largura, revestido com um tapete velho . Havia ainda uma espécie de cerca baixa e irregular feita de pedaços de madeira e arame. O carro de

Faye estava fora da garagem, posicionado de maneira que os faróis iluminassem a arena.

Claude e Tod seguiram Abe para fora daquele clarão, sentando-se os três sobre um velho baú que estava nos fundos da garagem. Earle e Miguel se aproximaram, agachando-se diante dos outros. Ambos vestiam jeans azulados, camisas com bolinhas, grandes chapéus e botas de salto. Eram uma visão de razoável beleza, quase pitoresca.

Todos fumavam silenciosamente, com exceção de Abe, que estava agitado. Embora tivesse muito espaço disponível, repentinamente deu um empurrão em Tod.

"Sai pra lá com esse rabo enorme", rosnou.

Tod se moveu e apertou-se contra Claude sem dizer uma palavra sequer. Earle deu risada de Tod, não do anão, mas Abe se voltou contra ele do mesmo jeito.

"E você, infeliz! Tá rindo do quê?"

"De você", Earle disse.

"É isso então, hein? Bom, escuta aqui, seu bandidinho de merda, com 2 centavos posso arrancar você de cima dessas botas falsas."

Earle buscou no bolso de sua camisa uma moeda que lançou no chão.

"Aqui tem um níquel", disse.

O anão começou a descer do baú, mas Tod o segurou pelo colarinho. Ele não tentou se livrar, mas forçou seu peso contra o casaco, como um *terrier* na coleira, enquanto sacudia a cabeça imensa de um lado para o outro.

"Venha", salivou, "seu fugitivo da Western Costume Company[28], seu... seu piolho de peruca, seu..."

Earle estaria bem menos furioso se tivesse pensado em uma represália imediata. Ele mastigou algumas palavras a respeito de um bastardo de meia-pataca, depois cuspiu. Atingiu o sapato do anão bem no meio com um generoso bocado de cuspe.

"Belo disparo", disse Miguel.

Isso foi, aparentemente, o suficiente para Earle considerar-se o vencedor, pois sorriu e se aquietou. O anão estapeou a mão de Tod para longe de seu colarinho com um xingamento e sentou-se novamente no baú.

"Você precisa andar com uma lâmina", disse Miguel.

"Não preciso de nada disso para acabar com um vagabundo como esse aí."

Todos começaram a rir e estava tudo bem novamente.

Abe se inclinou sobre Tod para falar com Claude.

"A luta ia ser das boas", ele disse. "Tinha mais de uma dúzia de caras aqui antes de vocês chegarem, muitos com grana de verdade na mão. Eu estava começando a organizar as apostas."

Tirou da carteira um de seus cartões de visita e entregou para Claude.

"Estava tudo no papo", disse Miguel. "Tinha cinco aves que ganhavam fácil e dois perdedores. Ia ser um massacre dos bons."

28 [N.T.] A Western Costume Company é uma das mais antigas lojas de fantasias de Los Angeles, muito procurada por produtores de Hollywood.

"Eu nunca vi uma luta entre esses bichos", disse Claude. "De verdade, nunca vi mesmo um galo de briga antes."

Miguel se ofereceu para mostrar a ele um de seus galos. Logo saiu para buscá-lo. Tod foi até o carro para pegar uma garrafa de uísque que deixaram no porta-luvas. Quando voltou, Miguel estava segurando Jujutla diante da luz. Todos examinavam a ave.

Miguel agarrava o galo firmemente com as duas mãos, empregando uma técnica parecida com o jeito como se segura uma bola de basquete em um lance desleal. A ave tinha asas curtas e ovais e uma cauda em forma de coração presa ao corpo em ângulo reto. A cabeça era triangular, como a de uma cobra, terminando em um bico levemente curvado, grosso na base e fino na ponta. As penas eram tão densas e rígidas que pareciam envernizadas. Elas foram afinadas para a luta e as linhas do corpo do animal, em forma de cunha truncada, destacavam-se nitidamente. Entre os dedos de Miguel, pendiam as longas patas alaranjadas e o pé um pouco mais escuro, com unhas que pareciam chifres.

"Juju é da criação de John R. Bowes, de Lindale, Texas", Miguel disse com orgulho. "Foi campeão seis vezes. Eu dei 50 dólares e uma espingarda por ele."

"É um frango bem guapo, esse", o anão disse de má vontade, "mas aparência não é tudo, não."

Claude pegou a carteira.

"Gostaria de vê-lo lutar", disse. "Suponho que seja necessário comprar outra de suas aves para colocar na rinha contra ele."

Miguel meditou por um minuto e olhou para Earle, que lhe disse para prosseguir com aquilo.

"Tenho uma ave que posso vender pra você por quinze contos", ele disse.

O anão interferiu.

"Deixa que eu escolho a ave."

"Ah, isso não me importa", Claude respondeu, "quero apenas assistir a briga. Aqui estão seus quinze mangos."

Earle pegou o dinheiro e Miguel lhe pediu que apanhasse Hermano, o vermelho grandão.

"O vermelho tem mais de 3 quilos", ele disse, "enquanto Juju não passa dos 2,5 quilos."

Earle voltou carregando um galo grande que trazia uma espécie de xale prateado no pescoço. Parecia uma ave de fazenda bem ordinária.

Quando o anão viu esse galo, ficou indignado.

"O que é isso que vocês arranjaram, um ganso?"

"É um dos Açougueiros das Ruas", Miguel disse.

"Eu não apostaria nem um vintém nele", respondeu o anão.

"Você não precisa apostar", Earle balbuciou.

O anão olhou para a ave e ela, para o anão. Voltou-se para Claude.

"Deixe que eu cuido dele pro senhor", disse.

Miguel cortou depressa.

"Earle vai fazer isso. Ele conhece o animal."

O anão explodiu diante dessa proposta.

"Isso está me cheirando a armação!", berrou.

Ele tentou pegar o galo vermelho, mas Earle manteve a ave numa posição bem elevada, de maneira que o homenzinho não pudesse alcançá-la.

Miguel abriu o baú e pegou uma pequena caixa de madeira, do tipo que se usa para guardar peças de xadrez. Estava cheia de lâminas curvas, pequenas formas quadrangulares de camurça com buracos no centro e fios de corda encerada como as usadas pelos sapateiros.

Todos cercaram o mexicano para observar como ele preparava Juju para o combate. Primeiro ele enxugou as pequenas esporas da ave para ter certeza de que estavam bem limpas. Logo, colocou o pequeno quadrado de couro em um dos pés, de modo que a espora passasse pelo buraco. Depois foi a vez da lâmina, que ficou sobre a espora natural, amarrada cuidadosamente com um pouco de cordão macio. O mesmo procedimento foi realizado na outra pata.

Assim que Miguel terminou, Earle começou os preparativos com o vermelhão.

"Essa é uma ave cheia de *cojones*", Miguel disse. "Ganhou várias lutas. Ela pode não parecer muito rápida, mas é só aparência. As puadas dela são violentas."

"Se você me perguntar, eu diria que ele serve mesmo é pra ser preparado no fogão", disse Abe.

Earle pegou um par de tesouras para tosquiar a plumagem excessiva do vermelho. O anão observou como ele cortou a maior parte da cauda da ave, mas, quando começou a trabalhar no peito, Abe conteve-lhe a mão.

"Deixa essa parte!", ele vociferou. "Vão matá-lo muito depressa desse jeito. Ele precisa dessas penas pra proteção."

Voltou-se de novo para Claude.

"Por gentileza, meu senhor, me deixa cuidar dele."

"Melhor ele comprar uma parte do bicho", disse Miguel.

Claude riu e gesticulou para que Earle deixasse Abe com a ave. Earle não pretendia fazê-lo e lançou um olhar significativo para Miguel.

O anão começou a saracotear de ódio.

"Estão armando um esquema pra nós!", gritava.

"Ah, dá logo o bicho pra ele", Miguel disse.

O homenzinho colocou a ave debaixo do braço esquerdo, de modo que suas mãos ficaram livres para que ele pudesse procurar as lâminas na caixa. Eram todas do mesmo tamanho, 3 polegadas, mas algumas possuíam curvas mais pronunciadas que as outras. Selecionou um par e explicou sua estratégia para Claude.

"A luta pra ele vai ser de costas. Esse par de esporas vai acertar o outro galo no lugar certo. Se ele pudesse subir em cima da outra ave, não usaria esse tipo, não."

Ajoelhou-se e afiou as lâminas no piso de cimento até que ficassem aguçadas como agulhas.

"Temos alguma chance?", Tod perguntou.

"Nunca dá pra dizer com certeza", ele respondeu, sacudindo a cabeça enorme. "Me parece que esse aqui está no fim."

Depois de ajustar as lâminas nas esporas com bastante cuidado, vistoriou a ave, esticando as asas e soprando as penas para que pudesse ver a pele.

"A crista não é clara o suficiente para um galo de briga", ele disse, beliscando o animal no topo da cabeça, "mas ele parece forte. Talvez tenha sido bom de briga um dia."

Segurou o galo contra a luz e inspecionou a cabeça da ave. Quando Miguel viu que o anão examinava o bico do vermelho, exigiu ansiosamente que acabasse com a enrolação. Mas Abe não deu atenção ao mexicano e seguiu a inspeção balbuciando para si mesmo. Dirigiu-se para Tod e Claude, solicitando que ambos dessem uma olhada. "Ah, como eu disse", começou, bufando de indignação. "Foi armação pra nós."

Apontou para uma linha fina como um fio de cabelo que atravessava a parte superior do bico da ave.

"Não está rachado", Miguel protestou, "é só uma marca de nascença."

Ele tentou pegar o galo para esfregar o bico, mas a ave o bicou com selvageria. Isso deixou o anão satisfeito.

"Vamos ter briga, sim", disse, "mas nada de apostas."

Earle foi escolhido para ser o juiz. Ele pegou um pedaço de giz e desenhou três linhas no centro da rinha, uma maior no meio e duas menores, paralelas e situadas cerca de 90 centímetros da linha central.

"Coloquem seus galos na rinha", disse Earle.

"Não, eles precisam se encarar primeiro", o anão protestou.

Ele e Miguel ficaram a um braço de distância e colocaram suas aves próximas para enfurecê-las. Juju pegou violentamente o vermelhão pela crista até que Miguel o afastou. O vermelho, que estava apático, despertou para a vida e o anão teve problemas em segurá-lo. O grande galo tornou-se frenético de raiva e lutava para pegar a ave menor.

"Estão prontos", disse o anão.

Ele e Miguel subiram na rinha e colocaram os galos nas linhas menores, um de frente para o outro. Seguraram as aves pela cauda, esperando o sinal de Earle.

"Coloquem os bichos na rinha", ordenou o juiz.

O anão observava os lábios de Earle e soltou sua ave primeiro, mas Juju subiu pelos ares e mergulhou uma das esporas no peito do vermelho. Atravessou as penas e alcançou a carne. O vermelho se virou com a lâmina ainda presa ao corpo e bicou duas vezes a cabeça do oponente.

Separaram as aves e as seguraram em suas linhas novamente.

"Soltem pra briga!", Earle gritou.

De novo, Juju subiu em cima da outra ave, mas dessa vez errou o golpe com as esporas. O vermelho, então, tentou subir no adversário, mas não conseguiu. Era desengonçado e pesado demais para a luta no ar. Juju subiu de novo, com golpes e talhos tão velozes que as patas se tornaram uma névoa dourada. O vermelho se lançava ao ataque impulsionando o corpo com a cauda em movimento ascendente, como um gato. Juju subiu e desceu diversas vezes. Quebrou uma das asas e praticamente decepou uma das patas do vermelho.

"Segurem os bichos", Earle solicitou.

Quando o anão pegou o vermelho, o pescoço do animal começou a se inclinar, um emaranhado de sangue e penas soltas. O homenzinho soltou um gemido sobre a ave, depois começou a trabalhar. Cuspiu no bico entreaberto e colocou a crista entre os lábios para chupar o sangue dela. O vermelho readquiriu certa fúria, mas não a força perdida. O bico agora estava fechado e o pescoço, endireitado. O anão alisou e rearranjou a plumagem do galo. Nada poderia ser feito quanto à asa quebrada ou à pata que pendia inútil.

"Soltem pra briga", Earle disse.

O anão insistiu que as aves deviam ser colocadas bico contra bico na linha central, de modo que o vermelho não precisasse se mover para alcançar seu oponente. Miguel concordou.

O vermelho era inegavelmente corajoso. Quando Abe soltou sua cauda, fez um esforço gigantesco para sair do chão e encontrar Juju no ar, mas seu impulso contava com apenas uma pata e ele caiu de lado. Juju atacou-o por cima e, meio virado, deslizou pelo seu dorso com as duas esporas. O vermelho contorceu-se para se livrar, arremessando Juju, depois fez uma formidável tentativa de agarrar-se à outra ave com as esporas da pata boa, mas caiu de lado novamente.

Antes que Juju saltasse mais uma vez no ar, o vermelho conseguiu atingir um golpe duro com o bico na cabeça do adversário. Isso deixou a ave menor mais lenta, de modo que a luta agora acontecia no solo. No confronto de bicadas, o peso e a força superiores do vermelho equilibravam a ausência da asa e da pata. Fez o melhor que podia. Mas de repente o bico rachado se quebrou, deixando apenas a metade inferior. Uma grande bolha de sangue surgiu no lugar do bico. Mas o vermelho não recuou um milímetro sequer, esforçando-se para tentar ganhar novamente o ar. Utilizando a pata boa habilidosamente, conseguiu elevar-se 10 ou 15 centímetros, o que não era, contudo, suficiente para colocar as esporas em ação. Foi a vez de Juju subir, chegando a uma altura bem superior, para depois atingir com as duas lâminas o peito do vermelho. Novamente, uma das lâminas acabou presa na carne da ave.

"Segurem os bichos", Earle gritou.

Miguel soltou a espora de sua ave e devolveu a outra para o anão. Abe, gemendo suavemente, alisou as asas e lambeu os olhos da ave para limpá-los, depois colocou a cabeça inteira do animal na boca. O vermelho, todavia, estava acabado. Não conseguia sequer firmar o pescoço direito. O anão soprou as asas da parte inferior da cauda e pressionou os lábios da cloaca com força. Quando percebeu que isso não era o suficiente, inseriu seu dedo mindinho e arranhou os testículos da ave. O vermelho reagiu com um tremor e esforçou-se corajosamente para endireitar o pescoço.

"Coloquem os bichos na rinha."

Uma vez mais o vermelho tentou subir em Juju, dando tudo o que podia da pata que sobrou, mas apenas girou loucamente. Juju subiu, mas errou. O vermelho atacou fracamente com o bico quebrado. Juju foi para cima e dessa vez atingiu com sua lâmina o cérebro do vermelho através de seus olhos. O vermelho caiu, completamente morto.

O anão soltou um lamento de angústia, mas ninguém disse mais nada. Juju bicava o olho remanescente da ave morta.

"Tira aquele canibal fedorento dali!", o anão gritou.

Miguel deu risada, segurou Juju e removeu as lâminas. Earle fez o mesmo com o vermelho. Manipulava o galo morto gentilmente, com respeito.

Tod passava o uísque.

22.

Estavam todos seguindo rumo à bebedeira quando Homer foi até a garagem. Levou um pequeno susto ao ver o galo morto esparramado no tapete. Apertou as mãos de Claude após a apresentação feita por Tod e cumprimentou também Abe Kusich, depois fez um pequeno discurso pronto para convidar todos a entrar e beber. Seguiam logo atrás dele.

Faye saudou a todos da porta. Vestia um pijama de seda verde e tamancos da mesma cor com amplos pompons e salto bem alto. Os três botões superiores de sua jaqueta estavam abertos e boa parte de seu peito estava exposta, embora não os seios, mas apenas porque eram distantes um do outro projetando-se para cima e para fora.

Ela deu a mão para Tod e afagou a cabeça do anão. Eles eram velhos amigos. Diante da constrangedora apresentação que Homer fez de Claude, ela se tornou de fato algo como uma dama. Era seu papel favorito e ela o assumia sempre que encontrava um novo homem, especialmente se fosse alguém obviamente rico.

"Encantada em conhecê-lo", trinou ela.

O anão soltou uma risada em virtude do comportamento que a garota exibia.

Com uma voz empertigada pela arrogância, ela ordenou que Homer fosse à cozinha buscar soda, gelo e copos.

"Um belo local", anunciou o anão, colocando o chapéu que tirara na soleira da porta.

Subiu em uma das grandes cadeiras espanholas, usando os joelhos e as mãos para fazê-lo, sentando-se na ponta, os pés balançando no ar. Parecia o boneco de um ventriloquista.

Earle e Miguel ficaram para trás, a fim de se lavar. Quando chegaram, Faye os recebeu com condescendência empolada.

"Como estão, rapazes? As bebidas estarão disponíveis logo. Mas talvez prefiram um pouco de licor. Que tal, Miguel?"

"Não, senhora", ele disse um pouco assustado. "Me contento com o que os outros vão beber."

Ele seguiu Earle através do cômodo até o sofá. Ambos davam passos longos, rígidos, como se não estivessem acostumados a entrar na casa. Sentaram-se cautelosamente, as costas eretas, os grandes chapéus sobre os joelhos em cima das mãos. Pentearam os cabelos antes de deixar a garagem e as pequenas cabeças arredondadas luziam esplendidamente.

Homer servia os drinques em uma pequena bandeja.

Todos exibiam as melhores maneiras, com exceção de Abe, que continuava, como sempre, arrogante. Ele chegou a comentar qualquer coisa a respeito da qualidade do uísque. Assim que todos foram servidos, Homer se sentou.

Apenas Faye permanecia de pé. Ela era plenamente senhora de si, a despeito dos olhares dos presentes.

Estava ereta, com uma das ancas mais projetada que a outra, uma das mãos sobre ela. De onde Claude estava sentado, era possível seguir a linha encantadora da espinha de Faye conforme se aproximava das nádegas, que eram como um coração invertido.

Ele deu um assobio baixo de admiração e todos concordaram com movimentos inquietos ou risadas.

"Querido", ela disse para Homer, "talvez alguns dos cavalheiros queiram fumar, não?"

Ele ficou surpreso e balbuciou alguma coisa sobre não haver cigarros na casa, mas que poderia ir ao mercado comprar caso... Ter de dizer tudo aquilo o fez se sentir terrivelmente infeliz, de modo que resolveu servir uma nova rodada de uísque. Em doses bastante generosas.

"A opção foi por tons de verde", disse Tod.

Faye pavoneou-se para todos.

"Achei que talvez tenha ficado um pouco chamativo... Vulgar, vocês entendem."

"Não", Claude disse entusiasmado, "está magnífico."

Ela devolveu o elogio sorrindo de uma forma peculiar e secreta, depois correndo a língua pelos lábios. Era um dos gestos mais característicos dela, muito eficaz. Parecia a promessa de todos os tipos de intimidades pouco definidas, embora fosse de fato simples e automático como um "obrigado". Ela usava esse artifício para agradecer a qualquer um qualquer coisa, não importava o quão desimportante fosse.

Claude cometeu o mesmo erro que Tod cometera algumas vezes e saltou, ficando em pé de imediato.

"Não quer se sentar aqui?", ele disse, indicando cavalheirescamente a própria cadeira. Ela aceitou repetindo seu sorriso secreto e a carícia com a língua. Claude curvou-se em uma saudação, mas, quando viu que todos olhavam para ele, incluiu um pequeno floreio irônico a fim de não parecer tão ridículo. Tod se uniu ao casal, depois Earle e Miguel se aproximaram. Enquanto Claude a cortejava, os outros olhavam fixamente para ela.

"Trabalha no cinema, sr. Estee?", ela perguntou.

"Sim. Evidentemente está no mesmo ramo que eu, não?"

Todos perceberam uma nota de súplica na voz dele, mas ninguém sorriu. Não podiam culpá-lo. Era praticamente impossível não falar desse modo com ela. Os homens costumam usar essa nota mesmo para dizer bom-dia quando a viam.

"Não exatamente, mas eu espero um dia", ela disse. "Trabalhei como figurante, mas ainda não tive uma chance de fato. Espero conseguir alguma logo. Tudo o que peço é uma chance. Atuar está no meu sangue. Nós, os Greeners, como o senhor deve saber, somos gente do teatro há gerações."

"Sim. Eu..."

Ela não deixou Claude terminar de falar, mas ele não se importou.

"Não estou interessada em musicais, mas no drama de verdade. Não vejo problemas, contudo, em fazer comédias leves inicialmente. Tudo o que eu peço é uma chance. Ando comprando muitas roupas para chegar ao meu estilo. Não acredito em sorte. A sorte é apenas uma outra forma de se referir ao trabalho duro, como dizem por aí, e estou disposta a trabalhar duro como todo mundo."

"Você tem uma voz encantadora, que utiliza muito bem", ele disse.

Não havia jeito. Após conhecer o sorriso secreto e as manhas que o acompanham, tudo o que Claude queria era que ela o agraciasse sempre com seus gestos.

"Gostaria de fazer um show na Broadway", ela continuou. "É a melhor maneira de começar uma carreira hoje em dia. Nem sequer conversam com você se não tiver alguma experiência."

E Faye continuou, dizendo-lhe como uma carreira deve ser feita no cinema e como ela pretendia levar a própria adiante. Era tudo completamente sem sentido. Uma mistura de conselhos de jornal mal assimilados e pedaços retirados de revistas editadas por fãs, tudo comparado aos mitos mais conhecidos que pairam ao redor das atividades das estrelas e dos executivos de Hollywood. Sem transição perceptível, possibilidades se transformavam em probabilidades e terminavam como fatos inevitáveis. No início, ela parava ocasionalmente e aguardava que Claude fizesse seu papel de coro com algum elogio caloroso. Mas, depois de engrenar, todas as perguntas se tornavam retóricas e o fluxo de palavras ondulava sem cessar.

Nenhum dos homens ali ouvia de fato o que ela dizia. Todos estavam ocupados demais observando os sorrisos, risadas, estremecimentos, sussurros, indignações, cruzar e descruzar de pernas, movimentos da língua, olhos que se arregalavam e se estreitavam, o jogo da cabeça que fazia o cabelo platinado se chocar com o estofado vermelho da cadeira. O que havia de estranho nas expressões e gestos de Faye era o fato de que eles não ilustravam nada do que ela dizia. Eram praticamente puros. Como se o corpo reconhecesse o quão imbecis eram as palavras que a boca dizia e induzisse os ouvintes a abandonar qualquer tipo de pensamento crítico. Funcionou aquela noite; ninguém sequer pensou em rir do que dizia. O único movimento que faziam era estreitar o círculo ao redor da garota.

Tod permaneceu no outro extremo, observando-a através da abertura entre Earle e o mexicano. Quando sentiu uma leve cutucada, sabia que era Homer, mas não se virou. Quando o cutucão se repetiu, ele encolheu os ombros e afastou a mão. Alguns minutos depois, ouviu o ranger de sapatos e se voltou para ver Homer saindo na ponta dos pés. Ele alcançou uma cadeira em segurança e afundou nela com um suspiro. Colocou as pesadas mãos sobre os joelhos, uma sobre a outra, e olhou por algum tempo para as costas de todos. Sentiu sobre si os olhos de Tod. Olhou para ele e sorriu.

O sorriso de Homer aborrecia Tod. Era um desses sorrisos irritantes que pareciam dizer: "Meu amigo, o que você conhece realmente sobre o sofrimento?". Nele havia algo de condescendente e orgulhoso, além de uma insuportável carga de pretensão.

Tod sentia calor e certa repulsa. Deu as costas para Homer e se dirigiu à porta de entrada. Sua saída indignada não obteve sucesso. Cambaleou bastante desequilibrado e, ao alcançar a calçada, sentou-se no meio-fio com as costas apoiadas em uma tamareira.

De onde estava sentado, não conseguia ver a cidade no vale que estava abaixo do desfiladeiro, mas distinguia suas luzes, que pairavam no céu como em um guarda-sol estampado. A parte não iluminada do céu, no canto do guarda-sol, era de um negro intenso, quase sem traços de azul.

Homer o seguiu para fora da casa e permaneceu atrás dele, com medo de se aproximar. Ele teria se esgueirado sem que Tod percebesse se não tivesse de repente dado com a sombra sentada.

"Olá", Tod disse.

Ele acenou para que Homer se juntasse a ele no meio-fio.

"Vai pegar um resfriado", disse Homer.

Tod compreendia essa afirmação. Homer a fez porque desejava ter certeza de que sua companhia era realmente bem-vinda. Tod, porém, não repetiu o convite. Ele nem sequer se virou e olhou para Homer novamente. Tinha certeza de que carregava o insuportável sorriso de sofredor, o qual não fazia questão de ver.

Perguntava-se como toda a simpatia que sentia se tornara maldade. Seria por causa de Faye? Para ele, era impossível admitir algo assim. Ou, talvez, porque que não era capaz de ajudar em nada? Era um motivo mais satisfatório, mas refutou-o sem levá-lo muito em consideração. Nunca se imaginou como um tipo de médico dos males alheios.

Homer olhava para o outro lado, para a casa, através da janela da sala. Levantava a cabeça quando alguém soltava uma risada. Os quatro sons curtos, ha-ha e depois ha-ha de novo, essas notas musicais distintas, eram a risada do anão.

"Você podia aprender com ele", Tod disse.

"O quê?", perguntou Homer, voltando-se e olhando para a figura no meio-fio.

"Deixar as coisas seguirem."

A impaciência de Tod feria e intrigava Homer. Percebendo isso, indicou o meio-fio para que o outro se acomodasse, dessa vez enfaticamente.

Homer obedeceu. Mas foi desajeitado ao se acocorar e acabou se machucando. Sentou-se, esfregando o joelho.

"Que foi?", Tod finalmente disse, fazendo uma tentativa de ser amável.

"Nada, Tod, nada."

Sentiu-se agradecido e ampliou o sorriso. Tod estava diante, sem escapatórias, de todos os atributos tediosos de Homer – resignação, bondade e humildade.

Permaneceram sentados em silêncio. Homer com os pesados ombros curvados e o doce sorriso no rosto, Tod franzindo o cenho, as costas pressionadas com força contra a tamareira. Na casa, o rádio foi ligado, seu clangor retumbando pela rua.

Continuaram sentados por um bom tempo sem trocar uma palavra. Por várias vezes, Homer começou a contar algo para Tod, mas parecia não encontrar meios para prosseguir. Tod se recusava a ajudá-lo com perguntas.

Suas grandes mãos abandonaram o colo, no qual tamborilavam uma canção de ninar, *"here's the church and here is the steeple"*,[29] e se ocultaram debaixo dos sovacos. Permaneceram nesse local por um momento, depois deslizaram para as coxas. Mais um momento e estavam de volta ao colo. A mão direita estalava as juntas da esquerda, uma a uma, depois a esquerda fazia o mesmo serviço com a direita. Pareciam obter alguma tranquilidade por um breve instante, mas esse instante nunca era muito longo. Começaram a tamborilar de novo a canção de ninar, iniciando toda a performance que terminava com o estalar das juntas, exatamente como antes. Ele começou uma terceira vez, mas, ao ver os olhos de Tod, parou e manteve as mãos presas entre os joelhos.

Era o tique mais complicado que Tod já vira. O que o tornava particularmente horrível era a precisão. Não se tratava de pantomima, como pensou inicialmente, mas um bailado com as mãos.

---

29 [N.T.] "Aqui está a igreja e aqui, o campanário."

Quando Tod percebeu que as mãos começavam a se soltar para iniciar mais uma rodada, explodiu.

"Pelo amor de Deus!"

As mãos lutavam para ganhar liberdade, mas Homer as sujeitou com firmeza utilizando os joelhos.

"Me desculpe", disse.

"Ah, tudo bem."

"Mas eu não consigo evitar, Tod. Preciso fazer isso três vezes."

"Por mim, tudo bem."

Deu as costas para Homer.

Faye começou a cantar e sua voz inundava a rua.

"Dreamed about a reefer five feet long
Not too mild and not too strong,
You'll be high, but not for long,
If you're a viper – a vi-paah."[30]

Em vez de sua tradicional entrega ritmada, Faye optou por carregar a canção de apelo lúgubre, cantando com um gemido que lembrava um hino fúnebre. Ao final de cada verso, ela mudava o tom para uma nota ainda mais baixa.

---

30 [N.T.] "Sonhava com um baseado de metro e meio / Nem forte demais, mas também nada ameno, / Você estaria nas nuvens, mas não por muito tempo, / Se for cobra venenosa – venenosa." *Viper's Drag* (1934), música e letra de Fats Waller.

"I'm the queen of everything,
Gotta be high before I can swing,
Light a tea and let it be,
If you're a viper – a vi-paah."[31]

"Ela canta muito bem", disse Homer.

"Está é bêbada."

"Não sei o que fazer, Tod", Homer se queixou. "Ela tem bebido muito ultimamente. É o tal do Earle. Estava tudo bem antes de ele aparecer, mas tudo isso acabou quando ele chegou por aqui."

"Por que não se livra dele?

"Estava pensando naquilo que você me disse sobre a licença para criar frangos."

Tod entendeu o que ele queria.

"Vou fazer a denúncia para a Secretaria de Saúde amanhã."

Homer agradeceu, depois insistiu em explicar detalhadamente por que não podia fazer isso ele mesmo.

"Mas com isso você vai conseguir se livrar apenas do mexicano", Tod disse. "Precisa expulsar Earle sozinho."

"Talvez ele vá embora com o amigo, não é mesmo?"

Tod sabia que Homer estava implorando para que sua esperança fosse aprovada, mas se recusou a fazê-lo.

---

31 [N.T.] "Sou a rainha no comando do universo, / Fique alto antes do meu remelexo perverso, / Acenda um verde e deixe, / Se for cobra venenosa – venenosa."

"Isso não vai acontecer. Você precisa escorraçá-lo daqui."

Homer aceitou essa afirmação com seu sorriso doce e corajoso nos lábios.

"Talvez..."

"Diga a Faye para fazer isso por você", Tod disse.

"Oh, mas eu não posso."

"Por que diabos não pode? Esta é a sua casa."

"Não fique bravo comigo, Todzinho."

"Tudo bem Homerzinho, não estou bravo com você."

A voz de Faye os alcançou através da janela aberta.

"And when your throat gets dry,
You know you're high,
If you're a viper."[32]

Os outros harmonizaram a última palavra, repetindo-a.

"Vi-paah..."

"Todzinho", Homer começou, "se..."

"Corta essa de me chamar Todzinho, pelo amor de Deus!"

Homer não entendeu. Pegou na mão de Tod.

"Não quis ofender. Quando voltarmos para casa, nós podemos..."

Tod não conseguia suportar esses trêmulos sinais de afeto. Libertou-se com um sacolejar violento.

---

32 [N.T.] "Quando sua garganta ficar seca, / Vai saber que deixou de ser careta, / Se for cobra venenosa – venenosa."

"Mas, Todiznho, eu..."

"Ela é uma puta!"

Ouviu um grunhido de Homer, depois foram os joelhos dele que estalaram enquanto lutava para ficar de pé.

A voz de Faye se derramava pela janela, um lamento esganiçado entrecortado por um fraseado grave.

"High, high, high, high, when you're high,
Everything is dandy,
Truck on down to the candy store,
Bust your conk on peppermint candy!
Then you know your body's sent,
Don't care if you don't pay rent,
Sky is high and so am I,
If you're a viper-a vi-paah."[33]

---

33 [N.T.] "Alto, alto, alto, alto, quando estiver alto, / É tudo só alegria no seu caminho, / Desça correndo até a loja de doces, / Nas balas de hortelã enfie seu focinho! / Aí vai sentir que seu corpo viajou, / Não liga se o pagamento não chegou, / Se for cobra venenosa – venenosa."

23.

Quando Tod voltou para a casa, encontrou Earle, Abe Kusich e Claude juntos, em um grupo bem unido, assistindo a Faye dançar com Miguel. Ela e o mexicano se enganchavam em um tango lento ao som da música que vinha do fonógrafo. Ele a agarrava bem apertado, uma das pernas enroscada entre as dela, oscilando juntos em longas espirais que quebravam ritmicamente no ápice de cada curva em um mergulho. Todos os botões do pijama da garota estavam abertos e o braço do mexicano que cingia a cintura de Faye estava por dentro das roupas dela.

Tod parou, observando os dançarinos da soleira da porta por um tempo, depois foi até uma mesinha de canto onde estava a garrafa de uísque. Encheu um quarto de copo, que tragou de uma só vez, depois se serviu novamente. Uniu-se, então, ao grupo de Claude e os demais. Não prestaram atenção à chegada de Tod – as cabeças se moviam apenas para seguir os dançarinos, como a plateia de um jogo de tênis.

"Você viu o Homer?", perguntou Tod, tocando no braço de Claude.

Claude não se virou, mas o anão sim. Falava como se estivesse hipnotizado.

"Que mulherão! Que mulherão!"

Tod os deixou e voltou a procurar Homer. Não estava na cozinha, de forma que tentou os quartos. Um deles estava trancado. Bateu na porta de leve, esperou, depois repetiu a batida. Não houve resposta, mas alguém parecia se mover lá dentro. Olhou pelo buraco da fechadura. O quarto estava completamente escuro.

"Homer", chamou suavemente.

Ouviu a cama ranger, depois a resposta de Homer.

"Quem é?"

"Sou eu, o Todzinho."

Usou o diminutivo com perfeita seriedade.

"Vá embora, por favor", Homer disse.

"Deixe-me entrar, um minuto apenas. Quero explicar algo."

"Não", Homer disse, "vá embora, por favor."

Tod voltou para a sala de estar. O disco no fonógrafo fora trocado por um foxtrote e agora era Earle quem dançava com Faye. Ele tinha os dois braços ao redor dela em um abraço de urso. Tropeçavam por todo o cômodo, batendo nas paredes e móveis. A cabeça de Faye estava jogada para trás, contorcida em gargalhadas selvagens. Os olhos de Earle estavam bem fechados.

Miguel e Claude também riam, mas não Abe. Permanecia com os punhos apertados contra o queixo. Quando não conseguiu mais suportar, correu atrás dos dançarinos para acabar com aquilo. Pegou Earle pela barra da calça.

"Me deixa dançar", gritou.

Earle virou a cabeça, olhando sobre o ombro, para baixo, até alcançar o anão.

"Caralho! Arreda, porra!"

Faye e Earle pararam com os braços ao redor um do outro. Quando o anão abaixou a cabeça como um bode e tentou se meter entre ambos, ela se inclinou e beliscou o nariz dele.

"Me deixa dançar", berrou.

Tentaram recomeçar, mas Abe não deixava. Colocou as mãos entre os dois e tentava separá-los freneticamente. Quando viu que aquilo não estava funcionando, deu chutes muito fortes nas canelas de Earle. Earle chutou de volta e a bota atingiu o estômago do homenzinho, deixando-o prostrado. Todos riram.

O anão ficou de pé com dificuldade e permaneceu com a cabeça levantada como um pequeno carneiro pronto para investir contra alguém. Assim que Faye e Earle começaram a dançar novamente, ele atacou entre as pernas de Earle e mergulhou as duas mãos no meio delas. Earle gritou de dor, mas ainda tentou pegar o homenzinho. Gritou de novo, depois gemeu e começou a desabar no chão, rasgando o pijama de seda de Faye durante o percurso.

Miguel agarrou Abe pela garganta. O anão largou o volume que segurava e Earle prosseguiu em sua queda. O mexicano levantou o homenzinho e alterou sua pegada, agarrando os tornozelos, o que lhe permitiu jogar o anão contra a parede, como alguém que mata coelhos arremessando-os contra uma árvore. Levantou o anão para jogá-lo novamente, mas Tod segurou-lhe o braço. Então Claude pegou o anão e ambos o separaram do mexicano.

Ele estava inconsciente. Carregaram o pequeno corpo até a cozinha e o colocaram debaixo da água gelada.

Voltou a si rapidamente, e logo começou a soltar xingamentos. Quando viram que estava tudo bem, voltaram para a sala de estar.

Miguel ajudava Earle a deitar no sofá. Toda a cor fora drenada de seu rosto, que estava coberto de suor. Miguel desapertou-lhe as calças enquanto Claude ajudou com a gravata e o colarinho.

Faye e Tod assistiam à parte.

"Escute", ela disse, "meus pijamas novos estão arruinados."

Uma das mangas fora puxada e quase arrancada, deixando o ombro visível através do tecido esgarçado. As calças também estavam rasgadas. Enquanto Tod olhava para Faye, ela tirou o que restou das calças. Estava vestindo justíssimas ligas de renda preta. Tod deu um passo na direção dela e hesitou. Ela segurava pedaços rasgados do pijama nos braços quando se virou lentamente e caminhou na direção da porta.

"Faye", Tod ofegou.

Ela parou e sorriu para ele. "Vou para a cama", disse. "Leve o homenzinho com você."

Claude se aproximou e pegou Tod pelo braço.

"Vamos cair fora", ele disse.

Tod assentiu.

"Melhor levarmos o homúnculo conosco ou ele poderá matar todos na casa."

Tod assentiu novamente e seguiu Claude até a cozinha. Encontraram o anão segurando um enorme pedaço de gelo na cabeça.

"Ficou um caroço onde aquele desgraçado me acertou."

Ele os fez tocar no hematoma para admirá-lo.

"Vamos pra casa", Claude disse.

"Não", respondeu Abe, "vamos atrás de umas garotas. Estou só começando."

"Para o diabo com tudo isso", explodiu Tod. "Vamos."

Empurrou o anão para a porta.

"Tira as mãos do material, seu puto!", rosnou o homenzinho.

Claude se colocou entre os dois.

"Vamos com calma, cavalheiros", disse.

"Tudo bem, mas sem empurrar."

Caminhou altivo para fora, seguido pelos outros dois.

Earle ainda estava deitado no sofá. Mantinha os olhos fechados e acariciava a região abaixo do ventre com as duas mãos. Miguel não estava por ali.

Abe soltou uma risadinha, abanando a cabeçorra com visível alegria.

"Dei um jeito naquele projeto de vaqueiro."

Na calçada, tentou novamente convencê-los a continuar com ele.

"Qual é caras, vamos sair para encontrar diversão."

"Eu vou é pra casa", Claude disse.

Foram com o anão até o carro dele, vendo como tomava seu lugar no assento do motorista. O carro tinha extensões especiais na embreagem e nos freios, de forma que fosse possível alcançar os pedais com seus pequenos pés. "Vamos pra cidade?"

"Não, obrigado", Claude disse polidamente.

"Então pro inferno com vocês!"

Esse foi o adeus de Abe. Soltou o freio e o carro começou a se afastar.

24.

Tod acordou na manhã seguinte com uma dor de cabeça arrasadora. Ligou para o estúdio dizendo que não poderia trabalhar e permaneceu na cama até o início da tarde, quando foi à cidade para tomar café da manhã. Após várias xícaras de chá quente, se sentiu um pouco melhor e decidiu visitar Homer. Ainda desejava pedir desculpas.

Ao subir a colina de Pinyon Canyon, a cabeça começou a latejar. Notou certo alívio quando ninguém respondeu às suas batidas na porta. Ao se afastar, viu que uma das cortinas se moveu e voltou para bater novamente. Ainda sem resposta.

Deu a volta pela garagem. O carro de Faye se fora, bem como os galos de briga. Voltou para a frente da casa e bateu na porta da cozinha. De certo modo, o silêncio da casa parecia absoluto demais. Testou a maçaneta, percebendo que a porta não estava trancada. Gritou "olá" algumas vezes como aviso, depois foi da cozinha para a sala de estar.

As cortinas de veludo vermelho estavam todas descidas, mas era possível ver Homer sentado no sofá olhando para o dorso das mãos, que estavam curvadas sobre os joelhos. Vestia um pijama de algodão fora de moda e os pés estavam descalços.

"Levantou agora?"

Homer não se moveu nem respondeu.

Tod tentou de novo.

"Que festa, hein?"

Percebia que era imbecil ser assim cordial, mas não sabia como agir diante das circunstâncias.

"Cara, que ressaca!", prosseguiu, tentando até ensaiar uma espécie de risada.

Homer não prestou absolutamente nenhuma atenção.

O cômodo não mudara nada em relação à noite passada. Mesas e cadeiras viradas e um retrato despedaçado permaneciam onde haviam caído. Com o objetivo de dar um motivo, uma desculpa para permanecer por ali, começou a arrumar as coisas. Colocou as cadeiras no lugar, arrumou o tapete e coletou as bitucas de cigarro que estavam pelo chão. Também puxou as cortinas e abriu a janela.

"Assim está melhor, não é mesmo?", perguntou de bom humor.

Homer olhou para ele, por um segundo, depois voltou a observar as mãos. Tod viu que ele estava saindo do torpor.

"Quer café?", perguntou.

Levantou as mãos dos joelhos e as escondeu debaixo dos sovacos, apertando-as bem, mas não respondeu.

"Um pouco de café quente – o que me diz?"

Tirou as mãos de debaixo dos braços e sentou sobre elas. Após um instante, sacudiu a cabeça dizendo não, lenta e pesadamente, como um cão que tivesse algo preso na orelha.

"Vou fazer um pouco de café."

Tod foi à cozinha e colocou a água no fogo. Enquanto fervia, deu uma olhada no quarto de Faye. O cômodo fora esvaziado. Todas as gavetas do guarda-roupa foram arrancadas e havia caixas vazias pelo chão. Um frasco de perfume quebrado jazia no meio do tapete, fazendo com que o lugar cheirasse a gardênia.

Quando o café ficou pronto, serviu-o em duas xícaras e as levou para a sala de estar em uma bandeja. Homer estava mais ou menos na mesma posição em que Tod o havia deixado, sentado em cima das mãos. Arrastou uma pequena mesa para perto dele e colocou a bandeja em cima.

"Fiz uma xícara para mim também", disse. "Vamos lá – beba enquanto está quente."

Tod levantou a xícara e a manteve assim por um instante, mas, quando percebeu que Homer estava para dizer alguma coisa, recolocou-a no lugar e aguardou.

"Vou voltar para Wayneville", Homer disse.

"É uma boa ideia – que bom!"

Empurrou o café para Homer novamente, que ignorou a cortesia. Ele engoliu em seco várias vezes, tentando se livrar de alguma coisa que ficara presa na garganta, depois começou a chorar aos soluços. Chorou sem cobrir o rosto ou abaixar a cabeça. O som era como o de um machado cortando um pinheiro, pesado, oco e fragmentado. Repetia-se ritmicamente, mas sem nenhuma ênfase. Não havia progressão naquilo. Cada pedaço era exatamente igual ao anterior. Era algo que nunca teria um clímax.

Tod percebeu que seria inútil tentar interromper Homer. Apenas um sujeito muito estúpido teria coragem para fazer uma coisa dessas. Foi, então, para um canto mais afastado e esperou. Quando estava para acender o segundo cigarro, Homer chamou.

"Tod!"

"Estou aqui, Homer."

Correu de volta para o sofá.

Homer continuava chorando, mas de repente parou, ainda mais abruptamente do que começara.

"Sim, Homer?", Tod perguntou encorajador.

"Ela se foi."

"Sim, eu sei. Beba seu café."

"Ela se foi."

Tod entendia que necessitaria investir uma boa quantidade de fé, mas ele arriscou.

"Boa jornada para o pior lixo."

"Ela saiu antes que eu me levantasse", ele disse.

"Por que diabos se importa com isso? Você está voltando para Wayneville."

"Não deveria blasfemar", Homer disse com a mesma calma maníaca de sempre.

"Peço desculpas", Tod balbuciou.

A palavra "desculpas" soou como uma dinamite acesa em uma barragem. Ela lançou Homer em uma torrente de palavras enlameada e sinuosa. Inicialmente, Tod pensou que faria bem a ele desabafar daquela maneira. Mas estava enganado. O lago represado pela barragem se reabasteceu muito depressa. Quanto mais falava, mais a pressão crescia, uma vez que o fluxo aflitivo era circular e parecia voltar para o ponto de origem continuamente.

Após seguir sem cessar por uns vinte minutos, parou no meio de uma frase. Inclinou-se para trás, fechou os olhos e aparentemente caiu no sono. Tod colocou um travesseiro debaixo da cabeça de Homer. Após observá-lo por algum tempo, voltou para a cozinha.

Sentou-se e tentou tirar algum sentido do que Homer dissera. Boa parte era completamente sem nexo. Mas havia alguma coisa que fazia sentido. A chave mais acertada nesse caso, Tod percebia, era entender que a fala de Homer não era em si confusa, mas atemporal. As palavras dele retrocediam, uma atrás da outra, em vez de avançar. O que pareciam ser longas sequências eram na realidade uma palavra compacta, não uma frase. Da mesma forma, várias sentenças eram organizadas simultaneamente, não em parágrafos. Usando essa chave, conseguiu arranjar os pedaços do que ouvira dentro de um esquema mais convencional, possível de entender.

Depois que Tod o magoara dizendo aquela coisa sórdida sobre Faye, Homer tinha corrido para a parte de trás da casa, então entrou pela cozinha e deu uma espiada na sala de estar. Não estava bravo com Tod, apenas surpreso e triste porque Tod era um sujeito de bem. Do corredor que levava à sala de estar, pôde ver que todos se divertiam, o que o deixava feliz porque devia ser um tédio para Faye ter de conviver com um velho como ele. Isso a inquietava. Ninguém percebeu que ele estava espiando e que isso o alegrava, uma vez que não sentia muita vontade de se unir à diversão, embora gostasse de observar outras pessoas se distraindo. Faye estava dançando com o sr. Estee e eles formavam um belo casal. Ela parecia muito feliz. Seu rosto brilhava como sempre acontecia quando estava feliz. Depois ela dançou com Earle. Homer não gostou da forma como ele a segurava. Não conseguia entender o que ela via naquele indivíduo. Ele não era uma boa pessoa, ponto final. Tinha olhos maldosos. No hotel, costumava-se tomar cuidado com gente desse tipo, para quem nunca se dava crédito, pois eram daqueles que saíam sem pagar a conta. Talvez Earle não conseguisse encontrar trabalho porque não era digno de confiança, embora fosse verdade o que Faye dissera a respeito de muitas pessoas estarem sem trabalho hoje em dia. Parado ali, espiando a festa, aproveitando os risos e a cantoria de todos, viu Earle agarrar Faye, jogá-la para trás e beijá-la enquanto todos riam, embora a própria Faye não tivesse gostado, pois lhe deu um tapa na cara. Mas ele não se importou, apenas a beijou de novo, dessa vez um longo e sórdido beijo. Ela fugiu dele e correu em direção à porta, onde Homer estava. Ele tentou se esconder, mas Faye o encontrou. Embora não tenha dito nada, Faye alegou que ele estava espionando o que ela fazia como um depravado e não quis ouvir nenhuma explicação. Ela correu para o quarto e Homer a seguiu a fim de explicar-lhe esse hábito de espiar, mas ela estava com péssimo humor e o amaldiçoou ainda mais enquanto pintava os lábios de vermelho. Depois ela derrubou o perfume, o que lhe duplicou a raiva. Ele ainda tentava explicar, mas ela não ouvia e apenas continuou, xingando Homer de todo tipo de coisa suja. Assim, refugiou-se no quarto, despiu-se e tentou dormir. Foi então que Tod o acordou e tentou entrar para conversar. Não estava com raiva, mas não se sentia bem para conversar naquele momento, pois tudo o que desejava era dormir. Tod foi embora e logo depois ele se levantou quando ouviu gritos e ruídos terríveis. Temia sair para ver o que acontecia, chegou a pensar em chamar a polícia, mas tinha medo de ir à sala onde estava o telefone, de modo que começou a se vestir para sair pela janela a fim de chamar ajuda porque o que ouvira parecia muito com um assassinato, mas, antes que pudesse colocar os sapatos, ouviu Tod e Faye conversando e percebeu que tudo deveria estar em ordem, pois do contrário ela não estaria rindo, e assim ele se despiu novamente e voltou para a cama. Não conseguia dormir imaginando o que acontecera. Então, quando a casa estava silenciosa, tentou a sorte batendo na porta de Faye para descobrir o que aconteceu. Faye o deixou entrar. Estava mergulhada na cama como uma garotinha. Ela o chamou de papai e o beijou e disse que não estava brava com ele. Disse que houve uma briga e que ninguém se feriu muito e pediu que ele voltasse para a cama, pois eles poderiam conversar mais pela manhã. Voltou para a cama como ela pedira e caiu no sono, mas acordou de novo ao raiar do dia. Primeiro achou isso bem estranho porque, quando está dormindo, em geral só consegue acordar com o barulho do despertador. Ele sabia que alguma coisa acontecera, mas desconhecia o que era até ouvir um ruído no quarto de Faye. Era um gemido e ele pensou que estivesse sonhando, mas ouviu o mesmo som novamente. De fato, Faye estava gemendo. Homer pensou que Faye poderia estar doente. Ela gemia como se sentisse dor. Saiu da cama e foi ao quarto dela, bateu na porta e perguntou se ela estava doente. Ela não respondeu e o gemido parou, de modo que ele voltou para a cama. Um pouco depois, Faye começou a gemer de novo, então ele se levantou, pensando que talvez ela precisasse de uma compressa de água quente ou aspirina e um copo de água ou coisa assim, e bateu na porta de novo, querendo apenas ajudar. Ela ouviu e disse alguma coisa. Ele não entendeu o que era, mas pensou que se tratava de um convite para entrar. Muitas vezes, quando ela estava com dor de cabeça, ele aparecia com uma aspirina e um copo de água no meio da noite. A porta não estava trancada. Você deve ter pensado que porta estaria trancada porque o mexicano se encontrava com ela na cama, os dois pelados e os braços dela ao redor dele. Faye viu quem entrava e apenas puxou o lençol e cobriu a cabeça sem dizer nada. Ele não sabia como agir, apenas se retirou do quarto e fechou a porta. Estava parado no corredor, tentando imaginar o que fazer, sentindo uma profunda vergonha, quando Earle apareceu com as botas na mão. Ele provavelmente dormira no sofá da sala. Desejava saber qual era o problema. "Faye está doente", Homer disse, "vou buscar um copo de água para ela." Mas Faye gemeu de novo e Earle ouviu. Ele empurrou a porta. Faye gritou. Homer conseguiu ouvir Earle e Miguel praguejando e lutando. Estava com medo de chamar a polícia por causa de Faye, não sabia mais o que fazer. Faye continuava gritando. Quando abriu a porta de novo, Miguel caiu com Earle em cima dele, ambos se atracando. Correu para dentro do quarto e trancou a porta. Ela continuava com o lençol sobre a cabeça, gritando. Ele ouviu Earle e Miguel lutando na sala e depois não conseguiu ouvir mais nada. Faye manteve a cabeça coberta com o lençol. Homer tentou falar com ela, mas não obteve resposta. Então se sentou numa cadeira para montar guarda caso Earle ou Miguel voltassem, mas isso não aconteceu, e depois de um tempo ela tirou o lençol do rosto e mandou-o sair dali. Ela cobriu o rosto novamente quando Homer respondeu, ele esperou um pouco mais e então ela pediu mais uma vez que ele saísse, sem deixar que visse seu rosto. Ele não conseguia ouvir Miguel ou Earle. Abriu a porta e olhou para fora. Eles tinham partido. Homer trancou as portas e as janelas, voltou para o seu quarto e desabou na cama. Antes que pudesse perceber, caiu no sono e, quando acordou, também ela partira. Tudo o que ele tinha encontrado eram as botas de Earle no corredor. Homer as jogara para fora, e naquela manhã elas também tinham desaparecido.

25.

Tod voltou para a sala de estar. Queria ver como estava Homer. Ele ainda estava no sofá, mas tinha mudado de posição. Contorceu o enorme corpo até transformá--lo em uma bola. Os joelhos estavam quase na altura do queixo, os cotovelos dobrados e bem próximos, as mãos contra o peito. Mas ele não estava nem um pouco relaxado. Alguma força interior que impulsionava nervos e músculos sustentava o esforço de tornar a bola mais e mais apertada. Ele se transformara em uma mola de aço que fora liberada de sua função mecânica para concentrar energia centrípeta. Enquanto era parte da máquina, a pressão da mola era empregada contra outras forças igualmente poderosas, mas agora, finalmente livre, esforçava-se para voltar a ter sua forma original espiralada.

Forma original espiralada... Lembrou-se de ter visto, em um livro de patologias da mente que pegou emprestado na biblioteca da faculdade, a imagem de uma mulher dormindo em uma rede cuja postura era bem parecida com a de Homer. "Fuga uterina", ou coisa assim, era o que aparecia na legenda da fotografia. A mulher permaneceu dormindo na rede sem alterar sua posição, que é a mesma de um feto no útero, por muitos anos. Os médicos do asilo em que ela estava conseguiram despertá-la por pouco tempo após meses de trabalho.

Sentou-se e fumou um cigarro, considerando o que poderia fazer. Chamar um médico? Mas, afinal de contas, Homer permaneceu boa parte da noite acordado e estava exausto. O médico provavelmente iria sacudi-lo algumas vezes e Homer bocejaria perguntando o que estava acontecendo. Poderia tentar acordá-lo. Mas já não tinha se intrometido demais? Era melhor que ele continuasse a dormir, ainda que se tratasse de uma "fuga uterina".

Que fuga perfeita aquela, o retorno ao útero. Muito melhor que Religião ou Arte ou as ilhas nos mares do sul. Ali havia conforto e calor, e a alimentação era automática. Tudo era perfeito nesse hotel. Não é à toa que a memória dessas acomodações permanece no sangue e nos nervos de todos. Era escuro, sim, mas uma rica e calorosa escuridão. Não se tratava de um túmulo. Não é de admirar que se lute tão desesperadamente no momento de ser arrancado desse ambiente quando os nove meses de estada se esgotam.

Tod esmagou seu cigarro. Estava com fome e desejava, além de um bom jantar, um uísque duplo com soda. Depois de comer, voltaria para ver como Homer estava. Se ainda estivesse dormindo, poderia tentar acordá-lo. Se não conseguisse, quem sabe não seria boa ideia chamar um médico.

Deu mais uma olhada nele, depois saiu do chalé na ponta dos pés, fechando a porta cuidadosamente.

26.

Tod não foi jantar imediatamente. Primeiro, se dirigiu à loja de selas pensando que poderia descobrir alguma coisa sobre o paradeiro de Earle e, por meio dele, de Faye. Calvin estava por lá, com um índio enrugado cujo cabelo comprido estava amarrado por uma espécie de bandana que passava pela testa. No peito do índio, um anúncio de papelão que fazia dele um sanduíche dizia:

COMÉRCIO TUTTLE
especializado em
RELÍQUIAS GENUÍNAS DO VELHO OESTE
Miçangas, prataria, joias, mocassins,
bonecas, brinquedos, livros raros, postais.

ADQUIRA UM SOUVENIR
do
COMÉRCIO TUTTLE

Calvin, como sempre, foi bastante amigável.

"Opa, salve", disse assim que Tod apareceu.

"Conheça o chefe", prosseguiu, sorrindo. "Chefe Beija-Meu-Toco."

O índio riu cordialmente da piada.

"Você é espirituoso", disse ele.

"Earle apareceu por aqui hoje?", Tod perguntou.

"Sim. Mais ou menos uma hora atrás."

"Nós estávamos em uma festa ontem e eu..."

Calvin o interrompeu batendo com a mão aberta na coxa.

"Parece que foi uma grande confusão, pelo que Earle disse. Não é?"

"Você estava por lá, então?", perguntou o índio, assentindo, mostrando o interior negro de sua boca, a língua púrpura e os dentes quebrados e alaranjados.

"Parece que houve uma briga depois que eu fui embora."

Calvin bateu na coxa de novo.

"Mas tinha mais é que ter mesmo. O Earle tem dois olhos bem vivos, meu filho."

"É isso o que acontece quando você dá a mão *prum* filho da puta sujo", disse o índio animado.

Ele e Calvin entraram em uma longa discussão a respeito dos mexicanos. Para o índio, todos tinham mau-caráter. Calvin argumentava que conhecera alguns de boa índole, uma vez ou outra. Quando o índio mencionou o caso dos irmãos Hermano, que mataram um garimpeiro solitário para roubar meio dólar, Calvin respondeu contando a longa história sobre um homem de nome Tomás Lopez que compartilhou seu último gole de água com um estranho quando ambos estavam perdidos no deserto.

Tod tentou fazer a conversa voltar para aquilo que realmente o interessava.

"Mexicanos são bons com mulheres", disse.

"Melhor com os cavalos", respondeu o índio. "Eu me lembro de uma vez que eu estava em Brazos e..."

Tod tentou de novo.

"Eles brigaram por causa da garota do Earle, não é?"

"Não que ele tenha dito", disse Calvin. "Parece que foi por causa de uma grana que o *chicano* roubou dele enquanto estava dormindo."

"Mas é um infeliz de um rato sujo", disse o índio e cuspiu no chão.

"Na verdade, o Earle disse que estava de saco cheio daquela putinha", Calvin prosseguiu. "Isso aí, compadre, essa é a história que ouvi da boca dele."

Tod tinha ouvido o suficiente.

"Até mais", disse.

"Prazer em te conhecer", disse o índio.

"Não vá pegar gato por lebre!", Calvin gritou para ele.

Tod se perguntava se Faye partira com Miguel. O mais provável era que ela voltasse a trabalhar para madame Jenning. Mas, de qualquer forma, era certeza que voltaria. Nada poderia magoá-la. Era como uma rolha de cortiça. Não importava o quão tumultuado estivesse o mar, ela dançaria em cima das mesmas ondas que afundam os mais sólidos navios de ferro e aniquilam atracadouros de concreto reforçado. Ele a imaginava cavalgando sobre um mar movimentado. Onda após onda, cada uma delas erguendo quantidades incalculáveis de água que desciam esmagadoras, apenas para fazê-la rodopiar alegremente no turbilhão.

Quando chegou ao restaurante de Musso Frank, pediu um bife e um uísque duplo. A bebida chegou primeiro e ele sorveu o líquido com seu olho interior ainda centrado na imagem da rolha.

Era um tipo de rolha muito bonita, dourada, que levava um pedaço brilhante de espelho no topo. O mar sobre o qual ela dançava também era belo, verde ao longo das ondas e prateado nas cristas. Mas, mesmo com toda a força induzida pela Lua, essas ondas não podiam fazer nada além de cobrir a rolha brilhante por um breve momento com sua espuma de renda trabalhada. Finalmente, ela terminaria em uma praia estranha, onde um selvagem com dedos parecidos com linguiças e um traseiro pustulento poderia pegá-la e esfregá-la em sua barriga flácida. Tod reconhecia quem era esse homem tão afortunado: um dos clientes de madame Jenning.

O garçom trouxe o pedido e parou, curvado, esperando algum comentário. Em vão. Tod estava ocupado demais para inspecionar o bife.

"Está satisfatório, senhor?", perguntou o garçom.

Tod o dispensou com um gesto que se usa para afastar uma mosca. O garçom desapareceu. Tod tentou o mesmo gesto contra aquilo que sentia, mas o incômodo perturbador não foi eliminado. Se ao menos ele tivesse coragem de esperá-la uma noite, atacá-la com uma garrafa e estuprá-la.

Sabia que isso poderia ser feito se espreitasse durante a noite em um terreno baldio, esperando por ela. Onde quer que tal ave preciosa estivesse, seria atraída pela cantoria noturna que, na Califórnia, se materializa nos teatros, nos palcos e no frio da noite com aroma de cravo-da-índia. Ela poderia sair por aí, dirigindo, depois desligar o motor, olhar para as estrelas de modo que seus seios ficassem empinados, jogar a cabeça para trás e suspirar. Poderia jogar as chaves do carro na bolsa e fechá-la, depois sair do carro. Os longos passos que ela daria fariam seu vestido justo se mover de tal forma que uma polegada de carne brilhante apareceria acima das meias negras. Quando ele se aproximasse, cuidadosamente, ela poderia estar tirando o vestido, puxando-o suavemente por cima dos quadris.

"Faye, Faye, posso falar com você um minuto?", ele a atrairia assim.

"O que foi, Tod? Olá."

Ela manteria a mão estendida para ele, no final de seu longo braço que se precipita tão graciosamente para encontrar a curva do ombro.

"Você está me assustando!"

Ela se comportaria como um cervo no meio de uma estrada quando um caminhão surge inexplicavelmente na curva.

Podia sentir a fria garrafa que segurava atrás das costas e o passo adiante essencial para o que desejava fazer...

"Há algo de errado, senhor?"

O garçom-mosca voltou. Tod o dispensou, mas dessa vez o homem continuou por ali.

"Talvez queira que eu leve de volta, senhor?"

"Não, não."

"Obrigado, senhor."

Mas ele não foi embora. Esperava para se assegurar de que o cliente realmente comeria o que estava no prato. Tod pegou a faca e cortou um pedaço. Apenas depois que ele colocou um pouco de batata cozida na boca o sujeito finalmente foi embora.

Tentou começar o estupro de novo, mas não sentiu a garrafa que utilizava para atingir Faye. Teve de desistir.

O garçom voltou mais uma vez. Tod olhou para o bife. Estava muito bom, mas ele já não tinha fome.

"A conta, por favor."

"Quer uma sobremesa, senhor?"

"Não, obrigado, apenas a conta."

"A conta já está saindo, senhor", o homem disse claramente enquanto procurava o lápis e o bloco de notas.

27.

Quando Tod saiu do restaurante, viu uma dúzia de grandes colunas de luz violeta se movendo pelo céu noturno em amplas e enlouquecidas curvas. Sempre que uma das colunas furiosas alcançava o ponto mais baixo de seu arco, iluminava por um breve instante os domos rosados e os delicados minaretes do Kahn's Persian Palace Theater. O propósito desse jogo de luzes era assinalar a *première* mundial de um novo filme.

Dando as costas para os holofotes, começou a caminhar na direção contrária, para a casa de Homer. Antes de se distanciar muito de onde estava, viu no relógio que eram seis e quinze e mudou de ideia sobre seu destino naquele instante. Era melhor deixar o pobre homem dormir mais uma hora enquanto matava o tempo observando a multidão.

Quando estava a um quarteirão de distância do cinema, viu um enorme letreiro luminoso suspenso no meio da rua. Suas letras mediam 3 metros de altura e diziam o seguinte:

SR. KAHN, O REI DO PRAZER, CONVIDA.

Embora faltassem algumas horas para a chegada das celebridades, milhares de pessoas já estavam reunidas ali. Permaneciam na frente do cinema com as costas voltadas para a sarjeta em uma fila grossa com extensão de centenas de metros. Um grande pelotão policial tentava manter livre a via entre a primeira fileira da multidão e a fachada do cinema.

Tod entrou na via enquanto o policial que fazia a guarda estava ocupado com uma mulher cujo pacote que carregava rasgou, espalhando laranjas por todo lado. Outro policial gritou para que saísse da droga da rua, mas ele resolveu arriscar e continuou andando. Os policiais tinham muito o que fazer para se preocupar em persegui-lo. Percebia o quão tensos estavam e o quão cuidadosos tentavam ser. Caso tivessem de prender alguém, o faziam por meio de piadas joviais com o acusado, tornando tudo bastante tranquilo até chegarem a uma esquina, quando derrubavam o sujeito com golpes de cassetete. Enquanto a pessoa fosse parte da multidão, deveriam tratá-la com delicadeza.

Tod percorrera uma distância curta pela via estreita quando foi atingido por uma sensação de pavor. As pessoas gritavam, faziam comentários sobre seu chapéu, seus trejeitos, suas roupas. Havia um rugido contínuo de assobios, risadas e berros, perfurado ocasionalmente por um grito único. Ao grito se seguia uma série de movimentos repentinos da massa densa de gente e parte dela avançava onde quer que o cordão policial estivesse enfraquecido. Assim que a porção adiantada era forçada a retroceder, uma nova protuberância explodia em qualquer outro lugar.

A força policial deveria ser dobrada no momento da chegada das estrelas. Quando visse seus heróis e heroínas, a multidão adquiriria uma natureza demoníaca. Qualquer mínimo gesto, muito gentil ou muito ofensivo, iniciaria um movimento que poderia ser detido apenas com disparos de metralhadora. Individualmente, o propósito dos membros dessa multidão provavelmente seria algo bem simples, como um souvenir, mas coletivamente a massa desejava agarrar e despedaçar.

Um jovem carregando seu microfone portátil descrevia a cena. Sua voz histérica, veloz, assemelhava-se a de um pastor avivado açoitando sua congregação para o êxtase dos paroxismos.

"Que multidão, meus caros! Que multidão! Já deve somar mais de 10 mil fãs agitados, aos gritos, do lado de fora do Kahn's Persian esta noite. A polícia não pode segurar essa gente toda. Escutem o rosnado deles."

Segurou o microfone perto de um grupo que gentilmente rosnou para ele.

"Ouviram isso? É loucura pura, amigos. Um verdadeiro hospício! Que entusiasmo! De todas as *premières* que eu já cobri, esta é a mais... a mais... estupenda, pessoal. Será que a polícia segura esse povo todo? Será mesmo? Não é o que parece, pessoal..."

Outro pelotão policial chegou. O sargento pediu ao locutor que se mantivesse mais afastado para que a multidão não o ouvisse. Seus homens se lançaram contra a massa, que se deixou empurrar e arrastar apenas por não ter uma meta clara. A multidão tolera a polícia da mesma maneira que um touro quando permite a aproximação de um garoto que tentará conduzi-lo utilizando apenas um bastão.

Tod conseguiu distinguir poucas pessoas que pareciam mais endurecidas e também não percebeu nenhum trabalhador na massa. A base era de pessoas de classe média baixa, e cada uma delas poderia ser um dos portadores das tochas para o incêndio que costumava imaginar.

Assim que chegou ao final da via, a multidão o encurralou em uma elevação e ele teve de lutar para encontrar uma saída. Alguém derrubou seu chapéu e, quando ele se abaixou para pegá-lo, outro o chutou. Girou em torno de si mesmo furiosamente quando se viu cercado de pessoas que riam dele. Pela sua experiência, percebeu que a melhor opção era rir junto com eles. A multidão se tornou simpática. Uma mulher robusta lhe deu um tapa nas costas, enquanto um homem entregou-lhe o chapéu, alisando cuidadosamente as abas com a manga. Outro homem gritou para que saísse do caminho.

Depois de um grande esforço marcado por empurrões e contorções, sempre tentando manter um aspecto jovial, Tod finalmente conseguiu chegar a um local mais livre. Após arrumar as roupas, se dirigiu a um estacionamento e se sentou no muro de contenção que havia em frente ao local.

Novos grupos, famílias inteiras, continuavam chegando. Podia perceber a alteração que ocorria com os recém-chegados assim que se integravam à multidão. Até alcançarem as linhas da massa, pareciam desconfiados, quase furtivos, mas no momento em que eram engolfados e integrados ao povaréu passavam a ser arrogantes, agressivos. Seria um erro imaginar que eram apenas curiosos inofensivos. Eram ferozes e implacáveis, especialmente os de meia-idade e mais velhos, cujo comportamento era talhado daquela forma pelo tédio e pelo desengano.

Durante toda uma vida, aquelas pessoas foram escravas em algum tipo de ocupação pesada e fastidiosa, atrás de escrivaninhas ou balcões, nos campos ou agarradas a máquinas tediosas de todos os tipos, economizando centavos e sonhando com o prazeroso ócio que teriam quando tivessem dinheiro suficiente. Finalmente, o grande dia chegara. Podiam pedir uma folga com o adiantamento de uma semana do salário, o que provavelmente deve ter garantido entre 10 e 15 dólares. Onde mais iriam além da Califórnia, a terra do sol e das laranjas?

Uma vez estabelecidos, descobriam que o sol apenas não é o bastante. Enjoaram das laranjas, até mesmo do abacate e do maracujá. Nada acontecia. Não sabiam o que fazer com o tempo de que dispunham. Não possuíam o aparato mental para aproveitar o ócio, também não tinham dinheiro ou disposição para o prazer físico. Foram escravos por tanto tempo para conseguir como pagamento apenas um piquenique ocasional em Iowa? O que mais poderiam fazer? Observavam as ondas que iam e vinham nas praias de Venice. Não há oceanos

nos lugares de onde a maioria ali veio, mas o fato é que, quando você vê uma onda, já viu todas elas. O mesmo vale para os aeroplanos em Glendale. Se pelo menos um avião caísse de vez em quando, de modo que pudessem assistir às cenas de passageiros sendo consumidos em um "holocausto de chamas", como dizem os jornais. Mas os aviões nunca caíam.

Assim, o tédio que alimentavam tornava-se progressivamente mais terrível. Percebiam que foram enganados e passavam a queimar de ressentimento. Dia a dia, liam os jornais e iam ao cinema. Ambos forneciam um amplo cardápio de linchamentos, assassinatos, crimes sexuais, explosões, naufrágios, ninhos de amor, incêndios, milagres, revoluções, guerras. Essa dieta regular os fez mais sofisticados. O sol era piada. As laranjas já não conseguiam deleitar esses paladares fatigados. Nada poderia ser violento o bastante para causar algum sobressalto nesses corpos e mentes imersos em pura apatia. Eles foram enganados e traídos. Escravos, economizaram tudo o que podiam por nada.

Tod se levantou. Durante os dez minutos em que esteve sentado no muro, a multidão aumentou em mais de 9 metros e agora temia ver impedida sua chance de fuga caso ficasse muito tempo parado no mesmo lugar. Atravessou a rua e começou a recuar.

Tentava imaginar o que faria se não conseguisse acordar Homer quando, subitamente, viu a cabeça dele se agitando acima da multidão. Correu na direção de Homer. Era evidente que algo estava definitivamente errado.

Homer caminhava mais do que nunca como um autômato malfeito e seus traços estavam estáticos em um sorriso tenso e mecânico. Colocara as calças sobre a camisola de dormir, que estava parcialmente aberta e esvoaçante. Carregava maletas nas duas mãos. A cada passo, balançava para um lado ou para o outro, usando as maletas como forma de manter o equilíbrio.

Tod parou na frente dele, bloqueando o caminho.

"Para onde você está indo?"

"Wayneville", ele respondeu com um excessivo e extraordinário movimento de mandíbula para articular uma única palavra.

"Tudo bem. Mas você não vai chegar à estação por este caminho. Estamos em Los Angeles."

Homer tentou contornar ao redor de Tod, que reagiu agarrando-lhe o braço.

"Vamos pegar um táxi. Vou com você."

Os táxis estavam todos pegando um desvio ao redor do bloqueio por causa da *première*. Explicou isso a Homer e tentou fazê-lo andar até a esquina.

"Vamos lá, com certeza deve haver algum táxi na outra rua."

Assim que Tod conseguisse um carro para Homer, imaginou pedir ao taxista que os conduzisse ao hospital mais próximo. Mas Simpson não se movia, não importava o quanto pedisse ou empurrasse. As pessoas paravam para observá-los, outros surgiam atraídos pelo curioso da cena. Tod decidiu que o melhor era deixá-lo ali e chamar sozinho o táxi.

"Já volto", disse.

Não era possível dizer, pelos olhos e pela expressão de Homer, se ele ouviu, pois ambos estavam vazios de tudo, até mesmo de aborrecimento. Na esquina, olhou em volta e viu que Homer começava a atravessar a rua, movendo-se cegamente. Freios guinchavam e por duas vezes ele quase foi atropelado, mas não se desviou do caminho nem se apressou. Movia-se em uma diagonal contínua. Quando chegou ao outro lado da rua, tentou subir na calçada num ponto em que a multidão estava mais espessa e foi violentamente empurrado para trás. Tentou novamente, mas dessa vez um policial o agarrou pela nuca e o impeliu até o final da coluna. Quando o policial deixou Homer, ele continuou a caminhar na mesma direção como se nada tivesse acontecido.

Tod tentou alcançá-lo, mas não conseguiu atravessar a rua até que as luzes do semáforo mudassem. Quando chegou ao outro lado, encontrou Homer sentado em um banco, distante uns 15 ou 20 metros das bordas da multidão.

Colocou o braço ao redor dos ombros de Homer e sugeriu que andassem algumas quadras mais à frente. Diante do mutismo de Homer, pegou uma das valises. Homer a segurou com mais firmeza.

"Eu carrego para você", disse, puxando a valise com cautela.

"Ladrão!"

Antes que Homer pudesse repetir o grito, saltou para longe. Seria extremamente embaraçoso se Homer gritasse "ladrão" na frente de um tira. Pensou em chamar uma ambulância. Mas o problema, afinal, era: será que Homer estava realmente louco? Ele permanecia sentado no banco, em silêncio, concentrado em seus problemas.

Tod decidiu esperar, talvez chamar um táxi novamente. A multidão crescia o tempo todo, mas ainda demoraria uma meia hora para transbordar até o banco onde estavam. Antes que isso acontecesse, já teria elaborado algum plano. Percorreu uma pequena distância e parou de costas para a vitrine de uma loja, de modo que pudesse observar Homer sem chamar atenção.

Cerca de 3 metros de onde Homer estava sentado havia um grande eucalipto e atrás do tronco dessa árvore, um garotinho. Tod viu que ele espiava o que acontecia com grande cuidado para logo depois, sem aviso, lançar a cabeça para trás. Um minuto depois, repetia essa série de movimentos. Inicialmente, Tod pensou que ele estava brincado de esconde-esconde, mas logo percebeu que o menino segurava um fio nas mãos, ligado a uma carteira velha na frente do banco de Homer. A cada momento, o menino dava um puxão no fio, fazendo a carteira saltar como um sapo lerdo. O forro rasgado estava pendurado na boca de ferro como uma língua peluda e algumas moscas incertas pairavam sobre aquela pequena coisa.

Tod conhecia aquela brincadeira. Ele mesmo brincou disso quando era criança. Se Homer tentasse pegar a carteira, pensando que havia dinheiro nela, o garoto a puxaria para longe e daria gritos e gargalhadas do otário.

Quando Tod foi até a árvore, ficou surpreso ao descobrir que ali estava Adore Loomis, o garoto que vivia na casa em frente à de Homer. Tod tentou pegá-lo, mas ele escapou usando a árvore, gozando de seu perseguidor e colocando o dedo no nariz. Desistiu, então, e voltou à posição original. Um minuto depois, Adore estava concentrado em sua carteira novamente. Homer não prestou atenção ao menino e assim Tod decidiu deixar as coisas como estavam.

A sra. Loomis devia estar em algum ponto da multidão, pensou. Mais tarde, quando ela o encontrasse, provavelmente lhe aplicaria algum castigo. O menino rasgara o bolso da jaqueta, e o colarinho estilo Buster Brown estava manchado de graxa.

Adore tinha um temperamento terrível. A forma como Homer ignorava completamente tanto ele quanto o jogo com a carteira falsa deixou o garoto frenético. Desistiu, dançando em cima da carteira, e se aproximou do banco na ponta dos pés, fazendo caretas terríveis, pronto para fugir ao primeiro movimento de Homer. Parou quando estava a menos de 1 metro e meio de sua vítima, mantendo a língua para fora. Homer continuava ignorando-o. Deu mais um passo adiante e realizou uma performance com uma série de gestos ofensivos.

Se Tod soubesse que o garoto estava com uma pedra na mão, teria interferido. Mas estava seguro de que Homer não machucaria a criança e esperava que as persistentes caretas ao menos o fizessem se mover. Quando Adore levantou o braço, era tarde demais. A pedra atingira o rosto de Homer. O garoto se virou para fugir, mas tropeçou e caiu. Antes que pudesse escapar, Homer aterrissava em cima das costas do garoto com os dois pés, para depois saltar de novo.

Tod gritou para que Homer parasse e tentou tirá-lo dali. Mas ele o empurrou para longe enquanto persistia com os pés e os calcanhares. Tod o socou com toda a força que podia, primeiro no estômago, depois no rosto. Homer ignorou os golpes e continuou pisoteando o garoto. Tod seguiu golpeando, uma vez e mais outra, depois o agarrou com os dois braços e tentou tirá-lo definitivamente de onde estava. Não conseguia movê-lo. Era como uma coluna de pedra.

A próxima coisa de que Tod se lembra foi ter de se afastar de Homer e cair de joelhos por causa de um golpe recebido na nuca que o jogou para o lado. A multidão na frente do cinema recebeu a carga que esperava. Estava cercado por pernas e pés que se agitavam freneticamente. Conseguiu ficar de pé novamente agarrando-se ao casaco de um homem, depois se deixou levar por uma ampla e curva onda. Viu Homer ascender acima da massa por um momento, lançado no ar, a mandíbula pendente como se ele desejasse gritar e não conseguisse. Uma mão o agarrou pela boca aberta e o puxou para cima e para baixo.

Houve outra precipitação vertiginosa. Tod fechou os olhos e lutou para se manter ereto. Recebia cotoveladas nessa esmagadora arrebentação de ombros e costas que se moviam rapidamente de um lado para o outro. Continuava empurrando e golpeando as pessoas ao redor, tentando descobrir qual direção seguir. Ser arrastado para trás era algo que o aterrorizava.

Utilizando um eucalipto como ponto de referência, tentou se deslocar na direção daquela árvore enfrentando a onda lateralmente, dando tudo o que podia para voltar ao fluxo quando foi afastado dele e aproveitando a torrente no momento em que esta começou a se mover na direção desejada. Estava a poucos metros da árvore quando uma repentina movimentação o levou para além do ponto de referência. Lutou desesperadamente por um instante, depois desistiu e deixou-se levar. Estava na ponta da lança quando a massa em que se encontrava colidiu com outra, vinda da direção contrária. O impacto o fez girar. Conforme as duas forças se chocavam em ondas, ele girava mais e mais, como um grão entre as rodas de um moinho. Isso não parou até que Tod foi capturado pela força oposta, tornando-se parte dela. A pressão continuou a aumentar até o momento em que imaginou estar à beira do colapso. Estava sendo empurrado lentamente para cima. Embora isso fosse um alívio para suas costelas, pressionadas até o limite, como essa pressão para o alto persistia, ele lutou para manter os pés no chão. Não sentir o solo debaixo dos pés era uma sensação ainda mais terrível que ser arrastado.

Houve mais um impulso, curto dessa vez, que o lançou em uma espécie de ponto cego no qual a pressão era menor e igualitária. Finalmente sentiu uma dor terrível na perna esquerda, logo acima do tornozelo, que o obrigou a buscar uma posição mais confortável. Não conseguia movimentar o corpo, mas foi possível mover um pouco a cabeça. Um rapaz extremamente magro usando um boné da Western Union pressionava com as costas o ombro de Tod. A dor continuava intensa e logo a perna inteira, inclusive a virilha, pulsava. Finalmente libertou o braço esquerdo e segurou a nuca do rapaz com os dedos. Ele se contorceu como pôde. O sujeito de boné começou a pular para cima e para baixo dentro das roupas. Conseguiu arrumar o cotovelo, empurrando-o contra a parte de trás da cabeça do rapaz, dando uma volta ao redor de si mesmo e liberando a perna. Mas a dor não diminuiu.

Outro impulso violento para a frente resultou em mais um ponto sem movimento. Estava agora de frente para uma garota que chorava com firmeza. Seu vestido de seda estampado fora rasgado na frente e o pequeno sutiã encontrava-se com apenas uma alça. Tentou fazer força para trás a fim de dar mais espaço à moça, mas ela se movia sempre junto com ele. De vez em quando, a garota se sacudia violentamente e ele se perguntava se ela não estaria prestes a desmaiar. Uma de suas coxas estava no meio das pernas dele. Lutou para se livrar dela, mas esta se agarrou a Tod, movendo-se com ele e apertando-o.

Ela se virou e disse, dirigindo-se a alguém mais atrás: "Pare, pare".

Viu, então, qual era o problema. Um sujeito idoso, de chapéu-panamá e óculos com aro de tartaruga, a abraçava. Uma das mãos do homem estava dentro do vestido da garota e ele começava a lhe beijar o pescoço.

Tod liberou o braço direito deslocando-o para cima, depois se aproximou da garota e acertou um soco na cabeça do sujeito. Não conseguiu força suficiente no golpe, mas ao menos derrubou o chapéu e os óculos dele. O homem tentou esconder o rosto atrás de um dos ombros da jovem, mas Tod agarrou a orelha dele e deu uns safanões. Começaram a se mover de novo. Tod manteve-se agarrado à orelha do sujeito o máximo que pôde, desejando arrancá-la fora com as próprias mãos. A garota conseguiu se mover debaixo do braço de Tod. Mais um pedaço do vestido se rasgou, mas ela se viu livre de seu agressor.

Outro espasmo percorreu a multidão e ele foi arrastado até o meio-fio da calçada. Lutou para alcançar um poste de iluminação, mas foi carregado antes que pudesse agarrar esse novo ponto de referência. Viu outro homem pegar a garota com o vestido rasgado. Ela gritou por socorro. Tentou se aproximar dela, mas foi levado na direção oposta. O espasmo o conduziu a um novo ponto morto, em que todos os vizinhos de Tod eram menores que ele. Levantou a cabeça e tentou aspirar ar fresco e assim aliviar os pulmões doloridos, mas todos ali estavam ensopados de suor.

Nessa parte da massa não havia histeria. De fato, a maioria das pessoas parecia estar se divertindo. Perto de Tod, havia uma mulher robusta que se esfregava frente a frente com um homem. O queixo dele estava no ombro dela, os braços do sujeito envolviam-na. Ela não prestou atenção nele e falou com uma mulher ao lado.

"A única coisa que eu sei", Tod a ouviu dizer, "é que há confusão e eu estou no meio dela."

"Sim, algum engraçadinho berrou 'Olha lá o Gary Cooper chegando' e depois: zás!"

"Não foi isso", disse um homenzinho com boné de pano e pulôver. "Isto aqui é um justiçamento e você está nele."

"Sim", disse uma terceira mulher, cujo tortuoso e cinzento cabelo estava desordenado, cobrindo o rosto e os ombros. "Um pervertido atacou uma criança."

"Mas ele precisa ser linchado."

Todos concordaram de maneira veemente.

"Venho de St. Louis", anunciou a mulher corpulenta, "e apareceu um desses pervertidos na vizinhança certa vez. Ele rasgou uma garota de cima a baixo com uma tesoura."

"O cara devia ser louco", disse o homem do boné. "Que diversão teve com isso?"

Todos deram boas gargalhadas. A mulher corpulenta se dirigiu ao homem que a abraçava.

"Ei, você", disse. "Não sou travesseiro."

O homem sorriu, beatífico, mas não se moveu. Ela deu mais uma gargalhada sem fazer nenhum esforço para se libertar do abraço.

"Um principiante", ela disse.

Outra mulher achou graça.

"Sim", disse a outra, "é o que a gente encontra numa baderna como esta."

O homem de boné e pulôver pensou que poderia fazer mais alguma piada com a história do pervertido. "Cortar uma garota com uma tesoura. Escolheu a ferramenta errada."

Ele estava certo. Todos riram ainda mais intensamente que da primeira vez.

"Você faria diferente, garoto?", disse um jovem com cabeça em forma de rim e bigode bem tratado.

As duas mulheres riram. Isso encorajou o homem do boné, que alcançou e apertou a mulher corpulenta e seu amigo. Ela gritou.

"Sai fora", disse ela de bom humor.

"Fui empurrado", ele disse.

A sirene de uma ambulância disparou ao atravessar a rua. Esse lamento choroso fez a multidão se movimentar de novo e Tod foi levado em um lento e contínuo impulso. Fechou os olhos e tentou proteger a perna que latejava. Dessa vez, quando a movimentação terminou, estava com as costas contra a parede do cinema. Manteve os olhos fechados e se apoiou na perna boa. Depois do que pareceram horas, a multidão diminuiu a pressão, tomada por uma agitação maior. Estava acumulando energia antes de iniciar a correria. Ele acompanhou esse movimento rápido até se chocar contra a base de um corrimão de ferro que cercava o caminho do cinema até a rua. Perdeu o fôlego com o impacto, mas não conseguiu se agarrar ao corrimão. Segurou-se desesperadamente, lutando para se manter firme e não ser sugado de volta. Uma mulher o agarrou pela cintura e tentou se segurar. Ela chorava, soluçando ritmicamente. Tod sentiu que seus dedos escorregavam do corrimão e assim escoiceou para trás, com toda a força que conseguiu. A mulher se foi.

Apesar do incômodo na perna, conseguia pensar claramente em sua pintura, *O incêndio de Los Angeles*. Após o rompimento com Faye, trabalhou continuamente para deixar de atormentar a si mesmo, de modo que a projeção desse trabalho em sua mente se tornava quase automática.

Ao jogar o peso na perna que não estava ferida e agarrar-se desesperadamente ao corrimão de ferro, pôde ver todos os esboços em carvão que compunham a grande tela. Na parte superior, em paralelo à moldura, desenhara a cidade em chamas, uma grande fogueira de estilos arquitetônicos que iam do egípcio ao colonial de Cape Cod. Próxima ao centro, desdobrando-se da esquerda para a direita, ao longo de uma rua que corria pela colina em sentido descendente, espelhando-se no primeiro plano localizado no meio da composição, surgia uma multidão que carregava bastões e tochas. Para os rostos dos membros dessa massa humana, utilizou os incontáveis esboços que fizera de pessoas que escolhiam a Califórnia para morrer; os membros dos mais diversos cultos, tanto econômicos quanto religiosos; os observadores de ondas, aviões, funerais e *premières* – todos esses pobres-diabos que conseguiam despertar um pouco tão somente com promessas de milagres ou diante de pura violência. Um super "dr. Conheça tudo! Aproveite tudo!" fez a promessa que esperavam e agora estão todos marchando, atrás de um estandarte em uma grande frente unida de loucos e maníacos com a pretensão de purificar a terra. Não há mais espaço para o tédio, pois agora todos cantam e dançam com alegria diante da luz vermelha das chamas.

Na parte inferior, ainda no primeiro plano, homens e mulheres em fuga desesperada diante da vanguarda da multidão em sua cruzada. Entre essas pessoas, Faye, Harry, Homer, Claude e ele mesmo. Faye corria orgulhosa, jogando os joelhos para o alto. Harry tropeçava logo atrás dela, segurando seu amado chapéu-coco com as duas mãos. Homer parecia que estava prestes a cair da tela, o rosto semiadormecido, as grandes mãos agarrando o ar em angustiada pantomima. Claude virava a cabeça para gozar com os perseguidores, levando o dedo à ponta do nariz. Tod atirava uma pequena pedra contra os algozes antes de continuar a fuga.

Quase esquecera tanto a perna quanto seu martírio, pois bastaria uma cadeira para que ele trabalhasse nas chamas que estariam no canto superior da tela. Modelaria as labaredas de fogo de modo que elas lambessem com avidez uma coluna em estilo coríntio que sustentava o teto em forma de folha de palmeira de uma bizarra plataforma.

Já havia terminado uma das chamas e começara outra quando foi trazido de volta a si por alguém que gritava algo em seu ouvido. Abriu os olhos e viu um policial tentando alcançá-lo por trás do corrimão ao qual estava aferrado. Soltou a mão esquerda e levantou o braço. O policial agarrou-lhe o pulso, mas não conseguiu levantá-lo. Tod estava com medo de soltar o outro braço até que um homem veio em auxílio do policial e o pegou pelas costas do paletó. Soltou de vez o corrimão, deixando que os dois sujeitos o arrastassem sobre aquele ponto de apoio.

Quando perceberam que ele não conseguia ficar de pé, colocaram-no cuidadosamente no chão. Encontrava-se na entrada do estacionamento do cinema. Na sarjeta mais próxima, estava uma mulher que chorava em cima de sua saia. Ao longo da parede, grupos de pessoas desgrenhadas. Uma ambulância estava estacionada no fim da rua. Um policial perguntou se ele desejava ser levado ao hospital. Balançou a cabeça em negativa. Ofereceram-lhe, então, uma carona. Tod teve presença de espírito suficiente para indicar o endereço de Claude.

Ele foi carregado através da saída do cinema até uma rua secundária e colocado em um carro de polícia. A sirene começou a tocar e Tod pensou inicialmente que era ele o responsável por aquele barulho. Apalpou os lábios com as mãos. Estavam juntos, bem apertados. Percebeu, então, que era a sirene. Por alguma razão, achou isso muito engraçado e começou a imitar aquele som o mais alto que pôde.

Queimem as cidades

Burn the cities

I

A estrela do Oriente clama, com centenas de lâminas
Queimem as cidades
Queimem as cidades

Queimem Jerusalém
É fácil
Cidade onde nasceu uma estrela
A cor da rosa e a forma da margarida
Clama com centenas de lâminas
Clama por três reis
Paus, ouro, copas
Queimem Jerusalém e tragam
O rei de espadas até a criança
Pregada na árvore ramificada em seis
Em cima do aparador de um judeu
Marx
Para realizar o milagre dos pães e dos peixes

I

The Eastern star calls with its hundred knives
Burn the cities
Burn the cities

Burn Jerusalem
It is easy
City of birth a star
A rose in color a daisy in shape
Calls with its hundred knives
Calls three kings
Club diamond heart
Burn Jerusalem and bring
The spade king to the Babe
Nailed to his six-branched tree
Upon the sideboard of a Jew
Marx
Performs the miracle of loaves and fishes

II

Queimem as cidades
Queimem Paris
Cidade Luz
Duas vezes queimada
Empório das artes
A mão espalmada é uma estrela de cinco pontas
O punho, uma tocha
Queimem as cidades
Queimem Paris
Cidade Luz
Duas vezes queimada
Empório das artes

A mão espalmada é uma estrela de cinco pontas
O punho, uma tocha
Trabalhadores do mundo
Uni-vos
Queimem Paris

Paris queimará rapidamente
Paris é obesa
Apenas um esquimó poderia comê-la
Apenas um turco poderia amá-la
O Sena é seu bidê
Ela não segura a urina
Está agachada em cima das águas oleosas
Uma fossa plácida

II

Burn the cities
Burn Paris
City of light
Twice-burned city
Warehouse of the arts
The spread hand is a star with points

The fist is a torch
Burn the cities
Burn Paris
City of light
Twice-burned city
Warehouse of the arts

The spread hand is a star
The fist is a torch
Workers of the Word
Unite
Burn Paris

Paris will burn easily
Paris is fat
Only an Eskimo could eat her
Only a Turk could love her
The Seine is her bidet
She will not hold urine
She squats upon the waters and they are oil

Apenas os doentes poderiam andar sobre ela
E um incêndio a faria rugir
Não como um celeiro em chamas, mas emudecido
Emudecido por um chapéu-coco
Assim também é meu sofrimento
Cidade da minha juventude
Emudecida por um chapéu-coco

As chamas de Paris com certeza serão belas
Algumas como fontes
Outras como línguas experimentadas
Outras como bandeiras esvoaçantes
Ou ainda como cabelos bem penteados
Muitas dançarão
Apenas os odores estarão caóticos

A mão espalmada é uma estrela de cinco pontas
O punho, uma tocha
Trabalhadores do mundo
Uni-vos
Queimem Paris

A placid slop
Only the sick can walk on it
Fire alone can make it roar
Not like a burning barn but muted
Muted by a derby hat
So also my sorrow
City of my youth
Is muted by a derby hat

The flames of Paris are sure to be well-shaped
Some will be like springs
Some like practiced tongues
Some like gay flags
Others like dressed hair
Many will dance
Only the smells will be without order

The spread hand is a star with points
The fist a torch
Workers of the World
Unite
Burn Paris

III

Queimem as cidades
Queimem Londres
Cidade lenta e fria
Não se desespere
Londres queimará
Sim, queimará
No calor dos olhos cansados
Com a gordura de peixe e fritas
Os trabalhadores ingleses atearão fogo
Com o carvão de Gales
Com óleo da Pérsia
Os indianos acenderão o fogo
Há sol no Egito
Os negros acenderão o fogo
A África é a terra do fogo
Londres é fria
Acalentará a chama
Londres está cansada
Dará boas-vindas à chama
Londres é lasciva
Abraçará a chama
Londres queimará

III

Burn the cities
Burn London
Slow cold city
Do not despair
London will burn
It will burn
In the heat of tired eyes
In the grease of fish and chips
The English worker will burn it
With coal from Wales
With oil from Persia
The Indian will give him fire
There is sun in Egypt
The Negro will give him fire
Africa is the land of fire
London is cold
It will nurse the flame
London is tired
It will welcome the flame
London is lecherous
It will embrace the flame
London will burn

Três esquimós

Creio que talvez você não se lembre do filme a que me refiro, mas podemos dar-lhe um título, algo como *Forças em estado natural do homem e da natureza em luta heroica em meio a paisagens paradisíacas do Polo Norte*. Na longa história da indústria do entretenimento, poderíamos dizer, não houve atração igual a essa. Da humilde obscuridade, surgem esses grandes atores esquimós com o objetivo de seduzir o mundo temperado em fria sofisticação. Trata-se de uma conquista tão espantosa, tão sem precedentes, tão frenética e devastadora que apenas uma visão cósmica poderia suportá-la... O mundo deveria se sentir satisfeito por se entregar ao arrebatamento fascinado.

É dessa forma que devemos tratar tudo isso. Estavam todos surpresos no estúdio, ainda mais porque foi um fracasso. Suponho que era belo demais para os idiotas. Como se costuma dizer, não é possível fazer dinheiro com filmes de arte.

O filme foi dirigido por Sam Oldersween, o grande mestre alemão. Lembre-se do que dissemos sobre ele em nosso livro de distribuição. Sam Oldersween possui o mais poderoso poder criativo já visto no cinema! Sua devoção pela realidade permanece íntegra como sempre... Mas a bilheteria deveria ser o seu objetivo, o primeiro e último em cada dólar.

O filme, porém, foi um fiasco. Era sobre esquimós e imagino que ninguém se importa com eles. Foi o que acabamos por descobrir.

De qualquer forma, o problema da bilheteria não foi o único que esses esquimós trouxeram. Filmamos no Polo

Norte, conforme solicitado, mas editamos o material em Hollywood. Nesse momento, Sam Oldersween insistiu em trazer com ele, para o caso de serem necessárias novas tomadas, uma família de esquimós. Os japas e a judeuzada não poderiam fazê-las, nem mesmo os armênios. Não, tinham de ser esquimós. Os outros não eram sebentos o bastante, suponho. Assim, estavam conosco um esquimó de nome Joe, a mamãe esquimó Anne, um rapazola chamado Eddie e uma fêmea jovem, Mary.

Esse pessoal nos deu dor de cabeça. Não sei quem me escolheu, mas acreditavam que eu poderia domar os quatro animais sarnentos. Bem, eu os joguei no hotel mais barato disponível e os deixei ali. Devem estar imaginando que fiquei por perto alimentando esse povo com peixe cru, ou quem sabe supervisionando a alimentação deles.

Foi aí que os problemas começaram. Joe, o papai, foi para casa e conseguiu tudo. Começou a me perseguir. Ele deu tudo o que tinha para mamãe, que começou a se portar horrivelmente.

Acordo comercial

Durante uma hora após a saída de seu barbeiro, o sr. Eugene Klingspiel, responsável pelo departamento da Costa Oeste na Gargantual Pictures, trabalhou sem descanso. Primeiro ele leu *Hollywood Reporter*, *Variety* e *The Film Daily*. Depois engoliu duas colheres cheias de bicarbonato e se deitou em seu sofá para deliberar. Antes que pudesse evitar, Klingspiel mergulhou naquilo que poderíamos chamar de suave devaneio. Viu a Gargantual Pictures engolir a concorrência como uma cobra píton, açambarcando cadeias inteiras de distribuidoras. Nesse delicioso estado de semissono, imaginava se deveria absorver a Balaban & Katz, mas, como não encontrava um uso para a Katz, absorveria apenas a Balaban e se voltaria, depois, para a Spyros Skouras e seus sete irmãos. Talvez, em princípio, pegasse apenas três deles. Mas quais? Os três no meio ou dois em uma ponta e um na outra? Finalmente, organizou os oito Skouras como um pequeno esquadrão de soldados de chumbo e executou cinco deles aleatoriamente. O zumbido repetido do ditógrafo cortou abruptamente essa deliciosa caça. Acionou o interruptor, irritado.

"Quem é?"

"Uooonh uooonh uooonh uooonh uooonh."

"Eu os verei mais tarde", disse Klingspiel. "Mande Charlie Baer."

"Uooonh-uooonh."

Acendeu um cigarro, ficou de costas para a porta e arranjou o semblante numa carranca que poderia estar representada em alguma estampa japonesa.

Nenhum garoto com dois anos de faculdade em Columbia poderia encurralá-lo por dinheiro, não importa quantos sucessos tenha escrito. Após um intervalo digno, olhou ao redor. Charlie Baer, com seu rosto de lua cheia despreocupado, estava olhando através da outra janela, de costas para Klingspiel.

"Bem, Charlie", Klingspiel controlava sua irritação por essa falta de respeito e ensaiou um sorriso cândido. "Enviei algo para você ontem."

"Ahã." Charlie continuava olhando placidamente para Klingspiel. Essa inocência natural era positivamente irritante.

"Minha secretária ligou para você no prédio dos roteiristas, mas disseram que estava trabalhando com Roy Zinsser em Malibu." Klingspiel limpou a garganta. Talvez uma boa piada pudesse clarear a atmosfera. "*Pocê* estava *porr* lá, *Sharlie*?", perguntou, recuperando o bordão do astro de rádio e ator de *vaudeville* Jack Peral, em sua caracterização do barão de Münchhausen, com falso sotaque alemão. Arrependeu-se disso imediatamente – o olhar frígido de Charlie tornou essa observação quase indelicada. "Então essa fuinha pensa que pode me coagir? A mim?", refletia furiosamente Klingspiel.

"Charlie", começou novamente, torcendo o rosto em uma expressão de profundo desagrado, "não gostei nada do seu último roteiro. Está faltando coragem nele. Falta-lhe o mais importante em um bom roteiro de comédia."

"O que seria?", perguntou Charlie sem curiosidade.

"A tal da espontaneidade", respondeu Klingspiel com gravidade. "Se eu fosse você, Charlie, pegava esse meu conselho e marretava com ele a noite toda."

"Está certo", disse Charlie, pegando o chapéu.

"Ah, mais uma coisa." Klingspiel fez de conta que estava consultando papéis importantes. "Seu contrato acaba no dia 15, não é verdade?"

"Isso."

"Bem, Charlie, vou deixar preto no branco. Você fez uns filmes muito bons. Estenderei seu contrato por mais um ano, mas desta vez a 250 dólares por semana." Os olhos de Charlie permaneceram fixos nos de Klingspiel, que estava radiante. "Em outras palavras, o dobro do que você está levando agora. Que tal?"

"Nada bom", disse Charlie. "Quinhentos por semana ou não trabalho mais."

"Escuta aqui", disse Klingspiel. "Responda-me uma coisa. Quantos sujeitos de 23 anos você conhece por aí ganham 250 por semana?"

"Preciso pensar na minha velhice", respondeu Charlie.

"Quando eu tinha 23", prosseguiu Klingspiel, adotando seu tom de-roceiro-a-presidente, "o que eu era? Um moleque trabalhando por centavos. Tudo o que eu conseguia comprar eram bolachas e leite. Você não sabe a sorte que tem."

"Claro que sei", disse Charlie. "Eu também passei a bolachas e leite por algum tempo."

"Olha, Charlie", disse Klingspiel pacientemente, "é melhor você ficar mais esperto, não? Um homem solteiro como você pode economizar..."

"Quinhentos", interrompeu Charlie bovinamente. Klingspiel começou a tamborilar suavemente em sua mesa.

"Escuta aqui, Charlie", disse após um momento, "deixa eu te contar uma história. É a respeito de Adolph Rubens, o homem que fundou nossa grande organização." Os olhos de Charlie penderam levemente para baixo. "Tente imaginar que não existia Hollywood nem negócio de cinema, nada. Há 28 anos. Um pobre sujeito de nome Adolph Rubens estava andando por uma rua batida pelo vento em St. Louis. Ele era um homem pequeno, Charlie, mas um guerreiro. Estava com frio e fome, mas na cabeça daquele tipo havia um sonho. Todos riram dele e diziam que era tolice, mas ele não se importou. Por quê? Porque, na cabeça dele, estava bem clara a imagem de uma poderosa empresa que proporcionaria diversão e instrução para milhões de pessoas de costa a costa. E hoje esse sonho virou realidade. Isto aqui não é um negócio, Charlie; é um monumento criado pelo público para os ideais sempre renovados de Adolph Rubens."

"Quinhentos dólares ou eu paro de trabalhar", disse Charlie com o mesmo tom metálico.

"Charlie", disse Klingspiel após um instante, "quero que você faça algo por mim. Venha aqui. Não por aí, dê a volta ao redor da mesa." Levantou-se. "Agora sente na minha cadeira. Isso mesmo." Deu a volta pela mesa, depois se voltou e encarou Charlie. "Agora se coloque no meu lugar. Você é Eugene Klingspiel, o chefe da Gargantual Pictures. Sua folha de pagamento é de 346 mil dólares por semana. Você tem estrelas que estão acabando com seu orçamento. Ninguém mais vai ao cinema, todos ficam em casa ouvindo rádio. Você tem um monte de escritores inúteis que recebem seus cheques pontualmente toda quarta-feira. Agora um camarada chamado Charlie Baer aparece na sua frente. Ele não pede muito, apenas sua roupa de baixo. O que você diria pra ele?" Agarrou as bordas da mesa e olhou diretamente para os olhos de Charlie.

"Quinhentos dólares ou eu devolvo meu distintivo", zumbiu Charlie. Os olhos de Klingspiel brilhavam. O mangusto se sentou confortavelmente esperando pelo novo ataque da cobra.

"Vamos ser sensatos", disse Klingspiel. "Posso pagar quatro carinhas que escrevem *gags* pelo que eu vou te pagar." Charlie se levantou. "Mas vou te dizer minha ideia. Que tal trezentos..."

"Sr. Klingspiel", disse Charlie, "há algo que eu preciso lhe dizer. A Metro..."

"O quê?", Klingspiel tremia como um cervo ao ser atingido.

"A Metro me ofereceu 450 ontem."

"Então é isso", disse Klingspiel. "Essa é a lealdade que temos hoje. A gente resgata o sujeito da sarjeta – 425."

"Ouça", disse Charlie com frieza, "sou um roteirista, não um pedinte." Colocou o chapéu.

"Só mais um minuto", disse Klingspiel. Seu rosto clareou subitamente. "Vou ensinar para aqueles caras da Metro uma lição. A começar do 15º dia do mês, Charlie Baer ganhará 500 dólares por semana da Gargantual – e Eugene Klingspiel garante *pessoalmente* isso! Qualquer problema, é só vir tratar comigo diretamente... Pra onde você está indo?"

"Almoçar", disse Charlie, sorrindo brevemente. "Você sabe, um pouco de leite e bolachas."

O sr. Klingspiel arrotou e partiu em busca de mais bicarbonato.

O impostor

"Para ser um artista, você precisa viver como um." Provavelmente, todo mundo sabe que essa afirmação é uma bobagem, mas em Paris, naqueles dias, não sabíamos disso. "Todos os artistas são loucos." Essa é outra declaração do mesmo tipo. Claro que essas ideias e outras, parecidas, foram impingidas em nós por alguém que nunca foi um artista, mas não percebíamos esse detalhe. Estávamos no negócio artístico com as definições dadas por indivíduos que não eram artistas e utilizávamos libelos para buscar a verdade. Para que fôssemos reconhecidos como artistas, realizávamos tudo o que o inimigo dizia que éramos.

"Todos os artistas são loucos." Bem, uma das coisas mais fáceis de ser é "louco", se isso satisfizer uma definição rasa e superficial de loucura. Ser louco é algo como ter um emprego. Você precisa de um grande esforço e controle mental e físico, ler material científico. Não temos o controle nem pretendemos mergulhar nessa leitura, da mesma forma que não acreditamos que essas coisas sejam necessárias. Nós e os turistas, de modo geral, voltamos para casa, mas não os médicos, que são nossos jurados.

O tempo passou e ser "louco" ficou cada vez mais difícil. Os jurados mudaram gradualmente. Outros artistas, colegas de ofício, passaram a ocupar cadeiras no júri. Não eram assim tão maus se comparados aos médicos, mas também não eram grande coisa. Cabelos longos e olhar extasiado já não representavam os primeiros indicadores. Mesmo sujeira, sandálias e "hábitos noturnos" não eram suficientes. Era preciso ser original.

Quando cheguei a Montparnasse, esse segundo estágio estava bastante avançado. Todos os papéis mais óbvios eram coisa do passado e os menos óbvios eram desempenhados por especialistas. Ainda havia alguns tipos de cabelo comprido, mas ninguém os levava a sério nem os convidava para as festas mais importantes. O que eu podia fazer? Como poderia demonstrar meu valor?

Após me esconder em meu hotel por cerca de uma semana, não ousando aparecer no Dôme por medo de causar má impressão, tive uma grande ideia. Viajei a Paris para desempenhar funções como emissário de Wall Street e trajava as roupas que costumava usar nos Estados Unidos. Em vez de comprar alguma estranha vestimenta e tentar cultivar idiossincrasias específicas, decidi caminhar na direção oposta. Meu método: "loucura" por meio do exagero da normalidade. Nessa terra de camisas largas, abertas até a altura do umbigo, e calças de veludo cotelê, minha vestimenta incluía colarinhos rígidos e ternos cuidadosamente passados de corte formal e estiloso, além de luvas limpas e um guarda-chuva bem enrolado. Eu empregava maneiras precisas, elaboradas, e exibia um horror pronunciado ao menor sinal de ruptura *pública* das convenções.

Desde o início, essa tática fez um enorme sucesso. Quando entrei no Dôme, cerveja foi derramada de várias mesas. Mais importante, fui chamado para todas as festas.

Foi em uma delas que encontrei pela primeira vez Beano Walsh. Nossa atração mútua ocorreu ao percebermos que um era o perfeito pano de fundo do outro. Éramos o contraste absoluto, máximo – como diz a regra, o preto contra o branco cercado de cinza. Mesmo nossas conversas eram completamente diferentes. Eu falava de questões técnicas a respeito de testes de campo, o uso da mira em rifles de caça, enquanto Beano dizia coisas poéticas sobre o Antigo Egito, mármores de Elgin e o mar como entidade maternal. Quando eu levantava meu copo para um brinde, costumava ser o jovial "a todos nós!". O brinde de Beano era "baleia morta ou navio destruído"[1] ou, algumas vezes, simplesmente: "À beleza!".

Beano era um jovem atarracado, baixo mas bastante musculoso. Seus braços eram tão grossos quanto as coxas, o pescoço parecia um poste de cedro e, na cabeça, uma enorme e viva franja de cabelo vermelho dava-lhe o ar de um estranho e monstruoso ouriço-do-mar em ereção. Fosse inverno ou verão, colocava esse cabelo debaixo de um chapéu-coco. Valia a pena vê-lo fazendo isso. A luta era terrível. Ele sempre vencia, mas as vitórias eram desgastantes. Não importava o quão resistente fosse o chapéu, em menos de um mês o cabelo arruinava-lhe a forma. O resto da vestimenta consistia em uma camisa esportiva com a insígnia *Celtic A.C.* na frente, calças militares de equitação, polainas de couro e tênis.

---

1   [N.T.] Citação célebre do romance *Moby Dick*, de Hermann Melville.

Era, provavelmente, um escultor. Naqueles dias, o que ainda deve acontecer, os críticos de arte, como os diretores de Hollywood, insistiam na escolha do elenco pelo tipo físico. O papel de escultor, nesse caso, era excelente para Beano. Uma olhada em suas maravilhosas mãos provava isso; Rodin poderia tê-las modelado.

Os caçadores de talentos a soldo de Oscar Hahn o descobriram em uma barcaça de carvão no East River, em Nova York, depois deram um jeito para que ele fosse estudar em Paris. Quando o descobriram, ainda não havia feito uma escultura sequer, mas de acordo com os parâmetros em voga na época – baseados, talvez, na autobiografia de Cellini e nas cartas de Van Gogh –, ele certamente tinha a aparência e falava como alguém que teria a capacidade de produzir criações realmente belas.

Já conhecia Beano por aproximadamente um mês quando fui expulso de meu quarto de hotel por falta de pagamento. Minha mãe se recusou a mandar mais dinheiro. Ela queria que eu retornasse imediatamente e me enviou o bilhete de um navio a vapor que eu tentei vender. Quando Beano soube de meus problemas, me convidou a ficar em seu estúdio.

O estúdio era um antigo terminal de transporte público e ficava em uma rua cheia de veículos, nos fundos da Gare Montparnasse, chamada Impasse Galliard. Tinha cerca de 18 metros de comprimento por 12 de altura e 12 de profundidade. Quem quer que tenha convertido aquele local em estúdio gastou uma ninharia. A claraboia fora recortada no telhado em forma de domo e os trilhos dos carros, cobertos com um assoalho de madeira barato. E isso era tudo. Apenas nossos artistas viveriam num lugar desses.

O inverno de 1925 foi bastante intenso. Beano dispunha de um aquecedor velho e bojudo que nós mantínhamos na temperatura máxima, mas que obviamente era insuficiente para começar a aquecer o enorme estúdio. Já era um trabalho imenso aquecer minimamente o canto em que o aparato se encontrava. O inquilino que habitara o local antes de Beano deixara uma garota belga. Ela era uma criatura bruta e desleixada, muito semelhante em aparência ao nosso aquecedor. O calor animal dessa moça era bem intenso, mas nenhum de nós queria chegar muito perto dela. Claro, havia ainda um terceiro agente de calor – o álcool. Bebíamos continuamente, o que garantia a nossa sobrevivência.

Beano trabalhava, mas a garota e eu apenas permanecíamos agarrados ao aquecedor. Estava frio demais para que ela pudesse sair às ruas e exercer sua profissão. Eu não conseguia socar a máquina de escrever sem tirar minhas luvas e não era algo que estivesse disposto a fazer. Poderia perder um dedo. Mas Beano se dedicava ao trabalho ou ao menos tentava fazê-lo.

Ao observá-lo, percebi de saída que havia algo errado. Ele nunca terminava nada. Gastava horas em uma cabeça, utilizando folhas e mais folhas de precioso papel de desenho, sem que um único esboço o satisfizesse. Bloqueado nos detalhes, soltava um repentino xingamento, rasgava o papel da prancheta e o amassava com raiva. Dez minutos depois, descartava outra folha do mesmo modo e começava novamente. Após algumas poucas linhas, reiniciava o processo de xingamentos e a destruição frenética.

Observei esse processo por dias. Era patético. Ali estava um homem que poderia encher, com o que dizia, uma galeria inteira e que se parecia tanto com um gênio, mas que não conseguia fazer um único desenho que fosse digno de nota.

Quando eu perguntei a ele por que não frequentara aulas em uma escola de arte, essa ideia bastou para lançá-lo em um frenesi. Ele praguejou diante de mim por cinco minutos. Era contra todas as escolas. Era um gênio, um par de Michelangelo. Examinara os desenhos de uma escola de arte e eles eram medonhos... Beano de fato tinha um gosto refinado e sabia reconhecer um desenho ruim à primeira vista. Talvez fosse por isso que nunca terminava nenhum dos esboços que fazia.

Um dia, ele chegou ao estúdio com um cesto cheio de formões, uma dúzia de martelos e um carrinho de mão carregado de blocos de mármore. Teve uma ideia. Toda a espontaneidade se perdia se um escultor utilizasse esboços. Trabalharia diretamente na pedra. Ele desejava ver o que produzia vivamente na pedra, trazendo essa visão para a liberdade com os golpes do martelo.

O que quer que ele visse na pedra, não conseguia trazer para a liberdade. Contemplava um pedaço de mármore durante um bom tempo e, então, subitamente começava a cortá-lo. O formão sempre escorregava ou o mármore quebrava antes que ele conseguisse dar vinte golpes. Nesse momento, era possuído pela fúria e atacava o bloco diretamente com o martelo até fazê-lo em pedaços ou arrastá-lo pelo assoalho. Ele certamente conseguia desferir golpes bem violentos. Pouco depois, pegava outro bloco de mármore e começava de novo. Mas o fim era, inevitavelmente, o mesmo.

Após destruir todo o estoque de mármore, bebia até ficar gloriosamente bêbado. Eu o seguia de perto para evitar que se envolvesse em problemas. Certa noite, embora tivesse tragado uma dose considerável de bebida, saiu do personagem e falou de modo razoável. Foi a primeira vez que ele saíra do personagem em minha presença. Disse que estava preocupado porque um dos caçadores de talentos de Oscar Hahn pretendia visitar o estúdio em breve para avaliar os progressos. Não tinha nada para mostrar que fora produzido no ano anterior, nem um esboço sequer. Sua bolsa de estudos seria com certeza cancelada. Sim, considerava-se um grande escultor, mas precisava de tempo para desenvolver suas potencialidades, para se encontrar. Se tirassem a bolsa de estudos, teria de voltar para as barcaças de carvão.

Havia tanto de *pathos* e de medo real, trêmulo, no que dizia que fui levado a colocar meu braço ao redor dos ombros dele, mas, antes que eu pudesse finalizar meu gesto, Beano incorporou novamente seu personagem. Tornou-se o velho sujeito de sempre, o gênio louco, um entalhador de heróis, uma resoluta força elemental. "Michelangelo", rosnou como se estivesse chamando um porco com esse nome nas pradarias do Kansas. "Michelangelo..."

Depois disso, perdeu a consciência. Alguns dos garçons mais amigáveis me ajudaram a colocá-lo no táxi. Quando chegamos ao estúdio, a garota belga me ajudou a ajeitá-lo na cama. Como ela mesma disse, esse era seu *métier*.

Durante os dias seguintes, manteve-se sóbrio, bebendo apenas o suficiente para se aquecer. Estava ocupado: comprava livros de anatomia. Após acumular em torno de cinquenta volumes, começou a estudá-los. Sentou-se diante de sua mesa de trabalho e começou a desenhar novamente. Tentava copiar as ilustrações. Passou quase uma semana trabalhando em um desenho que mostrava como a cabeça era formada por camadas desde o crânio, e mais uma semana em outra que mostrava os ossos, tendões e músculos de um braço. Mas não havia jeito. Simplesmente não conseguia desenhar nada que valesse a pena. Tive sorte por não estar por perto quando ele finalmente surtou. Ao voltar para o estúdio, encontrei o assoalho entulhado de páginas e buracos enormes na parede de gesso onde os livros estavam. A garota belga estava com o olho roxo. Ela fora vítima de um livro que voava pelos ares.

Alguns dias depois, Beano recebeu um recado do sr. Simonsohn, o agente de Oscar Hahn, dizendo que ele chegaria na semana seguinte para examinar o que Beano produzira em termos artísticos. Fiquei surpreso ao perceber que Beano ficou menos perturbado que antes diante dessa visita. Em vez de mostrar trabalho, disse, ele convenceria o homem com uma ideia brilhante. Afinal, eles lhe deram a bolsa por causa das ideias que tinha, não pelas obras realizadas.

Estava cochilando perto do aquecedor certa tarde quando Beano atingiu com um golpe tão poderoso minhas omoplatas que fiquei prostrado. Ele permaneceu de pé, berrando. "Consegui! Consegui!" Perguntei: "Conseguiu o quê?". E berrou a resposta: "A ideia".

Sem me ajudar a levantar do chão, me explicou a "ideia". Enquanto ouvia o que Beano tinha a dizer, eu me perguntava se Simonsohn engoliria aquela bobagem toda. Sabia que era até bem provável. Beano colocava tanta paixão em sua exposição e usava tantos gestos brilhantes que quase me convenceu. Ele daria um grande ator.

Sem a paixão e o resto dos fogos de artifício, a "ideia" era mais ou menos assim: ele descobrira – ou decidira – que todos os livros de anatomia estavam errados porque usavam como modelo um homem de 1 metro e 70 e poucos centímetros na escala das ilustrações. Alguns usavam um homem ainda mais baixo. Deveriam usar um homem com 1,80 metro de altura, uma vez que o homem moderno apresenta esse cumprimento, no mínimo. Como a anatomia da moderna escultura era toda baseada nesses livros, a moderna escultura estava completamente errada. Apenas aumentar a escala em alguns centímetros não bastava para corrigir o erro, uma vez que um homem de 1,80 metro não é apenas mais alto, mas diferente. Um novo livro de anatomia deveria ser escrito e, apenas depois que ele escrevesse esse livro, poderia pensar em fazer um desenho ou uma escultura.

Pensei em uma série de objeções, mas não declarei nenhuma. Ele não estava com humor para discussões. Esperava que Simonsohn engolisse a "ideia", mas não me preocupava muito com isso. Tinha meus próprios problemas. Estava muito ocupado tentando arrancar mais dinheiro de minha mãe.

Nas semanas seguintes, não vi Beano com muita frequência. Ele deixava o terminal convertido em estúdio bem cedo, quando eu ainda estava dormindo, e voltava tarde da noite. Suas roupas passaram a exalar um forte odor de formol. Mais tarde, descobri o motivo desse cheiro. Ele passava o tempo todo no necrotério, em busca do homem de 1,80 metro perfeito. Com uma fita e um par de pinças, media todos os corpos que chegavam por lá. Alguns amigos influentes lhe conseguiram uma permissão para comprar um cadáver.

Naquele inverno, uma multidão incontável de americanos se reunia no Dôme todas as noites para beber alguns drinques. Embora o café fosse consideravelmente grande, era difícil conseguir uma mesa do lado de dentro e os atrasados eram forçados a ficar no terraço, amontoados nessa nociva caçarola. Na noite em que Beano encontrou seu homem, eu estava tentando me aquecer sentado no terraço, parcialmente asfixiado por densas fumaças do que parecia carvão. Comigo, na mesa eram três outros expatriados, todos artistas.

Enquanto estávamos sentados por lá, mergulhando em sucessivos drinques, um táxi invadiu a calçada próxima a nós. Nele estava Beano. Ele colocou a cabeça para fora da janela do veículo e gritou.

"*Eureka!*"

"O quê?", um de nós perguntou.

"*Eureka!* Eu achei!"

"Achou o quê?"

"O homem de 1,80."

"Fique conosco e beba um drinque", eu disse sem grande entusiasmo.

Beano recusou. Tinha de voltar para o estúdio e construir um refrigerador para conservar o defunto. Mas, como ninguém mais se lembrou de chamá-lo, acabou mudando de ideia sobre a bebida e se dirigiu à nossa mesa. O táxi permaneceu na calçada.

Nós o saudamos apaticamente. Ele trombetara sua "ideia" em nossos ouvidos por semanas e estávamos cheios daquilo. Afinal, é natural que o que se passa na cabeça de um sujeito interesse mais a ele que a seus amigos. Nosso erro foi considerar a loucura dele parecida com a nossa.

Beano demonstrou estar magoado com nossa falta de interesse. Ficou amuado. Para alegrá-lo, perguntei onde estava o defunto.

"No táxi", ele respondeu.

"O quê?"

Ele riu com gosto de nossa surpresa e começou a explicar. Cerca de uma hora atrás, estava parado ao lado da entrada da sala de embalsamamento do necrotério quando o corpo foi retirado de lá. Era um marinheiro morto, pescado no Sena. O defunto já tinha sido reservado por uma escola de medicina, mas ele insistiu em medi-lo. Quando descobriu que o morto se encaixava perfeitamente em seus requisitos, persuadiu o oficial de serviço a vendê-lo para ele. O pessoal do necrotério queria enviar o defunto em uma ambulância. O custo era muito elevado, de modo que Beano propôs levá-lo de táxi. Os funcionários ficaram horrorizados, mas ele armou um escarcéu tão grande que eles acabaram concordando apenas para se livrar do incômodo. Amarraram a cabeça entre os joelhos, para que o corpo ficasse compacto, e o embrulharam em papel grosso.

Beano sacou um recibo de venda da bolsa e nos fez examiná-lo. O documento tinha a chancela do necrotério municipal e estava coberto de selos com taxas. Depois nos convidou a ir até o táxi e ver com os próprios olhos. Nós fomos. No assento traseiro, havia um enorme embrulho de grosso papel pardo. Beano rasgou um buraco no papel para que pudéssemos ver o que havia debaixo dele. Vi um ombro nu musculoso e parte de um pescoço queimado pelo sol. Uma cor azul pálida começava a substituir o bronzeado.

Voltamos para a nossa mesa. Todos nós estávamos enojados e abatidos, mas não Beano. Ele estava em ótima forma. Gesticulava e rosnava – algo sobre o "homem da Renascença". Pediu que o garçom trouxesse uma garrafa de conhaque e um copo. Colocou o copo de lado e bebeu direto da garrafa, limpando a boca com um gesto que até Ticiano invejaria. Martelava a mesa e falava, não apenas para nós, mas para todo o café. Fez um discurso sobre seu novo livro de anatomia e o homem de 1,80 metro. Uma multidão se reuniu para ouvi-lo. Todos aqueles que compreenderam o que ele estava falando foram até o táxi inspecionar o defunto. Em sua avidez, rasgaram o papel de embrulho até que o morto ficasse completamente nu.

De repente, uma mulher gritou. O som veio da direção do táxi e eu me virei para olhar. Vi uma mulher de meia-idade que vestia um casaco de pele. Ela estava parada na calçada, perto do táxi, e oscilava como se fosse desmaiar enquanto sua boca emitia uma série de pequenos gritos engasgados. A mulher lembrava bastante as sirenes a vapor das fábricas.

Sabia o que ocorrera. Pensando que o táxi estava livre, ela abriu a porta do carro e encontrou o defunto, levando um tremendo susto.

Dois guardas vieram às pressas do Select, que ficava do outro lado da rua. A obesa senhora apontou – ela não parou nem por um momento de gritar – para o cadáver. Quando os guardas viram aquilo, ficaram ansiosos e começaram a discutir um com o outro como uma dupla de italianos em um palco. Foi nesse momento que Beano percebeu o que se passava. Ele correu para a rua seguido de perto por nós.

Apresentou-se como o dono do defunto e disse que a senhora, que ainda gritava ininterruptamente, era uma hipócrita infeliz que provavelmente conhecia homens piores e mais mortos intimamente. Os guardas o acusaram de assassino e necrófilo, entre outras coisas. Eles não quiseram nem olhar para a nota da compra. Beano começou a ficar mais e mais irritado. Quando um dos tiras tentou agarrá-lo, ele segurou o sujeito e o derrubou na sarjeta.

Isso não foi nada bom. O outro guarda pegou seu apito e soprou furiosamente, chamando outros guardas, que vinham de todos os lados. Eles pularam em cima de Beano e logo o imobilizaram. Um deles foi ao café chamar uma radiopatrulha. Tentei discutir com o sargento, mas ele me empurrou para o lado.

A polícia embalou o defunto em uma toalha de mesa e o colocou no carro, depois jogaram Beano no veículo. Podíamos ouvi-lo gritar que, se danificassem um único fio de cabelo de sua propriedade, ele processaria a cidade, acabaria com eles, terminariam fazendo rondas em Passy etc. etc. Lotamos um táxi e seguimos a radiopatrulha até a delegacia.

Quando chegamos lá, Beano estava de pé na frente de uma mesa de magistrado, com um policial de cada lado, enquanto o cadáver se encontrava estirado no chão, coberto com a toalha. Na mesa estava o capitão. Ele não tinha a aparência usual de um oficial de polícia – era um homenzinho jovial e sorridente que fumava um cachimbo com cabeça de prata. Parecia muito inteligente e achei que poderia entender o que acontecera com Beano. Mas, quando a coisa começou, talvez tivesse sido melhor para Beano que o capitão fosse estúpido.

O sargento fez as acusações; tratava-se de um assassino que agredira um policial cumprindo seu dever. O capitão sorriu e disse que ouviria a acusação mais grave primeiro, a agressão ao policial; o assassinato poderia esperar. Deu risada do próprio gracejo e olhou para nós. Sorrimos de volta como forma de expressar que o compreendíamos, mas todos ali sabiam que a situação não era brincadeira.

Como estrangeiro, o melhor que Beano poderia esperar era ser deportado sem uma sentença de prisão agregada. A deportação era praticamente uma certeza e havia ainda uma chance considerável de passar uma temporada na cadeia antes disso. A bolsa seria cortada no ato, pensei. A qualquer momento a partir de agora, ele estaria de volta às barcaças de carvão.

Todos os policiais, e havia mais ou menos uns dez, eram testemunhas da agressão, inclusive o tira que guiava a radiopatrulha. Quando o capitão permitiu que Beano falasse, ele fez um discurso de defesa muito incompetente, embora aparentemente não desse por isso. Admitiu que socara o guarda, mas justificou-se dizendo que o fizera em defesa de sua propriedade garantida por lei. Era uma tentativa, da parte do policial, de roubar seu cadáver. Estava apenas defendendo sua propriedade, um direito inalienável respeitado em todos os países civilizados. Beano, então, mostrou a nota de compra.

O capitão estava encantado com a argumentação de Beano. Continuou sorrindo e acariciando o topo da cabeça careca. Quando Beano terminou, entrou em contato com o necrotério e verificou a compra. Indeferiu a acusação de assassinato, mas disse que ele seria preso pela agressão. Dei um passo adiante e pedi que estipulasse o valor da fiança. O capitão recusou. Beano se voltou para mim e disse que eu devia cuidar dos meus próprios assuntos. Ir para a cadeia parecia não incomodá-lo nem um pouco. A única preocupação que demonstrava era com o destino que dariam ao defunto.

O magistrado respondeu que ele seria devolvido ao necrotério. Isso deixou Beano tão frenético que ele começou a pleitear. Fez um discurso, contou ao magistrado a respeito de seu novo livro de anatomia e implorou para que não levassem o defunto embora. Se o fizesse, o nome do magistrado iria ficar na história como o homem que fez o relógio da arte andar para trás, o homem que frustrou o gênio de Beano Walsh.

O magistrado ouviu tudo com um largo sorriso no rosto. Estava se divertindo a valer e devia contar com muito tempo livre. Quando Beano terminou, foi sua vez de fazer um discurso. Primeiro, falou de Lafayette e de Pershing, depois de como os franceses amavam a arte. Paris, ele disse, era a única cidade do mundo onde até os policiais amavam a arte. Ele mesmo, embora fosse apenas um magistrado da polícia, adorava acima de tudo passear pelo Louvre. Era um verdadeiro aficionado pela arte. Sob nenhuma circunstância correria o risco de se tornar um notório inimigo do progresso da arte. Concluiu dizendo que Beano não seria separado de seu amado cadáver por nem um minuto sequer, uma vez que seria colocado junto com ele na cela.

Beano agradeceu e disse que lembraria do magistrado por toda a sua existência porque ele agira como um verdadeiro francês. Depois perguntou se poderia falar comigo a sós, brevemente. O magistrado nos concedeu essa permissão.

"Pelo amor de Deus", sussurrei para ele, "deixe que levem o defunto de volta para o necrotério."

Ele sorriu para mim. "Não", disse, "escute-me e faça o que eu digo. Consegui me safar, como você viu, e terei aquela bolsa renovada enquanto estiver por aqui. Vá até Simonsohn, o homem do sr. Hahn que está no Hotel Royale, e conte o que aconteceu. Traga-o aqui pela manhã. Depois me arranje um bloco de papel de desenho bem volumoso e mande para minha cela. Tenho lápis comigo."

Tentei discutir com ele, mas não adiantou. Ele apenas sorriu. A última coisa que disse foi: "Navio destruído, caro amigo, ou baleia morta". Quando o carcereiro o conduziu para a cela, ainda conseguiu piscar para mim. Dois policiais colocaram o defunto em uma espécie de carrinho de mão e seguiram Beano com sua carga.

Despedimo-nos do magistrado, que ainda ria, e nos dirigimos para um café que dispunha de telefone. Um dos outros rapazes saiu para conseguir o papel de desenho enquanto eu tentava falar com Simonsohn. Contei a ele que Beano estava preso e expliquei o que acontecera. Ele pareceu bastante frio, mas prometeu estar na delegacia com um advogado francês para o julgamento.

Quando cheguei à delegacia na manhã seguinte, não havia ninguém com exceção de um sargento e do carcereiro. Pedi para ver Beano, mas o oficial encarregado recusou-se a me conceder essa permissão. O magistrado deixara ordens para que absolutamente ninguém se aproximasse da cela dele, nem mesmo policiais. O oficial se afastou para responder a um chamado e eu me aproximei do carcereiro. Diante de uma nota de 20 francos, ficou bastante amigável. Ele viu Beano quando foi à cela para lhe entregar o bloco de papel de desenho que conseguimos, mas não o viu mais desde então. Após alguma hesitação, contou que meu amigo fizera bastante barulho por volta das três da manhã, embora, por causa das ordens do magistrado, ninguém tenha investigado para saber o que era. As ordens eram incomuns, ele admitia, mas imaginava que a ideia do magistrado era aplicar-lhe uma lição por meio do susto, fazendo-o passar a noite na cela com o cadáver.

Ao perceber a chegada do magistrado, interrompi meu interrogatório com o carcereiro. Passado algum tempo, um grupo de amigos chegou, depois o sr. Simonsohn e o advogado francês. O advogado era um ex-juiz e conhecia bem o magistrado. Saíram juntos e foram ao escritório privado. Dirigi-me, então, a Simonsohn para ter com ele. Ele me pediu que explicasse o que acontecera. Fiz o melhor que pude para que a teorização em torno do homem de 1,80 metro soasse razoável e causasse alguma impressão próxima àquela obtida pelas palavras de Beano, mas eu não tinha a paixão necessária para isso. Estava preocupado com a bolsa. Embora eu estivesse longe de realizar um bom trabalho de argumentação, Simonsohn parecia impressionado e demonstrou simpatia. Chegou mesmo a suspirar quando eu terminei: "Ah, vocês artistas!".

Quando ele começou a falar, compreendi por que seu comportamento mudara tanto desde a noite passada, quando conversamos por telefone. Depois da minha chamada, um batalhão de jornalistas chegou ao hotel onde ele estava, querendo saber mais sobre Beano e sobre a Fundação Oscar Hahn. Como era o secretário da fundação, foi citado profusamente e a foto dele apareceu em alguns jornais pela manhã. Ele me mostrou essas fotos com bastante orgulho. Percebi que Beano conseguira e que a renovação da bolsa estava no papo.

Perguntei a Simonsohn o que o advogado pretendia fazer a respeito da denúncia por agressão. Ele disse que, caso não fosse possível negociar com o magistrado a suspensão da sentença, alegariam que o artista sofrera uma perda momentânea da razão e o enviariam para o interior por uma semana.

Enquanto conversávamos, a pequena corte da delegacia lotou com jornalistas, fotógrafos, americanos e curiosos. Ao sair para buscar o réu, o carcereiro permitiu que Simonsohn, o advogado, alguns repórteres e eu mesmo o acompanhássemos. Liderei essa procissão – que tinha certo tom triunfal – ao lado do carcereiro. Ele me explicou que Beano estava em uma cela especial reservada para bêbados e tipos violentos, separada do pavilhão principal por um longo corredor. Quando avistamos a cela, eu chamei: "Estamos aqui, Beano!". Minha ideia era alertá-lo, mas, como não obtive resposta, tive a premonição de que algo estava errado. Comecei a correr com o carcereiro logo atrás de mim.

Fui o primeiro a olhar através das grades. A cela estava envolta em sombras profundas, de modo que não consegui ver quase nada. Tudo o que pude sentir foi um poderoso fedor de formol e um segundo cheiro, ácido e irreconhecível. O carcereiro abriu a porta e eu saltei para dentro da cela na frente dele, enquanto estava ocupado retirando a chave da fechadura. Dei uma rápida olhada ao redor, mas não consegui ver o prisioneiro. "Ele se foi", soltei. O carcereiro deu uma olhada e agiu com rapidez. Forçou os outros a se afastarem e bateu a porta violentamente, fechando a cela comigo dentro, depois correu para dar o alarme.

Em uma das paredes da cela havia um banco com um cobertor e um travesseiro onde jazia o defunto. Estava em estado lastimável, quebrado e despedaçado. Um dos braços fora esfolado, deixando músculos, ossos e tendões expostos. Um canivete estava cravado no peito do morto e havia grandes feridas em sua barriga, de onde saltavam maços de algodão manchados. O chão encontrava-se coberto de papéis de desenho. Peguei uma das folhas e examinei o que havia nela. Vi que Beano tentara desenhar o braço esfolado. Era um desenho anatômico, embora bastante cru. Uma criança teria feito melhor.

Nesse momento, encontrei Beano. Ele estava debaixo do banco, parcialmente escondido pelas pernas do cadáver sentado. Permanecia encolhido em um canto, com o rosto voltado para a parede.

"Beano", gritei, "pelo amor de Deus, saia daí." Ele não se moveu e tive de empurrá-lo com o pé. "Basta disso", eu disse magoado. "Salte fora daí. Você se safou e Simonsohn me disse que eles vão renovar a bolsa." Implorei para ele: "Por favor, Beano, por favor". Mas ele não se movia ou falava.

Quando o carcereiro e alguns guardas irromperam na cela, eu mostrei onde Beano estava. Eles o pegaram de debaixo do banco e o arrastaram para o meio do cubículo. Ele estava com os olhos abertos e trazia o chapéu-coco, mas não podia – ou não queria – permanecer de pé. Não disse uma palavra. Quando ficamos mais próximos, pensei por um instante que ele piscara o olho discretamente para mim, mas não tenho certeza absoluta se isso realmente aconteceu.

Ele tinha se safado, de fato. Nem sequer formalizaram as acusações. E a bolsa foi renovada, de forma que ao menos a Fundação Hahn ainda o sustentava.

Simonsohn o enviou para o interior. Depois de uma semana, fui visitá-lo. Estava em um hospital que se parecia com uma casa de campo. Encontrei o médico encarregado e obtive permissão para vê-lo. Um funcionário me levou ao quarto. Beano ainda trazia o chapéu-coco na cabeça, mas o restante de suas roupas mudara, pois vestia um roupão de banho e pantufas.

"Olá, Beano", eu disse.

Ele não respondeu.

Dei uma risada de desconforto. "Corta essa", eu disse. "Você conseguiu o que queria. Sai dessa. O que diabos você quer a mais?"

Aparentemente, ele não me ouvia. Continuei conversando e nada do que eu dissesse parecia ter efeito nele. Permanecia na cama, me olhando. Quando me dei conta de que gritava histericamente, percebi que alcançara meu limite e me preparei para deixar o quarto.

Me virei uma última vez e disse: "Tudo bem, Beano, se você não vai falar nada, ao menos pisque para mim". Ele não se moveu.

Voltei para falar com o médico. Estava determinado a acabar com aquela brincadeira. "Ele é uma fraude", abri o jogo assim que cheguei ao escritório do médico. "A coisa toda é um esquema. Ele não é louco. Apenas fez a polícia de idiota."

O médico me ouviu e, depois que eu terminei, respondeu calmamente: "Foi o que pensamos quando ele chegou. Mas a direção do hospital agora está certa de que ele enlouqueceu. É completamente insano e não deverá deixar o asilo nunca mais".

Tentei argumentar.

"Escute", disse o médico, perdendo a paciência, "seu amigo simulou insanidade para escapar como um homem são. Os insanos às vezes são bem espertos, como você deve saber. Ele é um insano que sabe ser insano. Estou quase certo de que esteve internado em um hospital psiquiátrico antes. Em vez de esconder a doença, o que seria a coisa mais óbvia a fazer, ele escondeu apenas uma pequena parte dela, a parte mais grave, e usou o resto para esconder essa parcela escondida. Mas o fato é que ele está louco de verdade e, desta vez, foi longe demais."

No trem, de volta para Paris, continuei pensando no que o médico dissera e quase cheguei à conclusão de que o louco era ele. Mas o doutor deve ter razão no fim das contas, pois Beano continua internado em um sanatório.

Garoto da
Western Union[1]

Se você não estiver muito ocupado, um homem crescido vestindo o uniforme de um garoto da Western Union poderá revirar-lhe o estômago. Trata-se de uma visão tocante e, a não ser que esteja fazendo alguma outra coisa, você sentirá certa emoção. Eu sempre sinto.

Nem todos os garotos da Western Union entregam mensagens. Alguns deles são advogados, escritores etc. Mas todos estão ocupados fazendo alguma coisa, mesmo quando desempenham suas ocupações regulares, e é isso o que faz deles "garotos da Western Union". O que eles fazem sempre é fracassar, mecanicamente, embora também desesperada e seriamente. Estão fracassando a todo momento. A parte mecânica desse processo, aliás, é bem importante.

"Os garotos da Western Union" são ansiosos. Tentam, com empenho, agradar. Eles concedem a si próprios o espaço do sonho – tenho provas disso. Também vivem suas aventuras. Mas o que realmente os destaca é o fato de fracassarem. Você sabe disso e eles sabem que você sabe. Chegam a se divertir com o que eles mesmos fazem! Isso não acontece sempre, admito, mas o fato é que eles também se divertem. Quando o fazem, soltam um tipo peculiar de risada. Talvez pudesse ser catalogada entre a expressão emocionalmente devastada e o gesto heterogêneo do bufão, mas isso não é possível. De qualquer forma, o Reino dos Céus é pavimentado por "garotos da Western Union", ao menos assim espero.

Meu "garoto da Western Union" favorito é F. Winslow. Na faculdade, era conhecido apenas como F. Era de compleição apreciável e aparência razoável, mas tinha poucos amigos. Percebia-se instintivamente o uniforme da Western Union nele e assim, em geral, o evitavam.

Em seu último ano por lá, tornou-se famoso. A coisa toda aconteceu da seguinte forma. F era um sujeito caxias. Desejava ardentemente fazer tudo de maneira correta e trabalhou furiosamente para ser aceito na Phi Beta Kappa. Não conseguiu entrar por uma margem mínima de pontos no primeiro ano, mas estava certo de que alcançaria seu objetivo ao se tornar veterano. Preocupado com isso, decidiu não dar sopa para o azar e compareceu ao exame de Inglês 43 com uma cola no bolso. O exame foi fácil, de modo que não precisou usá-la, mas de uma forma ou de outra ele acabou misturando a cola com os papéis da prova, entregando tudo junto.

O decano resolveu fazer dele um exemplo e o expulsou da faculdade antes da graduação. Quando todos ficaram sabendo da história, ele foi a figura do campus por alguns dias.

Não voltei a ver F de novo até o dia em que ele apareceu em meu escritório. Eu trabalhava no ramo da construção civil naquela época. Nesse dia, minha secretária me informou que um homem desejava me ver, mas se recusava a explicar o que queria. Não sei exatamente por quê, mas pedi a ela que o deixasse entrar. Era F.

Não estava muito ocupado e me senti um pouco enojado assim que o vi. Apertamos as mãos. Perguntou se eu era um funcionário daquela empresa. Aquilo pareceu brincadeira, mas eu fiz que sim. Aí ele disse: "Me desculpe, mas eu tenho uma convocação para você". Ele estava realmente arrependido. Sorri e peguei a convocação. Era um caso de acidente de trabalho. Tentei fazer com que ele se sentisse melhor explicando que a empresa tinha cobertura total do seguro.

Pedi a ele que se sentasse. Estava pesado com a história que carregava – carregou-a por mais tempo que os usuais nove meses – e eu o ajudaria no trabalho de parto. Bem, como foi... Eu disse. As dores das contrações começaram imediatamente.

Parecia – era o inevitável começo – que, após a expulsão da faculdade, ele fora para Nova York a fim de fazer o curso de Direito. Tinha cerca de mil dólares, mas esperava fazê-los render com trabalhos de verão. No segundo semestre, foi atropelado por um automóvel que não parou para prestar socorro. O hospital pegou os mil dólares e o mais perto que conseguiu chegar das questões de Direito Penal – sim, ele era incansável – foi entregando documentos e convocações.

Estupidamente, perguntei como foi no trabalho. Talvez eu estivesse nervoso ou coisa assim.

Parece que os primeiros meses correram muito bem e ele conseguiu economizar quase o suficiente para voltar ao curso. Mas um dia teve de entregar uma convocação em uma vizinhança barra-pesada.

O sujeito que procurava era enorme e muito bêbado. Quando F entregou a papelada, o tal homem rasgou os documentos e jogou F escada abaixo. O sujeito foi preso, mas F voltou para o hospital.

Depois disso, conduzi-o depressa para fora do escritório.

Demorei uns bons anos para ver F novamente. Um dia, dei com ele em um bar clandestino. Estava bêbado. Ele se aproximou e colocou o braço ao redor do meu ombro – colegas de faculdade. A aparência dele sugeria que estava a ponto de chorar de tão alegre que ficou ao me ver. Os velhos rostos familiares, esse tipo de coisa. "Como anda a vida?", perguntei. "Está tudo bem, mas... pouparei os detalhes."

A bebida estava fazendo algo com ele. Começou a se analisar. Ou algo assim. Eu estava surpreso. Não que um "garoto da Western Union" não se permita a autoanálise, mas eles dificilmente o fazem da forma correta. F se saía muito bem nessa tarefa.

"Sou um jardineiro direito, estou sempre no lado onde o sol é mais forte", disse. "Estou sempre no lado direito."

A verdade é que essa era uma definição razoável de um "garoto da Western Union". Se você algum dia chegou a jogar beisebol, sabe muito bem do que ele está falando. Nas grandes ligas, o jardineiro direito é geralmente tão bom quanto os outros jardineiros externos, mas não nos jogos amadores. Nesse caso, é o último a ser escolhido, aquele que ninguém quer por perto. O jardineiro direito está sempre com o sol batendo nos olhos, é sempre o responsável pelos piores rebotes, está sempre correndo, nesses campos menores, na direção da cerca.

A bebida dotou F de sensibilidade poética. Mas estou sintetizando da melhor maneira possível o que ele disse. Aparentemente, ele sofria com pesadelos, ou talvez fosse um pesadelo recorrente. Ele estava em um jogo de beisebol que de fato acontecera anos atrás.

Tinha um primo que era o capitão do time de beisebol em Princeton. Todos os verões, esse primo, como era de praxe à época, organizava um time semiprofissional que jogava representando uma ou outra cidadezinha. Certa vez, representaram Mineville na Liga Adirondack. Ele deu a F a posição de jardineiro direito. F provou ser um bom jogador nos treinos, mas então veio o primeiro jogo. Mineville contra Pottersville no campo de Pottersville. Para mostrar que eram bem profissionais, todos os jogadores mascavam tabaco antes de o jogo começar. F nunca mascara aquilo antes, mas pegou uma porção por estar ansioso demais em fazer tudo direito.

O sol estava bem quente no lado direito, como sempre. A mistura do calor com o tabaco fez F se sentir bem tranquilo e confortável. De qualquer forma, estava com sorte: caminhavam para a quinta entrada sem que uma única bola tivesse sido rebatida para a posição que ocupava. Mas na quinta entrada, com um homem na segunda e na terceira, a bola voou para o lado direito do campo. F não se moveu, apenas para engolir a saliva cheia de tabaco. A bola o atingiu no peito. Ele foi jogado no chão e a buscou freneticamente na grama, mas estava com os olhos fechados e não conseguiu encontrá-la. O homem da primeira base teve de vir em seu auxílio para lhe entregar a bola. Quando abriu novamente os olhos, viu que seu primo avançava brandindo o taco em sua direção. F fugiu pelo campo e se escondeu no mato que ficava atrás da terceira base. O primo atingiu uns arbustos com o taco, procurando por ele, até que o juiz chamou todos para continuarem o jogo.

Quando a partida terminou, F saiu de seu esconderijo e voltou para o ônibus que levaria o time de volta para Mineville. Mas o primo, segurando o bastão, impediu que se aproximasse. Teve de pedir carona, ainda calçando aqueles sapatos pontudos de beisebol. À noite, arrumou suas coisas e voltou para casa.

F ainda sonhava com aquela quinta entrada e com o primo brandindo o bastão. Tal sonho o perturbava fazia uma semana.

Se me lembro corretamente, ele estava bastante bêbado ao terminar de contar a história, que depois afirmou representar um tipo de simbolismo. O primo representava a Vida, a bola era o Destino. Quanto ao ônibus, ele o chamou de O Esteio Necessário ou talvez fosse O Bem Público.

Algumas notas
sobre a violência

Existiria algum significado no fato de que quase todos os manuscritos por nós recebidos têm em seu núcleo a violência? Trata-se de um material que chega de quase todos os estados da União, de todo tipo de ambiente e, mesmo assim, tendo um nítido denominador comum na violência. Isso não quer dizer que tais narrativas sejam facílimas de escrever ou que esse seja o principal assunto na mente de jovens autores. Não haveria doçura e leveza preenchendo os manuscritos, rejeitados ou aceitos, que chegavam às revistas literárias antes da guerra ou imediatamente depois dela? Não começamos com a ideia de publicar apenas histórias de violência. Agora acreditamos que faríamos violência suprimindo-a.

—

Na América, a violência é idiomática. Basta ler os jornais. Para compor a primeira página, o assassino precisa ser imaginativo e utilizar um instrumento particularmente terrível. Peguemos uma notícia do jornal da manhã: PAI CORTA A GARGANTA DO FILHO EM DISCUSSÃO SOBRE BEISEBOL. Está em uma página interna. Para que fosse de primeira página, o sujeito deveria ter matado os três filhos com um taco de beisebol em vez de uma faca. Apenas prodigalidade e simetria tornariam interessante essa ocorrência diária.

—

Mas como o autor americano trabalha com a violência? Na edição de julho da *Criterion*, H. S. D. comenta uma história de nosso primeiro número na qual "... tudo é incrível como evento, apesar do detalhamento cuidadoso, simplesmente porque tais eventos não acontecem sem despertar as mais intensas emoções no público". (Será que H. S. D. quis dizer "no *peito* do público"?) Dessa forma (ainda segundo o crítico), "apenas uma descrição emocional da cena seria crível..." Crível para um inglês, provavelmente, ou mesmo para um europeu, mas não para um americano. Na América, a violência é diária. Se uma "descrição emocional" no sentido empregado pelos europeus fosse aplicada a um ato de violência, um americano provavelmente perguntaria "onde está a excitação" da cena ou diria "por Deus, esta é a mais bela e poderosa obra literária que já vi, isto é arte".

—

—

O que se entende por melodrama em termos de criação literária na Europa não o é necessariamente na América. Para que um escritor europeu consiga tornar a violência real, é necessário uma considerável atenção à psicologia e à sociologia. Muitas vezes são utilizadas umas trezentas páginas para motivar um pequeno crime. Mas não é esse o procedimento do autor americano. Seu público, mais bem preparado, não ficará surpreso ou chocado se houver licenças poéticas para eventos cotidianos. Esse público, ao ler um pequeno livro com oito ou dez assassinatos, não o condenará por excessivo melodrama. É grande a distância em relação aos antigos gregos e ainda maior em relação a essas pessoas que precisam do naturalismo de Zola ou do realismo de Flaubert para fazer a escrita parecer "artisticamente verdadeira".

—

Eurípides –
Um dramaturgo

O espalhafatoso melodrama *A cabana do pai Tomás*. As perversões de uma peça de Wycherly do período da Restauração. Os alertas sexuais do propagandista Brieux. O sensacionalismo sangrento do Velho Testamento. Os simbolismos de bilheteria de Carl Kapek. O tremular da bandeira nacional como George M. Cohan jamais conheceu. O prolongamento do longo braço da coincidência de um modo como Thomas Hardy nunca ousou. O triângulo eterno. Em suma, a arte do grande criador dramático grego, Eurípides.

Eurípides é uma base de referência móvel e uma consistente fonte de inspiração para o gênio de todas as civilizações posteriores. Sêneca, Dante, Racine, Corneille, Goethe, Grillplatzer, Milton, Keats, Shelley, Browning (esses nomes são como os dos deuses egípcios em termos de quantidade) devem muito a ele. Mesmo Shakespeare, que teve em *Hamlet* sua grande obra, realizou uma versão menor de *Hécuba* para provar seu mérito. A capacidade de citar Eurípides já salvou não apenas comediantes de rádio, em eventuais expedições na Sicília, mas também muitos intelectuais da moda, que possuem bons motivos para queimar oferendas no santuário de Eurípides. O fato peculiar a respeito desses empréstimos e reescritas por atacado é que não importa o quão grande seja o gênio do autor subsequente, ele falhará inevitavelmente. Eurípides, para explicar tal fenômeno, poderia parafrasear Shakespeare afirmando: "Quem rouba minhas ideias rouba algo mais barato que as batatas da Irlanda, enquanto aquele que rouba meu estilo, esse pilha minha essência". Assim, conseguimos uma explicação adequada e racional tanto das magníficas insuficiências de Sêneca quanto do plágio barato de Henri Bernstein.

Para uma mudança em direção à crítica mais particular de suas próprias peças em *Alceste*, Eurípides escreveu uma das melhores peças conhecidas, cheia de *pathos* verdadeiro e humor afiado, ambos convergindo eventualmente na direção do burlesco. O final feliz é entendido desde o início e o pesar nunca é sentimental. Essa é a peça que motivaria J. J. Chapman a dizer: "A burguesia levou sua família parcialmente crescida para ver".

Héracles está empertigado, sacudindo seu bastão e mostrando os bíceps. As mulheres lastimam-se, Admeto choraminga. Há graça e ferocidade, risos e lágrimas. E há um final feliz que ninguém espera, mas que é um deleite apesar disso. Alceste retorna e é aceito com discursos que um deus poderia citar. Não há pintura de Vermeer que possua metade dessa amável alegria ou de Gauguin que tenha tal colorido. É a peça que a Alice de Lewis Carroll veria do outro lado espelho.

Para Milton e para Swinburne, as peças gregas eram sinfonias de beleza, declamações solenes e cerimônia. Para mim, contudo, é mais – excitação, variedade e vida em movimento, pois em cada palavra há fagulhas de ação e em cada ação, fagulhas de humor. "Se quisermos compreender as peças gregas, devemos esquecer Milton e pensar mais em Molière", escreveu James Huneker. É o que devemos ter em mente quando lemos *As bacantes*. A maioria dos que estudam essa peça imaginam que se trata de uma alegoria mística ou uma espécie de paixão de Oberammergau. A respeito disso, I. T. Beckwith, em seu prefácio para *As bacantes*, afirmou o seguinte: "Uma peça na qual a fé celebra seus direitos e a descrença é colocada ao lado da vergonha deve, pela seriedade de sua essência e pelo fato de o sublime da inspiração religiosa a invadir o todo e determinar o brilho e a profundidade de seus enunciados, ter atingido grande fama na Antiguidade". De fato, foi muito lida, como o comprovam as frequentes citações e reminiscências de autores gregos e romanos, além de ser bastante citada.

"As odes do coro seguem a progressão das ações de perto, talvez de uma forma como em nenhuma outra peça de Eurípides, expressando emoções que acompanham a fé devota conforme ela atravessa estágios que vão da mais flutuante das esperanças até uma luta gradualmente mais sombria que desembocará em completo triunfo."

Vamos agora analisar o texto de *As bacantes*. De acordo com a lenda, as bacantes, seguidoras de Dionísio, rasgaram em pedaços Penteu por sua recusa a idolatrar o novo deus. Tanto Penteu quanto Dionísio são netos de Cadmo, um dos argonautas. No momento em que a história se inicia, Cadmo deixou o governo de Tebas para seu neto, Penteu.

Na abertura da peça, temos Dionísio explicando, à guisa de prólogo, que está disfarçado de mortal com as bacantes em seu rastro. Diz que retornou ao seu local de nascimento para punir a mãe de suas duas irmãs, que nunca levaram a sério a história de seu nascimento divino . Tebas logo descobrirá que Dionísio é um deus.

Depois temos um ato de *vaudeville* que é uma das melhores criações feitas para o palco. Na linha de frente, vemos Tirésias, o mítico vidente, e Cadmo, o grande e mítico heleno. James Huneker chama esses dois velhos de Moisés e Aarão. Eles surgem, vestidos para os ritos báquicos, com pequenos tirsos nas mãos e grinaldas de flores na cabeça, "festonados para o combate". Chapman oferece uma boa descrição desse "ato" em seu *Greek Genius*, em que podemos ler: "Os personagens são exibidos em sua velha e alegre riqueza, deliciados com a própria temeridade, sabendo que serão alvos da hilaridade, mas resolvem divertir a si mesmos".

A plateia provavelmente segurou com força seus guarda-chuvas, pois a coisa deve ter sido incrivelmente engraçada!

Os velhos simpáticos entram em cena, um encontro conforme fora previamente combinado, batem no ombro um do outro, admiram as roupas um do outro, juram que dançarão como nunca – sozinhos na cidade. Mas são espertos! "Não serão humilhados por sua velhice, não eles! Os deuses não distinguem entre o velho e o jovem, mas exigem a adoração de ambos: eles apertam as mãos em êxtase (mesmo Tirésias sendo cego) e estão para deixar a cena quando entra o sombrio e grosseiro Penteu. Como um florete para os dois velhos cavalheiros, Penteu é perfeito." Essa cena dos dois velhos pertence ao que há de mais sublime no drama.

O coro, após a saída de ambos, canta um hino em celebração a Baco e Vênus. Esse hino é a maneira como P. Descharme imagina o sublime religioso, enquanto para A. W. Verral se trata de uma irreverente canção de bêbados. Mas não é nem de canção de bêbados nem de hino religioso, na opinião de Chapman. É algo tão refinado quanto a estatuária de Praxíteles, mas também convencional. Eu arriscaria dizer que se trata de poesia da melhor qualidade.

Praticamente não há página nessa peça em que não esteja presente o medo, tipicamente grego, de ser ridicularizado. Quando Dionísio descreve seu triunfo sobre Penteu no estábulo, a punição daquele torna-se mais drástica por causa do ridículo a que está sujeito. (Mesmo Medeia mata os filhos por causa do medo que tinha de ser ridicularizada por sua falta de sucesso na vida.) Não posso seguir detalhando a peça, mas não há maneira de entrar em contato com ela sem que se desperte o desejo, uma vez desertado, de escrever e nunca mais parar. Não há um único momento da peça que não seja dinâmico e estimulante.

Em suma, sinto agora o desejo de tentar exprimir um elogio inexprimível, mas percebo que não sou capaz de fazê-lo. O máximo que posso conseguir é jogar algumas flores de loureiro sujas no Parnaso, amontoando-as com as de admiradores mais capazes.

Quando lemos Eurípides, nos vemos prontos para classificá-lo ora como satirista, ora como homem de elevados sentimentos. Obviamente, ele era as duas coisas. Algumas vezes parece que estamos diante de um homem religioso e outras, de um charlatão. Obviamente, ele não era nenhum dos dois. Era um grande dramaturgo.

[ensaio]
Um apocalipse cinematográfico

Persistência das imagens destrutivas
de Nathanael West

Por Alcebíades Diniz

Dos benefícios do ridículo

Em seu ensaio sobre o suicídio, *O mito de Sísifo*, Albert Camus afirma que todos os heróis de Dostoiévski seriam modernos por – ao questionarem o sentido da vida – não terem medo do ridículo a que se expõem. Segundo o que Camus nos diz, podemos concluir que a modernidade na Arte e na Literatura está configurada a partir do questionamento da vida e do fato de se aproveitar os aparentes benefícios que o ridículo desse questionamento eventualmente proporcione. Mas que exposição ao ridículo seria essa? Provavelmente, Camus se referia à óbvia existência humana como se apresentava no século XIX. Rastreada pelas Ciências Naturais, esquadrinhada pela Medicina, encaixada por teorizações universalmente aceitas nos mais diversos campos, da Biologia à Teologia, parecia uma questão de tempo para que o *lugar do homem no universo* acabasse determinado por uma equação. O início do século XX, apesar de avanços promissores no campo do assassinato – notadamente coletivo –, ainda preservou intactas algumas das promessas do século anterior. Embora em plena crise mundial provocada pela Grande Depressão, ainda havia certa dose de otimismo e esperança – mesmo que os fardos de comida fossem destruídos pelo fogo (pois nada valiam), que executivos cometessem suicídio ao deixar a condição de ricos milionários para a de mendigos possuidores apenas da roupa que cobria seus corpos e que economistas propusessem "remédios" mais ou menos amargos para o desemprego em massa, como cavar e depois tapar buracos no chão. Mas esse otimismo, cultivado pelo desespero e não mais pela certeza, tornou-se um terreno fértil para as loucuras mais tenebrosas que marcariam com tonalidades tão intensas a história dos últimos cento e poucos anos.

Nesse ponto, voltamos à ideia de modernidade de Camus: o autor que se debruça nos questionamentos mais fundamentais da vida humana, sem temer as consequências ou a imagem terrível que daí possa emergir, nem mesmo o sorriso amarelo de certo cinismo automático e autoindulgente diante da caracterização precisa, cirúrgica, do sofrimento humano, uma caracterização que não raro parece e necessita evocar a arte, notadamente as representações crispadas e torturadas do Renascimento, do Barroco e do Romantismo. Camus pensava, é claro, em Dostoiévski, mas a mesma "coragem" transparece nos escritos de um dos mais capazes descendentes do mestre russo: o escritor, roteirista e satirista norte-americano Nathanael West, *nom de plume* de Nathan Weinstein (1903-1940), cuja morte prematura, moderníssima de certa forma, em um acidente de carro – que também vitimou sua esposa, Eileen McKenney –, interrompeu uma carreira que já era brilhante cedo demais. Voltavam – detalhe que serve como camada surrealista adicional, que talvez não desgostasse o autor se pudesse escrever ou editar seu próprio violento fim – de uma caçada no México.

Filho de judeus asquenazes emigrados da cidade de Kovno (à época localizada na Rússia; hoje, na Lituânia) para Nova York. Os pais de West estavam longe de ser pobres e, no novo país, conseguiram manter-se com segurança na classe média alta que vivia em Upper West Side. O jovem, contudo, tinha escasso interesse por atividades acadêmicas, o que se comprova pelo fato de entrar em universidades utilizando papéis e currículos forjados nos anos 1920. Foi assim que acabou na Brown University, com o currículo de notas de um colega que tinha o mesmo nome que ele, Nathan Weinstein. Lá, com sua *identidade* furtada, o interesse evidentemente não era acompanhar aulas e exposições dos professores, mas sim ler intensamente. O jovem West percebia, como muitos antes e depois dele, o processo pelo qual a universidade pôde se ver transformada, de um centro do conhecimento possível, em túmulo de toda a espontaneidade e descoberta. Nesse sentido, são os livros os salvadores da vida universitária e West foi dragado por eles em seu curto período acadêmico. Menciona-se, com frequência, o fato de West não ter grande interesse pela tradição do Realismo e Naturalismo norte-americanos – personificados por autores como Frank Norris ou Theodore Dreiser, de certo modo contemporâneos de West e influentes no primeiro cinema americano –, optando pelos surrealistas franceses e pelos poetas vanguardistas britânicos e irlandeses, especialmente Oscar Wilde. Dostoiévski também era um autor visitado com frequência. Mas esse foco na modernidade narrativa e ficcional nunca tirou o apreço que West sentia pela tradição da tragédia grega – algo demonstrado com clareza no ensaio sobre Eurípides que incluímos aqui –, que sempre revisitava e da qual extraiu concepções preciosas. Obteve a graduação, mas não sem antes participar, de forma bizarra, do cotidiano universitário. Péssimo em esportes – seu fôlego curto e falta de ânimo para as atividades curriculares de modo geral lhe valeram o apelido irônico de "Pep" (redução do termo *pepping*, ou seja, alguém dotado de pleno vigor físico) –, foi atingido por uma bola durante um jogo de beisebol do qual participara por ser o dono de uma das luvas. Na versão de West – que pode ou não ser imaginária –, essa inabilidade quase lhe custara a vida: como muitos colegas e professores apostaram no time, perseguiram o péssimo jogador com bastões e outras armas. Segundo West, só escapara com vida porque conseguiu se embrenhar e esconder na floresta perto do campus.

Após essa primeira experiência direta – real ou imaginária, isso pouco importa – com o furor da massa, que inspiraria o conto *Garoto da Western Union*, West se mudou para Paris, onde permaneceu por três meses. Foi nesse momento que Nathan Weinstein, o Pep, e mesmo "Nathan Von Wallenstein Weinstein" (nome que utilizara em escritos juvenis publicados em periódicos da Brown University) deram lugar a Nathanael West. Segundo Jonathan Lethem – no ensaio *The American Vicarious* –, nosso autor costumava fazer piada com o "West" de seu urbano pseudônimo, que dizia ter origem na mais famosa frase de Horace Greeley (1811-1872), o fundador do Partido Republicano nos Estados Unidos: "Para o Oeste, meu jovem, para o Oeste".

A efervescência da Europa – especialmente de Paris – nos anos 1920 atingiria em cheio West e seria fundamental para a cristalização de seu estilo e visão de mundo. Contudo, a tranquilidade econômica da família de West acabou no final dos anos 1920 e ele teve de trabalhar algumas vezes na construção civil, ao lado do pai, além de ocupar alguns empregos temporários. Um desses foi no Hotel Kenmore Hall, em Manhattan, onde testemunhou casos que inspirariam momentos de *O Dia do Gafanhoto*. Foi quando conseguiu o emprego no hotel, que proporcionava noites tranquilas para que o jovem autor refinasse seus textos, que pôde finalizar a novela *Miss Lonelyhearts* (1933). Mas já em 1931 publicaria outra novela, *The Dream Life of Balso Snell*, que concebera ainda na faculdade. Com *Miss Lonelyhearts*, foi incluído no pequeno cenáculo de jovens autores nova-iorquinos dos anos 1930, que contava ainda com William Carlos Williams e Dashiell Hammett. Em 1933, foi contratado pela Columbia Pictures como roteirista especializado em filmes de baixo orçamento.

Quando começou a elaborar sua novela mais ambiciosa, *O Dia do Gafanhoto*, vivia, como o protagonista Tod Hackett, em quartinhos no Hollywood Boulevard, local onde pôde conhecer de perto todos os figurantes e aspirantes que sonhavam com o estrelato hollywoodiano que povoam a novela mais apocalíptica que já escreveu. Posteriormente, foi contratado pela RKO Radio Pictures, produtora para a qual escreveu um roteiro alternativo da adaptação do romance *Before the Fact*, de Frances Iles, que seria abandonado quando Alfred Hitchcock rodou sua versão, *Suspiction* (1941).[1] Nesse momento de renovação de sua carreira, West encontraria a morte na pequena El Centro, na Califórnia.

Assim, a breve mas intensa obra de Nathanael West colocou em cena contradições e paradoxos complexos, tendo em vista a tradição literária de seu país, a terrível realidade social de seu turbulento momento histórico, a influência perene das vanguardas europeias e da tragédia grega, o papel do cinema e da violência em uma cultura em processo de desagregação. Seus personagens perambulam em um mundo destroçado por um caos econômico absoluto e pela esperança absurda em dias melhores, pela fantasia de sucesso ou de recuperação diante do existencialmente irreparável. Com *O Dia do Gafanhoto*, novela que lhe consumiu quatro anos de trabalho, constitui algo bem próximo daquilo que Camus percebia em Dostoiévski: um mergulho – que não teme e até utiliza o ridículo como um recurso crítico – nas vidas despedaçadas que, embora situadas oitenta anos atrás, parecem tão próximas de nós.

---

1 O roteiro de West, escrito em colaboração com Boris Ingster, foi abandonado em prol de outro, elaborado por Samson Raphaelson, Joan Harrison e Alma Reville.

A pregação no deserto

A primeira grande novela de West – para muitos, sua obra-prima – foi *Miss Lonelyhearts*, que, ambientada em sua Nova York natal, capta na estrutura da trama algumas características dessa cidade – a vertigem, a necessidade de verticalização, a ilusão ascensional. Para *O Dia do Gafanhoto*, a ambientação era outra: Los Angeles e um dos seus principais distritos, Hollywood, localidade para a qual o autor se mudara em virtude de contratos e questões profissionais. Novamente, West demonstra uma aguçada percepção e capacidade de recriar um universo urbano em forma de narrativa – agora temos o deserto que se choca com o oceano, a esterilidade e a vitalidade febril, a claustrofóbica percepção da massa humana e a solidão de espaços inóspitos e selvagens, apenas superficialmente domados pela civilização. Mas essa percepção não se restringe ao aspecto urbanístico e arquitetônico, a uma abstração mimética de uma grande cidade, como vemos em obras de certas tendências formalistas da narrativa contemporânea, ao estilo de *Projet pour une révolution à New York* (1970), de Alain Robbe-Grillet. West possuía um inegável talento: o de ouvinte. Ao leitor, é perceptível como esses personagens são animados por uma vitalidade brutal, o quanto de experiência viva, de experiência humana, existe nessas vidas trágicas e grotescas. Embora com mais pontos em comum do que imaginaria o próprio West, também não se trata da reconstrução de uma cidade pela projeção de painéis naturalistas, baseados em categorias supostamente científicas e estáticas, como lemos nas novelas de Frank Norris, famoso autor naturalista que também teceu suas histórias de cidades e estados dos Estados Unidos: São Francisco, Califórnia, Chicago.

Mesmo narrativas urbanas mais radicais, como *Manhattan Transfer* (1925), de John Dos Passos, e *Berlin Alexanderplatz* (1928), de Alfred Döblin, embora mais próximas do universo de nosso autor, possuem diferenças fundamentais, especialmente no que tange ao uso de certos dispositivos textuais vanguardistas como a colagem, a escrita automática e o objeto encontrado. Em Dos Passos e Döblin, o uso desses procedimentos é sistemático e programático, uma tentativa de reproduzir os movimentos e mecanismos da cidade na própria forma de narrar; em West, há a evocação do universo urbano por meio de vivências traumáticas, experiências subjetivas evocadas em que se reproduz algo da tragédia grega – até mesmo o coro da tragédia é retomado, como vemos em *O Dia do Gafanhoto*, com o uso de canções populares pontuando a trama – e na qual os dispositivos da vanguarda estão harmonicamente relacionados com essa atualização do efeito catártico da tragédia. Se pudéssemos escolher uma referência, uma afinidade eletiva das duas principais novelas de West, talvez nossa eleição seria a narrativa curta, lúdica e onírica de Dostoiévski, *Noites brancas* (1848), em que o protagonista perambula por uma São Petersburgo enlouquecedora e perpetuamente iluminada pelo sol. Assim, as duas principais novelas de West, *Miss Lonelyhearts* e *O Dia do Gafanhoto*, tecem um quadro amplo, mas nunca estático:

poética que se baseia em pequenos sinais, em momentos breves, em percepções subjetivas, em visões angustiadas e assombradas das grandes cidades americanas – encarnadas em seus dois mais acabados e paradoxais modelos, Nova York e Los Angeles – materializadas em um ponto fundamental que é o apocalipse, em todos os sentidos que essa expressão de raiz grega tem a nos oferecer.

O significado literal da palavra "apocalipse", tendo em vista sua origem grega, é "revelação", a retirada de um véu que obscurecia. É curioso o fato de uma ideia objetiva como a de apocalipse ganhar na atualidade o sentido popular de subgênero da ficção científica e da narrativa de terror – histórias ambientadas em locais decrépitos, a lembrança distante de cidades e civilizações extintas, enquanto os poucos sobreviventes humanos com os quais nos identificamos lutam contra horrores de intensidade diversa, de mortos-vivos a ameaças radioativas. Identifica-se nessa aproximação a ideia obsediante de extinção e fim de tudo, algo que sem dúvida está na essência do apocalipse narrativo mais famoso, aquele escrito por João de Patmos e que encerra o Novo Testamento. O Apocalipse de João é um livro constituído de visões terríveis e obscuras, relacionadas à esperança de fim da humanidade e do sofrimento pela destruição divina dos inimigos da cristandade e pelo surgimento de uma Jerusalém celeste como pagamento aos piedosos por seus martírios e padecimentos. O livro de João não foi o primeiro, na Bíblia, a conter revelações – basta ver, ainda no Antigo Testamento, o livro de Daniel –, mas o poder de sugestão das imagens, o caráter definitivo e decisivo de todas elas, fez desse apocalipse *o* Apocalipse (com A maiúsculo), um texto fundamental não apenas no cânon do cristianismo, mas influência definitiva para a maneira como o Ocidente passou a pensar sobre suas opções diante do Fim, que poderia ser de sofrimento vivo ou de suave deleite. A partir da narrativa elíptica do Apocalipse, a humanidade pôde testemunhar políticas e possibilidades mais e mais tenebrosas de destruição, didaticamente empregadas para o controle de mentes e corpos, mas que, eventualmente, explodiam na forma de cruzadas, de *pogroms*, de perseguições, de guerras entre seitas e grupos religiosos e políticos. Não por acaso, D. H. Lawrence, em seu ensaio sobre o Apocalipse – o último texto que escreveu, em 1930 –, afirma que o Apocalipse talvez seja o livro mais detestável da Bíblia, ao menos superficialmente. E isso, ainda segundo Lawrence, se deve à bombástica pompa que orna a linguagem da revelação bíblica, que parece sempre, mesmo em seus trechos mais belos e fascinantes, trombeteada pela voz de um pastor com ares reformadores.

Contudo, o Apocalipse também inspirou infindáveis releituras artísticas que relativizaram o peso do fanatismo que tal obra inicialmente inspiraria. Das pinturas de John Martin a filmes como *O planeta dos macacos* (1968), de Franklin J. Schaffner, do *Beato de Liébana* – edição medieval comentada do Apocalipse com extraordinárias iluminuras, publicada na Espanha – ao poema *Scented Herbage of My Breast*, de Walt Whitman, cujo final reproduzimos a seguir (na tradução de José Agostinho Baptista):

"Porque enfim compreendo que és os
conteúdos essenciais,
Que, por qualquer razão, te escondes
nestas mutáveis formas de vida, e que elas
existem sobretudo para ti,
Que, para além delas, surges e permaneces,
tu, realidade real,
Que, sob a máscara das coisas
materiais, aguardas pacientemente,
não importa quanto tempo,
Que, talvez um dia, tudo dominarás,
Que talvez dissipes todo esse imenso
desfile de aparências,
Que talvez seja para ti que tudo existe,
mas não perdura,
Mas tu perdurarás."[2]

*For now it is convey'd to me that you are the
purports essential,
That you hide in these shifting forms of life, for
reasons, and that
they are mainly for you,
That you beyond them come forth to remain, the
real reality,
That behind the mask of materials you patiently
wait, no matter*

2   WHITMAN, Walt. *Cálamo*. Lisboa: Assírio & Alvim, 1999.

how long,
That you will one day perhaps take control of all,
That you will perhaps dissipate this entire show of
appearance,
That may-be you are what it is all for, but it does not
last so very
long,
But you will last very long.

Não seria absurdo dizer que a novela *O Dia do Gafa-nhoto* é herdeira do Apocalipse de João e de uma forma bem mais direta que as muitas fantasias de aniquilação surgidas na esteira da obra de um autor imaginativo como H. G. Wells, no final do século XIX. É bem verdade que o poderoso título seja a primeira referência mais direta ao universo bíblico e apocalíptico: o gafanhoto, a praga temida pelos povos do deserto, o pequeno inseto devorador que, reunido em nuvens de número incontável, aniquilava a verdura do campo e o alimento das nações. A mais espetacular e destrutiva aparição dos gafanhotos na Bíblia ocorre no Êxodo, capítulo 10, quando Moisés, cumprindo ditames de Iaweh, evocou a praga para "comer toda a erva da terra, todo o fruto das árvores". Mas houve outras aparições igualmente magníficas. O profeta Joel, em seu livro de revelações, evoca a praga dos gafanhotos por meio de complexas analogias imagéticas entre o inseto e suas diferentes fases de vida, da larva ao animal adulto. É muito provável que West, apreciador das místicas de diversas religiões, tivesse em mente, ao optar pelo título definitivo de *The Day of the Locust*, o seguinte trecho do profeta Joel: "Porque um povo subiu contra a minha terra, poderoso e inumerável; seus dentes são dentes de leão, ele tem mandíbulas de leoa". As massas humanas, ferozes e impiedosas, possuem algo dos gafanhotos de Joel. Contudo, a visão apocalíptica de West não está confinada apenas a curiosidades da trama e citações diretas. É bem verdade que esse título foi imaginado depois: de acordo com Jay Martin, biógrafo de West, o título original seria *The Cheated*, literalmente "o enganado", uma alusão ao papel de miragem ilusória no deserto desempenhado por Los Angeles, de um modo geral, e por Hollywood, em particular, na novela. Na trama, acompanhamos o jovem pintor Tod Hackett, que trabalha em um estúdio de Hollywood, pelos estranhos caminhos que a cidade do sonho cinematográfico parecia oferecer aos seus moradores. Outros personagens surgem, marcados por uma caracterização ao mesmo tempo rigorosa e espasmódica, como seres saídos de um quadro expressionista: Faye Greener, cuja beleza arrasadora combinava com a superficialidade impiedosa; seu pai, Harry, palhaço fracassado e mentiroso compulsivo, espécie de Bovary em um universo propenso ao autoengano e à autopiedade; Homer Simpson, homem cuja bondade essencial o levará à loucura, ao crime, à morte. Essa galeria de personagens, *outsiders* que buscam sobreviver mantendo as promessas e o universo interior de esperanças, bem como o protagonista, trafega por ambientes diversos, de estúdios gigantescos a bordéis, de casas dos milionários enriquecidos com a indústria do cinema a hotéis baratos e rinhas de galo improvisadas. O universo evocado por esses quadros é paradoxal: a abertura das perspectivas, dos vales e desfiladeiros, do sol e do oceano, torna-se estreita pelo efeito psíquico da condenação ao fracasso de tantos sonhos, da impossibilidade de uma felicidade total e completa, gratuita e para todos como a publicidade de Hollywood parece sugerir, da fúria que transforma a descoberta desse logro.

Ao formatar a trama em quadros cuja associação surge mais ou menos livre, articulados pela visão *pictórica* do protagonista – o pintor aspirante Tod Hackett –, a linguagem da narrativa torna-se uma *visão* contínua, na qual os fluxos oníricos, a descrição realista e o registro imaginário/simbólico se mesclam, como nas composições dos artistas evocados pela trama – Goya, Daumier, Salvator Rosa, Francesco Guardi, Monsù Desiderio. O imenso painel que Tod Hackett planeja criar e que é *construído* ao longo da trama até a evocação climática e definitiva no desfecho, *O incêndio de Los Angeles*, torna-se metáfora viva e a própria realização da novela, que *se transforma* no quadro imaginado – pois é mencionado apenas em estágio de esboços e estudos durante toda a narrativa – do protagonista. A narrativa que se torna visualidade, a palavra que transforma, por meio da imagem, a opacidade do mundo em símbolo, passível de leitura interpretativa – talvez o que haja de mais puro e verdadeiro em todos os apocalipses bíblicos e, ainda mais, no Apocalipse de João –, se realiza de maneira completa em *O Dia do Gafanhoto*. Assim, à estrutura catártica da tragédia, West adiciona a natureza visionária e simbólica do texto bíblico, que torna mais evidente por que a linguagem livre de West não pode ser resumida apenas às influências do Surrealismo. Há algo de jornalístico na tentativa de se aproximar de uma realidade percebida nesses fluxos da consciência – como a longa "confissão" de Homer Simpson após a fuga de sua *femme fatale*, Faye Greener, ou a fantasia de estupro que Tod Hackett alimenta em relação à mesma Faye – de West, como bem percebeu o crítico Richard Rayner em resenha recente para o *L.A. Times*, mas a metodologia eventualmente documental não resume os esforços do autor. Uma estranha síntese entre a tragédia clássica e a mística judaico-cristã – que surge das formas mais variadas na novela, como em gurus e líderes de grupos de dieta e seus adeptos – torna a experiência de leitura a um só tempo comovente e feroz.

A novela *O Dia do Gafanhoto* foi a obra mais complexa e ambiciosa de West. Evidentemente, o foco em uma obra considerada tão importante pelo autor se espalhou para outras obras, produzidas antes ou depois, como podemos ver na seleção de textos diversos – poesia, ensaio e contos – que consta do espólio de West, publicado na série *The Library of America*. A visão agridoce das políticas de bastidores em Hollywood, a agressividade da multidão, a relevância da tragédia de Eurípides, a natureza da violência no imaginário dos Estados Unidos, o artista e seu mundo no início do século XX – esses temas, desenvolvidos de uma forma ou de outra em *O Dia do Gafanhoto*, surgem nessas peças menores em extensão, mas reveladoras de um raro talento para a caricatura e para o grotesco tanto em escala apocalíptica quanto em proporção menor, dentro do clima mais ameno da comédia de costumes.

Farsas e homenagens

O Dia do Gafanhoto recebeu uma excelente adaptação cinematográfica em 1975. O filme foi dirigido por John Schlesinger e estrelado por Donald Sutherland, Karen Black, Burgess Meredith e William Atherton. A transformação das visões de West em filme provavelmente seria entendida como uma ironia pelo autor, cujo emprego como roteirista em Hollywood tinha seu glamour, por assim dizer, encarnado na criação de roteiros para filmes B ou para argumentos de filmes engavetados. É bem verdade que a rigorosa adaptação de Schlesinger – escrita por Waldo Salt, que trabalhou no roteiro de outros filmes de grande impacto nos anos 1970, como *Serpico* e *Midnight Cowboy* – segue a novela com fidelidade, minúcia, respeito. Afinal, desde sua morte, West se consagrou como um dos maiores prosadores da América e mesmo seu brutal cinismo, sua crítica áspera, sua síntese entre tragédia e mística judaico-cristã pareciam elementos relativamente fáceis de absorver. É bem verdade que as crises e ameaças de guerra e destruição em massa que pendiam do horizonte nos anos 1970 facilitaram a aceitação de um filme baseado em uma narrativa como *O Dia do Gafanhoto*. Mas o fato é que a visão única de West foi a responsável por essa permanência, uma visão apreensiva e espasmódica que compartilhava com outros à época. Em 1934, Cole Porter compôs uma canção a respeito de uma dama da sociedade que, após matar o homem que a seduziu e abandonou, acaba linchada pela multidão. A linguagem compacta e a ironia fina de Porter parecem antecipar algo da novela de West.

Miss Otis Regrets
Cole Porter

A srta. Otis lamenta, mas não comparecerá ao
almoço hoje.
Ao acordar e perceber que o amor da sua vida se foi,
madame.
Ela perseguiu o homem que a levou ao fundo do
poço.
E debaixo de seu aveludado vestido,

Sacou uma arma com a qual abateu esse amor
pérfido, madame.

A srta. Otis lamenta, mas não comparecerá ao
almoço, por ora.
Quando o populacho a pegou e arrastou para a
prisão, madame,
Descobriram no caminho um velho salgueiro para
a jovem senhora.

E no momento em que ela morreu,
Levantou a cabeça e gritou,
Madame...
A srta. Otis lamenta, mas não comparecerá ao
almoço hoje.

Miss Otis regrets she's unable to lunch today.
When she woke up and found, that her dream of love
was gone, Madam.
She ran to the man who had lead her so far astray.
And from under a velvet gown,

She drew a gun and shot her lover down, Madam.
Miss Otis regrets she's unable to lunch today.
When the mob came and got her and dragged her
from the jail, Madam,
They strung her from the old willow cross the way.

And the moment before she died,
She lifted up her lovely head and cried,
Madam...
Miss Otis regrets she's unable to lunch today.

Em Nathanael West, como na canção de Porter, a essência trágica da realidade nunca perde seu aspecto burlesco, banal, vulgar e grotesco, embora – igualmente – nunca se resuma apenas a esse lado cômico. A tragédia se desdobra em uma visão contínua da terra – mesmo a prometida, mesmo aquela que nossos ancestrais garantiram ser o Lar dos Bravos – como um inferno, do qual não se escapa sem sequelas e mutilações. De certa forma, uma obra como *O Dia do Gafanhoto* transcende o apocalipse e a tragédia, gêneros da Antiguidade que nosso autor tanto admirava, pois ambos ainda pressupunham uma recuperação, pela catarse ou pela esperança e fé. A confiança que resta em West parece se concentrar na possibilidade e na promessa de seus marginais, na preservação da humanidade nos oprimidos, apesar de tantas forças exigindo o contrário. Como bem definiu o poeta W. H. Auden em seu *The Dyer's Hand* (1962), West escreveu "parábolas sobre o Reino dos Infernos cujo chefe parece ser menos o Senhor das Mentiras que o Senhor dos Desejos". O desejo é a chave do Mal: apenas o controle do desejo pode fornecer, se não alívio, iluminação, que surge como um golpe na percepção dos personagens. De fato, o mundo de West é o inferno na terra, mas um inferno tão grotesco que a percepção de seus limites cômicos poderia nos fazer, como Tod Hackett, gargalhar enquanto imitamos a ensurdecedora sirene de nossos insaciáveis carros de polícia e ambulâncias.

[notas e comentários]

Sobre o poema *Queimem as cidades*

Dentro da obra conhecida de West, trata-se do único poema, escrito provavelmente no início dos anos 1930. Chegou a ter uma versão – de título *Christmass Poem* (algo como "Poema de Natal") – publicada na revista *Contempo* em 21 de fevereiro de 1933. Trata-se de uma visão mais convencional e direta do Apocalipse, que se expressa em visões da destruição de grandes metrópoles. A repetição rítmica que anima o poema em prosa, com sua progressão na qual as imagens arrasam cidade após cidade, retoma algumas das grandes conquistas do precursor da poética moderna, Walt Whitman. Ao mesmo tempo, os procedimentos empregados por West antecipam e prenunciam certas construções poéticas que tentaram, especialmente após a Segunda Guerra Mundial, evocar a fúria destrutiva por meio de uma poética visionária. Poemas como *Todes Fugue*, de Paul Celan, *The Rhyme of the Flying Bomb*, de Mervyn Peake, ou *Rosa de Hiroshima*, do brasileiro Vinicius de Morais, além de composições em prosa filosófica e poética ao estilo de *Der Untergang*, de Hans Erich Nossack, ao retratar as catástrofes da Segunda Guerra Mundial (respectivamente, o Holocausto, o bombardeio de Londres, a destruição atômica de Hiroshima e o bombardeio de Hamburgo), evocam o horror absoluto pelo recurso das imagens, única forma que resta ao poeta/autor de deixar um registro imagético capaz de evocar o horror absoluto por ele testemunhado ou sentido, um horror que parece ultrapassar os limites da linguagem. De fato, o poema de West surge ao leitor contemporâneo como absolutamente profético, pois pouco tempo depois Londres arderia nas chamas que, décadas depois, envolveriam até Nova York.

Sobre os contos *Três esquimós*, *Acordo comercial*, *O impostor* e *Garoto da Western Union*

Se considerarmos o romance como a forma narrativa mais privilegiada de nossa sociedade – como muitos estudiosos o fazem –, então se torna imprescindível a qualquer autor escrever romances que, se bem realizados, quem sabe não passem para o cânone local ou universal como obras-primas. Autores que, deliberada ou involuntariamente, não escrevem romances – como Edgar Allan Poe, H. P. Lovecraft ou Jorge Luis Borges – e assim violam a regra não escrita a respeito do valor cultural de suas invenções narrativas são, em geral, responsáveis por um universo ficcional estranho e rico, complexo e limitado. Nathanael West é um autor que pertence a esse grupo de autores que não escreveram romances: seja pela morte prematura, seja pelo trabalho duro que realizava em Hollywood ou por opção individual, a produção de West volta-se essencialmente para peças curtas, embora variadas. Assim, os contos que escreveu são particularmente reveladores: concentram aspectos dispersos nas novelas, tornando mais claro o talento aguçado de West para a caricatura – situações absurdas se desenvolvem como fatos cotidianos que poderiam estar nas notícias de jornal, tipos grotescos ganham características razoáveis, tocantes, até mesmo certo desenvolvimento psicológico.

Três esquimós é um fragmento incompleto que foi levado a público posteriormente, no compêndio de obras completas do autor publicado na série *The Library of America*. É bem provável que tenha sido escrito durante ou após o desenvolvimento de *O Dia do Gafanhoto*, uma vez que trata de uma família de figurantes, esquimós transladados do Alasca para a Califórnia e expatriados dentro do vasto território da América do Norte, à semelhança dos melhores amigos de Harry Greener na novela. O fragmento é extremamente breve, o que dificulta uma análise pormenorizada, mas é possível perceber – na ideia do filme que exigiu esquimós "de verdade" para ser realizado – a ironia e o gosto de West por trabalhar absurdos cotidianos, revelados em toda a sua dimensão agônica, que faz deles verdadeiros exercícios de automatismo surrealista, ainda que completamente vinculados à realidade prosaica, do dia a dia cinzento e aparentemente uniforme.

Por outro lado, *Acordo comercial* é uma reflexão em torno do cotidiano de West, autor pago a soldo dos grandes estúdios de Hollywood para desenvolver os mais diversos roteiros. Inicialmente, parece que estamos diante de um clichê romântico: o desalmado empresário do *business* artístico confronta seu explorado operário, o artista, o roteirista. Mas esse expediente temático emprestado ao Romantismo é apenas um pretexto para o jogo caricatural – expresso no nome dos personagens, do estúdio, no cenário e no próprio andamento da trama. Assim, em vez do artista idealista que se bate contra o empresário desalmado que só pensa em lucros, temos uma situação em que dois antagonistas lutam pela melhor *pechincha*, pelo preço que consideram mais justo por um produto. A exploração do trabalho criativo por estúdios que produziam enorme quantidade de filmes ruins, mas vendáveis, era algo que West conhecia até as entranhas – mas isso não significou reduzir o seu personagem, o roteirista Charlie Baer, à impotência diante das maquinações empresariais. Baer consegue reagir à altura diante da exploração de seu empresário e impor o *seu* preço, ainda que essa vitória seja, claramente, temporária – o dono do estúdio, detentor de um poderio econômico que permite a ele devanear a respeito da compra de outros estúdios, concedeu apenas alguns dólares semanais para que seu funcionário produzisse filmes de sucesso, ovos de ouro, em escala industrial.

O impostor é um conto mais longo, relacionado provavelmente às experiências de West como expatriado em Paris, após a conclusão de seus estudos universitários – o que significa que foi escrito no início dos anos 1930. Embora não tenha sido publicado enquanto o autor estava vivo, saiu na revista *New Yorker* de 2 de junho de 1997. O personagem central do conto – relatado por um narrador-observador – é Beano Walsh, um escultor que conquistou uma bolsa de estudos no exterior graças à sua *aparência* de artista genial, um dos muitos que pertenciam à comunidade de estrangeiros que viviam em Paris entre as décadas de 1920 e 1930, os "anos loucos" da criação artística e das vanguardas que precederam a ascensão do fascismo e a Segunda Guerra Mundial. Paris era um polo atrativo de toda e qualquer sensibilidade radical, e West bem sabia disso – mas o foco do conto logo se desloca da comunidade de artistas, exilados, estrangeiros e locais, para focar o protagonista. São as lutas de Beano para produzir qualquer coisa que fosse em termos de "arte" que constituem boa parte do conto até o lento e metódico clímax, quando Beano declara que "todos os livros de anatomia estavam errados" e por isso precisaria escrever primeiro um livro de anatomia correto e adequado ao nosso tempo para depois mergulhar na criação artística. Em torno desse *insight* do protagonista, se articulam sucessivas situações e cenas plenas de ironia e absurdo cotidiano que não fariam feio em uma comédia de humor negro como as realizadas pelo diretor polonês Roman Polanski. O humor, contudo, apenas se coloca no primeiro plano diante de uma questão terrível que se descortina plenamente ao final – a loucura. O desfecho do conto, assim, aproxima novamente o autor a Dostoiévski e reforça a ambiguidade permanente de seu protagonista e de sua ridícula *tragédia*.

Garoto da Western Union foi outro conto não publicado em vida, provavelmente escrito no início dos anos 1930. Como em outras narrativas de West, temos a construção de um *tipo*, uma forma específica de *loser* dentro do sistema social norte-americano, tão fértil desse caráter. A construção do que seria um "garoto da

Western Union" possui tons expressionistas, de exagero que raia o absurdo. O clímax da trama, contudo, é o furor da massa que persegue o *loser* inadequado, linchado por não conseguir se encaixar nas exigências da sociedade, que incluem ser um tipo esportivo, jovial, sociável e bem-sucedido. West contava que fora vítima de uma perseguição semelhante em um jogo da faculdade, e tal experiência pode ter sido a base desse curioso e triste conto a respeito da inadequação dentro de uma sociedade na qual, aparentemente, estamos cercados por uma multidão de vencedores.

Sobre os ensaios *Algumas notas sobre a violência* e *Eurípides – Um dramaturgo*

Embora fascinado pelas vanguardas históricas, cujo desenvolvimento febril pôde conhecer *in loco* durante o autoexílio europeu, Nathanael West jamais deixou de lado algumas fontes nítidas no desenvolvimento de suas tramas. A mais poderosa de todas é a tragédia grega – o desenvolvimento da peripécia, a construção cênica, até mesmo certas nuances de unidade da trama (basta ver a parte final, climática, de *O Dia do Gafanhoto*) e de efeito catártico podem ser observados nos textos de West. Essa nítida influência é colocada de maneira mais clara no pequeno, mas expressivo ensaio *Eurípides – Um dramaturgo*, publicado em um periódico da Brown University (o *Casements*), em julho de 1923. Trata-se de um escrito juvenil, do início da carreira de West, mas bastante revelador pela visão bem-humorada da complexa e gigantesca influência exercida pelo dramaturgo grego que produz algo como uma persistente e renovada necessidade de revisitar Eurípides para encontrar as fontes originais de tendências variadas da literatura contemporânea. O ensaio, por outro lado, apresenta com muita clareza a fonte dessa essência trágica (centrada em conflitos inevitáveis e complexos entre consciências, visões e poderes) das narrativas mais longas e elaboradas – como *O Dia do Gafanhoto* e *Miss Lonelyhearts*: a amplitude trágica construída por dramaturgos como Eurípides.

Já *Algumas notas sobre a violência* – ensaio que também chegou a ser publicado na revista *Contact* de outubro de 1932 – trata de um tema bastante caro a Nathanael West: a violência, especialmente aquela que, sutilmente desenvolvida, surgia para o autor como um traço inexorável da cultura dos Estados Unidos. O formato adotado para o ensaio é fragmentário: pequenos aforismos como que reproduzem o efeito da cascata de notícias da mídia, relatando atrocidades diversas em uma disputa infernal, apocalíptica, para a representação mais bombástica, impactante e absoluta do Mal, aquele que *capte* a atenção dos leitores de modo hipnótico e perpétuo. Embora esse ensaio em forma de notas esparsas seja extremamente breve e conciso, nada perdeu de sua feroz atualidade – especialmente quando vemos a cultura da violência, tão cara ao cinema como produto industrial produzido em Hollywood, explodir na forma de matanças e atentados que agora atingem uma escala mundial, tentativas sinceras de emular heróis queridos ou terríveis do nosso cotidiano árido.

—

Alcebíades Diniz tem mestrado, doutorado e pós-doutorado em Teoria e História Literária pela Universidade Estadual de Campinas, com estágio na Brunel University, em Londres. Trabalha atualmente em uma pesquisa, para a Fundação Biblioteca Nacional, sobre as obscuras camadas visuais e poéticas do Simbolismo brasileiro.

Copyright da tradução brasileira
© Editora Carambaia, 2015

edição
Fabiano Curi
e Graziella Beting
**seleção dos textos,
tradução e ensaio**
Alcebíades Diniz

revisão
Cecília Floresta
e Ricardo Jensen de Oliveira

projeto gráfico
Daniel Trench
assistente
Manu Vasconcelos

produção gráfica
Lilia Góes
Toninho Amorim

imagem da capa
Martin Weitzman, *Cellar ceilings
must be fire-retarded.
Keep cellars clean.* New York:
Federal Art Project, 1936.
© Library of Congress Prints
and Photographs Division,
Washington.

CIP-Brasil. Catalogação-na-fonte
Sindicato Nacional
dos Editores de Livros, RJ

W537d
West, Nathanael, 1903-1940
O Dia do Gafanhoto e outros textos
/ Nathanael West ;
tradução Alcebíades Diniz. - 1. ed. -
São Paulo : Carambaia, 2015.
344 p. : il. ; 18 cm.

Tradução de: The day of the locust
ISBN 978-85-69002-04-8

1. Ficção americana. I. Diniz, Alcebíades. II. Título.

15-23466 CDD: 813
CDU: 821.111(73)-3

Editora Carambaia
Rua Alexandre Dumas, 1601 cj. 23
04717-004 São Paulo SP
contato@carambaia.com.br
www.carambaia.com.br

O projeto gráfico deste livro faz uma referência, por meio de releituras, ao universo gráfico norte-americano dos anos 1930. Desse modo, a capa estampa o detalhe de um cartaz de 1936, desenhado por Martin Weitzman e produzido pela Works and Progress Administration (WPA). Um dos maiores projetos do New Deal, a WPA foi um esforço norte-americano para empregar artistas, escritores, músicos e diretores que sofriam com o desemprego que assolou os Estados Unidos nos anos da Grande Depressão. O cartaz, peça de utilidade pública, promovia, por meio de uma imagem incisiva, o uso de materiais não inflamáveis nos forros das edificações americanas. ¶ Já no miolo, as referências aos anos 1930 são tipográficas. A Circular, fonte desenhada por Laurenz Brunner e lançada em 2013 pela Lineto, é o tipo sem serifa que vemos nos títulos e números de página desta publicação. Seu desenho, de inspiração geométrica, a aproxima do universo art-déco – escola que pautou boa parte dos cartazes de cinema e teatro norte-americanos desse período. O texto corrido segue na Sentinel, família serifada projetada em 2009 pelos tipógrafos Jonathan Hoefler e Tobias Frere-Jones. Suas formas prestam homenagem às famílias egípcias, ou de serifas grossas (*slab-serif*), muito utilizadas na imprensa americana dos tempos de Nathanael West. ¶ Este livro foi impresso em papel Pólen Bold 90 g/m² pela Stilgraf, em São Paulo, em julho de 2015.

Este exemplar é o de número

de uma tiragem de 1.000 cópias

ISBN 978-85-69002-04-8